파란꽃

이삭줍기
환상문학
04

파란꽃

Heinrich
von
Ofterdingen

노발리스 지음
김주연 옮김

열림원

나의 마틸데여,
이제야 나는 불멸이라는 것이 무엇인지
알 수 있을 것 같구려.

차례

헌사   ⋯   8

제1부

제1장   ⋯   13

제2장   ⋯   25

제3장   ⋯   41

제4장   ⋯   65

제5장   ⋯   80

제6장   ⋯   120

제7장   ⋯   142

제8장   ⋯   151

제9장   ⋯   161

제2부

수도원 혹은 앞뜰   ⋯   243

소설 계속에 대한 루트비히 티크의 보고   ⋯   275

작품 해설   ⋯   295

골트만 판(版) 주석   ⋯   309

연보   ⋯   317

헌사

그대는 내게 고귀한 충동을 일으켜
넓은 세계의 정서에 깊숙이 빠지게 하네.
그대 손이 나를 잡아 믿음을 주니
온갖 폭풍우를 헤치고 나를 날라주리.

그대 꾸중하면서 아이를 돌보며
그와 더불어 전설의 목초지를 지나네.
부드러운 여인의 원형(原形)으로서
소년의 가슴을 한껏 뛰놀게 하네.

무엇이 이 지상의 짐에 나를 얽매어놓고 있는가?
나의 가슴과 나의 삶은 영원한 당신의 것이 아니란 말인가?

나는 그대 고귀한 예술에 나를 바칠 수 있노라.

그대, 사랑하는 이여, 뮤즈가 되어

내 시(詩)의 고요한 수호신이 될지니.

영원한 변화 속에서 이곳 지상의

노래의 은밀한 힘이 우리에게 인사하노라.

이곳에서는 젊음으로써 우리를 에워싸 흐르고,

그곳에서는 영원한 평화로써 그 나라를 축복하도다.

그 힘은 우리의 두 눈에 빛을 부어주며

우리에게 모든 예술의 의미를 일러 정해주며

기쁜 마음, 피곤한 마음을

깊은 귀의심(歸依心)에 빠진 가운데 즐기고 있는 바로 그것이지.

그대 가득한 가슴에서 나는 삶을 마쳤지.

나는 그대로 해서 나의 모든 것이 되었고

즐겁게 내 얼굴을 들 수 있었소.

아직도 내 높은 뜻은 깜빡거린다오.

거기서 나는 그 힘이 천사로서 내게 떠오르는 것을 보았지.

그대 팔을 향해 날아가, 눈떠 있는 것을 보았소.

• 일러두기

　본문에서 옮긴이의 주는 약물 기호(＊, †, ‡ …), 번역 텍스트로 삼은 『노발리스』(골트만 문고판 507번)의 주석은 숫자(1, 2, 3…)로 표시했다.

제1부

기대

제1장

부모는 이미 잠들었고, 벽시계는 단조로운 박자에 맞추어 똑딱거렸다. 바람이 불어 창문에서 덜커덩 소리가 났다. 방은 달빛으로 이따금 환해졌다. 소년은 침대에 누워 낯선 사람과 그 사람의 이야기를 생각했다.

"내 마음속에 이루 말할 수 없는 그리움을 일깨워준 것은 그 재물들이 아니다." 그는 혼자 중얼거렸다. "나는 탐욕과는 거리가 멀지만 파란꽃을 보고 싶다. 그 꽃은 끊임없이 내 마음속에 있다. 다른 것은 시로 쓸 수도 없고 생각할 수도 없다. 아무런 기분이 들지 않는다. 마치 꿈을 꾼 것 같기도 하고, 혹은 졸다가 아주 다른 세계로 넘어온 것 같기도 하다. 그렇지 않다면 누가 꽃 때문에 괴로워한단 말인가. 한 송이의 꽃에 대한 정열을 나는 이때까지 한 번도 들어본 일이 없으니까. 도대체 그 낯선 사람은 어디서 왔는가?

우리 중 누구도 지금까지 그런 사람을 본 적이 없다. 또한 왜 내가 그의 말에 이렇게 사로잡혀 있는지 나 자신도 알 수 없는 일이다. 다른 사람들도 물론 똑같은 말을 들었다. 그렇지만 그 누구에게도 나와 같은 일이 일어나지는 않았다. 나 역시 이 기이한 상황을 다른 사람에게 말하지 않을 거다! 그것은 내게 있어 이따금 황홀한 것으로 그 꽃을 가지고 있지 않은 지금, 이때에만 나는 깊은 혼란에 사로잡힌다. 그것은 아무도 이해할 수 없는 일이다. 나는 명료하게 보지 못하는 나를 보고 미친 게 아닌가 생각했다. 그 이후로 모든 것은 한결 명백해졌다. 언젠가 나는 아득한 고대(古代)의 이야기가 속삭이는 것을 들었다. 짐승과 나무, 그리고 바위가 사람들과 말하는 것이었다. 그들은 금방이라도 일어나 내게 말을 걸어올 것 같았다. 그들은 좀처럼 알아들을 수 없는 말들을 했다. 만일 내가 그걸 좀 더 알고 있었다면, 아마 훨씬 많은 것을 이해할 수 있었을 것이다. 나는 또 아주 기꺼이 춤을 추었다. 이제 나는 차라리 음악을 생각한다."

소년은 차츰 달콤한 환상 속에 빠진 채 졸기 시작했다. 그는 처음에 광대무변한 미지의 지방에 대한 꿈을 꾸었다. 어찌 된 일인지 가벼운 발걸음으로 바다 위를 방랑했고, 이상한 짐승들을 보았다. 잡다한 사람들과 함께 살며 전쟁을 치르는가 하면 광포한 소란에 휩쓸리기도, 조용한 암자 속에 있기도 했다. 때로 그는 포로가 되거나 아주 굴욕스러운 곤경에 처했다. 모든 느낌이 그가 이제껏 경험해보지 못한 높이까지 이르렀다. 그는 끊임없이 다채로운 삶을 살다가 죽었으며 또 다시 살아났다. 굉장한 정열로 사랑을 했으며 또한 그의 애인과 영원히 멀어졌다. 아침이 어슴푸레 밝아올 무렵, 그의 영혼은 훨씬 차분해졌으며 풍경도 더 또렷해진 채 그대로 남아 있었다. 그는 마치 어두운 숲속으로 홀로 걷고 있는 기분이었다. 아주 이따금 푸른 그물 틈으로 햇살이 가물거렸다. 그는 곧 산이 시작되는 바위 골짜기에 이르렀다. 언젠가 강물이 흘렀을 이끼 낀 바위를 기어올랐다. 높이 오를수록 숲은 점점 없어졌다.

마침내 그는 산비탈의 작은 목초지에 이르렀다. 목초지 뒤에는 높은 절벽이 솟아 있었으며, 그 아래엔 입구처럼 보이는 동굴이 있었다. 그 길은 아주 커다란 공터가 나올 때까지 이어졌는데, 먼 곳에서 밝은 빛이 흘러나왔다. 그가 그곳에 들어섰을 때 마치 분천(噴泉)부터 궁륭 천장까지 솟을 듯한 세찬 불빛을 느꼈다. 그 빛은 저 아래 거대한 못으로 모였다가 높이 솟아 무수한 갈래로 흩어져버렸다. 빛은 황홀한 금덩이처럼 빛났다. 아무런 잡음도 들리지 않았으며 성스러운 정적만이 이 찬란한 축제를 둘러쌌다. 그는 무수한 빛깔로 들떠 있는 못으로 다가갔다. 동굴의 사면은 뜨겁다기보다 서늘한 유체(流體)로 넘쳐흘렀다. 벽면에는 그저 우중충한 푸른빛이 어려 있을 뿐이었다. 그는 못 속에 한 손을 담그고 입술을 축였다. 그것은 마치 그에게 정령(精靈)이 몰려오는 것 같았는데, 그는 정말로 힘이 솟아나고 기분이 새로워지는 느낌을 받았다. 어떤 저항할 수 없는 그리움에 빠진 그는 목욕하고 싶은 충동에 사로잡혔다. 그는 옷을 벗고 못으로 내려갔다. 흡사 저녁놀에 흐르는 구름 같았다. 천상(天上)의 감정이 그의 내부를 거칠게 흘러갔다. 소년의 갖가지 상념이 아주 열렬히 그것과 뒤섞이고 있었다. 이제껏 본 적 없는 새로운 광경이었다. 그것들은 서로서로 뒤엉켜 흐르면서 소년의 주위로 와 분명한 실체가 되었다. 사랑스러운 물결이 부드러운 젖가슴처럼 그에게 바싹 붙어왔다. 마치 매혹적인 소녀가 물에 녹아 있는 듯했다. 소녀는 매순간 소년을 건드리면서 자신의 존재를 마음껏 즐겼다.

황홀함에 넋을 빼앗긴 그는 반짝이는 냇물을 따라 유유히 헤엄쳐 나갔다. 냇물은 못에서 나와 바위 속으로 흘러들고 있었다. 달콤한 잠 같은 것이 그를 덮쳐왔다. 그는 말로 표현할 수 없는 사건들을 꿈꾸었다. 그때 또 다른 빛이 그를 잠에서 깨웠다. 그는 샘가의 부드러운 풀밭에 앉아 있었는데 그 샘은 하늘로 솟아오르면서 엷어지고 있었다. 알록달록한 광맥(鑛脈)을 속에 품은 암청색의 바위가 좀 멀리서 떠올라왔다. 그를 둘러싸고 있는 대낮의 빛은 어느 때보다 밝았으며 또 부드러웠다. 짙은 파란색의 하늘에는 구름 한 점 없었다. 그러나 그를 꼼짝 못 하게 하는 것은 따로 있었다. 그것은 샘가에 서서 넓고 빛나는 잎새로 소년을 건드리고 있는 연초록의 키 큰 꽃 한 송이였다. 그 꽃 주위로는 갖가지 색깔의 무수한 꽃들이 원형으로 둘러 있어 황홀한 냄새가 공기를 가득 채우고 있었다. 그는 그 파란꽃 이외엔 아무것도 볼 수 없었다. 그는 무어라 형용할 수 없는 부드러운 마음이 되어 그 꽃을 오래오래 바라보았다. 마침내 그 꽃은 갑자기 튀어나와 변하기 시작했고, 소년은 가까이 다가가려 했다. 꽃잎들은 점점 더 반짝거리면서 자꾸 커 가는 줄기에 매달려 있었다. 꽃은 그에게 고개를 숙여 보였다. 꽃잎이 그 널찍한 푸른 깃을 펄럭이자 부드러운 덩굴 하나가 물결쳤다. 달콤한 놀라움에 빠져 있는데 어머니 목소리가 그를 깨웠다. 그는 벌써 금빛의 아침 햇살이 드는 양친의 방에 누워 있는 자신을 발견했다. 그는 황홀한 꿈을 방해받은 것이 못마땅했지만 그래도 어머니에게 다소곳이 아침 인사를 하고, 어머니의 다정한 포옹을 받아들였다.

"넌 잠꾸러기야." 아버지가 말했다. "얼마나 오래 앉아서 줄질을 하고 있었는지 아니. 나는 너 때문에 망치질도 못 했단다. 어머니가 가만히 자도록 두려고 애쓰셨어. 아침밥도 안 먹고 기다리고 있었단다. 넌 똑똑하게도 우리가 조심해서 지켜보고 또 일해온 교직(敎職)을 골랐지. 내 말했듯이 유능한 선생이란 우수한 조상들의 걸작을 공부하기 위해 밤에도 도움을 받아야 하는 거란 말이야."

"아버지." 하인리히가 대답했다. "아버지는 이제 익숙하지 못한 제 늦잠에 대해 불쾌하지 않게 되실 겁니다. 저는 아주 늦게서야 잠이 들었고 불안한 꿈들을 잡다하게 꾸었죠. 그래서 마침내는 그 근사한 꿈이 나타났는데, 그건 좀처럼 잊히지 않을 꿈이랍니다. 단순한 꿈 이상의 느낌을 준다니까요."

"하인리히야." 어머니가 입을 열었다. "너는 확실히 기력이 없거나 저녁 기도 때 딴생각을 했던 게로구나. 이렇게 이상한 소리나 하고 있으니 말이다. 자, 밥 먹고 물 마시고 정신 좀 차려라."

어머니는 나갔다. 아버지는 부지런히 일을 계속하면서 말했다.

"꿈이란 거품 같은 것으로 아주 유식한 학자들은 그것이 무얼 의미하는가 생각해보기도 하지. 내가 그런 쓸모없고 해로운 관찰 따위에 신경을 쓴다면 너도 그런 셈이지. 시간은 이제 꿈에서 신의 얼굴이나 벗할 때가 아니다. 우리는 성경에서 말하는 그 선택된 사람들이 어떤 기분이었을지 알수도 없고, 알게 될 리도 없단다. 하지만 그 당시에 인간과 마찬가지로 꿈같은 피조물이 더 있었던 것은 분명해. 우리가 사는 세상의 연륜으로 보아 하늘과 직접적인 교통은 더이상 일어나지 않는단다. 옛날이야기와 문자는 지금 우리에게 이 지상을 뛰어넘는 세계의 지식을 전달해주는 유일한 셈이지. 우리가 필요하다면 말이다. 무엇인가 분명한 것은 없고 이즈음엔 성령(聖靈)이란 것이 분별력 있는 사람들의 이성을 통해, 그리고 경건한 사람들의 생활 방식과 그 운명을 통해 간접적으로 우리에게 이야기를 해오지. 오늘날 우리가 보는 이적(異蹟)의 모습은 한 번도 나를 놀라게 한 일이 없구나. 또 나는 성인이 말한 그런 어마어마한 행위를 믿지도 않는단다. 하지만 행하려고 하는 자에게는 감동하지. 나는 정신을 똑바로 차려 그의 믿음 속에서 누군가 잘못되는 것을 막고 있단다."

"하지만 아버지, 어떤 이유로 사색의 부드러운 본성을 자극해주어야 할 꿈에 대해서 그렇게 어긋나는 말씀을 하시나요? 아주 뒤숭숭한 꿈이라도 신의 섭리를 생각하지 않을 수 없고 비밀스러운 커튼을 뜻깊게 찢어버리는 꿈이라면 모든 꿈은 신기한 현상이 아닐까요? 그 커튼은 우리 마음속 깊이 수천 개의 주름을 떨어뜨리고 있는 커튼이지요. 성인들 책을 보면 신앙심이 돈독한 사람들의 무수한 꿈 이야기가 나와요. 궁정 목사가 얼마 전 우리에게 말해준, 아버지도 그럴싸하게 여기셨던 그 꿈 이야기를 생각해보세요. 이 이야기 말고도 아버지가 꿈을 꾸어보신 일이 있다면 일상적인 사건이 보여주는 그 신기함에 놀라지도 트집을 잡으시지도 않을 텐데! 제겐 꿈이야말로 삶의 규칙성과 통속성에 대항하는 울타리라는 생각이 듭니다. 삶의 갖가지 모습을 투영하고 다 자란 성인이 갖게 마련인 상투적인 진지함을 즐거운 어린애 놀음으로 부숴버리는 친밀한 환상이라는 생각 말입니다. 꿈이 없다면 우리는 벌써 늙었을 게 틀림없어요. 꿈은 그것이 비록 높은 곳에서 직접 주어진 것이 아니더라도, 신의 선물로 주어진 것이 아니더라도, 성지순례에 대한 친절한 동반자일 수 있는 겁니다. 어젯밤 제가 꾼 꿈은 확실히 제 삶에 있어서 쓸모 없는 우연은 아니에요. 왜냐하면 그 꿈이 제 영혼 속에 커다란 수레바퀴처럼 들어와서 힘차게 돌아가고 있다는 걸 느끼기 때문이죠."

아버지는 부드럽게 웃고 나서 막 방으로 들어오고 있는 어머니를 바라보며 말했다.

"여보, 하인리히는 제가 있는 세상을 부인할 수 있는가 보오. 애 이야기를 듣고 있자니 우리 신혼 시절의 밤을 멋지게 해준, 그때 내가 로마에서 가져온 그 독한 술 냄새가 나는군. 그때엔 나도 지금과 다른 놈이었지만. 남녘 바람이 날 녹여 댔던 거지. 기분으로 나는 풀어져 흘렀던 것이었소. 당신도 그때엔 정열적인 처녀였지. 당신 아버지가 당시 대단했으니까. 악사와 가수들이 몰려왔지. 아우크스부르크에선 그런 성대한 결혼식이 오랫동안 베풀어진 일이 없었다오."

"조금 전엔 꿈 이야기를 하시더니." 어머니가 말을 받았다. "당신은 그때 꿈에 대해서 내게 이야기한 것이 있었는데 생각나우? 로마에서 꾸셨다는 것 말이에요. 아우크스부르크로 와서 당신이 내가 되더라는 꿈 말이에요."

"당신은 제때에 기억을 해내는군." 아버지는 말을 계속했다. "그 희한한 꿈은 절대로 잊을 수 없지. 그땐 그 일에 꽤 골몰했었지. 하지만 그 꿈은 내가 꿈에 대해서 말할 만한 증거이거든. 질서 있게, 명료하게 말하는 건 불가능하지. 지금도 나는 그 상황을 정확히 생각해낼 수 있다오. 그런데 그것이 무슨 의미가 있었을까? 당신 꿈을 꾸고, 그래서 그리운 감정에 사로잡혀 있는 느낌이 들고, 당신을 갖고 싶어 한 것이야말로 아주 자연스러운 일이 아니었겠소. 그럴 것이 나는 당신을 이미 잘 알고 있었으니까. 당신의 부드럽고 귀여운 모습은 처음부터 나의 마음을 생기 있게 움직였으니까 말이오. 다만 낯선 여자에 대한 욕망이 당신을 소유하고자 하는 원망(願望)을 잡아두고 있었을 뿐이었지. 꿈을 꿀 때만 해도 내 호기심은 벌써 많이 가라앉은 상태였고 내 기울어진 마음도 훨씬 편할 수 있었다오."

"그 기이했던 꿈 이야기나 해보세요." 아들은 재촉했다.

"어느 날 저녁 난 이리저리 배회하고 있었단다. 하늘은 깨끗했고 달이 그 파리한 빛으로 낡은 기둥과 담벼락에 옷을 입히고 있는 저녁이었어. 내 친구들은 계집들 뒤를 쫓아갔고, 나는 하염없는 향수에 젖어 있었는데, 무언가 애틋한 마음이 일어 야외로 나갔었지. 급기야 목이 말랐던 나는 첫 번째로 나타난 그럴듯한 시골집에 들어갔거든. 술이나 우유 한 잔을 얻어 마실 작정이었던 거야. 거기서 한 노인이 나왔는데 그는 아주 의심쩍은 눈으로 나를 쳐다보더란 말이야. 나는 내 부탁을 내놓았지. 그는 내가 외국인, 독일인이라는 것을 알아차리자 친절하게 방으로 안내하고 한 병의 포도주를 내놓더군. 그는 나를 앉히고 직업을 물었어. 그 방은 책과 골동품으로 가득했단다. 우리는 폭넓은 대화를 나누었어. 그는 내게 고대에 대해서 많은 이야기를 해주었을 뿐 아니라 화가·조각가·시인들 이야기도 많이 해주었지. 그때까지 난 그런 이야기를 들어본 일이 없었거든. 나는 새로운 세계에 올라선 기분이었단다. 그는 내게 인장석(印章石)과 오래된 예술작품을 보여주었어. 그다음 그는 정열적인 목소리로 아주 멋진 시를 낭독하더군. 이런 식으로 시간은 순식간에 지나가버렸지. 이날 밤 나를 가득 채웠던 신기한 생각과 기분이 야기한 갖가지 빛깔의 소용돌이를 회상하면 지금도 내 가슴은 요동친단다. 그 시대가 이교(異敎)의 시대였음에도 불구하고, 그는 마치 그 시대에 앉아 있는 듯한 모습이 되어 아주 정열적으로 회색빛 고대로 되돌아가고 있었단다. 마침내 그는 내게 밤을 보낼 방을 알려주었어. 되돌아가기엔 벌써 시간이 늦었기 때문이었지. 나는 곧 잠에 떨어졌는데 나로선 고향에 돌아와 성문 밖에서 방랑하고 있는 느낌이었어. 무언가를 하기 위해 이디론가 꼭 가야 할 것 같은 생각이 들었단 말이야. 하지만 어디로 가야 할지, 무엇을 해야 할지 알 수 없었지. 나는 북부 독일의 산지(山地) 하르체로 무지무지하게 빨리 걸어갔는데, 생각건대 거기서 결혼식이 있었던 것 같아. 중도에서 멈추기는커녕 점점 숲과 계곡 속으로 들어갔단다. 그러자 곧 높은 산에 이르렀어. 내가 그 산 위에 올랐을 때 내 앞에 금빛 목초지가 있지 않겠니. 중부 독일의 튀링겐 지방이 멀리 넓게 보이더군. 그 근처에 있는 어떤 산도 조망을 방해하지는 않더란 말야. 그 맞은편으로 하르츠 산지가 시커먼 산들을 거느리고 누워 있었고 거기에 무수한 성·수도원·촌락이 있더군. 마음속으로 무척 흡족해하고 있는데, 문득 그 노인 생각이 나더란 말이야. 오래전부터 그 집에 있었던 것 같은 생각이 들었어. 곧 산속으로 들어가는 계단을 따라서 아래로 내려갔지. 한참 뒤 거대한 동굴에 이르렀는데 거기에 웬 노인이 긴 옷을 입고서 쇠로 된 테이블 앞에 앉아 있는 것이 아니었겠어. 그는 앞에 서 있는 대리석으로 조각된 아름다운 소녀를 꼼짝 않고 쏘아보고 있더군. 그 노인의 수염은 철제 테이블 밖으로 길게 나와 발까지 덮고 있었단다. 노인은 아주아주 엄숙하지만 부드럽게 보였어. 그 모습은 그날 저녁 그 사람 집에서 본 늙은 얼굴을 생각나게 했어. 반짝이는 불빛이 동굴에 가득했지. 그렇게 서서 노인을 바라보고 있는데 그가 갑자기 일어나 내 어깨를 두드리더니 손을 붙잡고 긴 복도로 나를 안내해주더군. 얼마 후 나는 멀리서부터 흡사 대낮의 빛이 시작되는 듯한 여명을 보았지. 달려가 보니 거기엔 푸른 평원이 있었어. 모든 것이 튀링겐과는 아주 달리 보였어. 크고 빛나는 나뭇잎을 가진 거대한 나무들이 주위에 널리 그림자를 드리울 정도로 솟아 있었지. 공기는 매우 따가울 정도였지만 답답하지는 않았어. 곳곳에 샘, 꽃들이 있었는데 많은 꽃 가운데 한 송이가 특히 내 맘에 들었단다. 다른 꽃들은 모두 그 꽃을 향해 고개를 숙이고 있는 것 같았어."

"아! 아버지, 그 꽃의 색깔이 무엇이었는지 가르쳐주세요!"

아들은 격렬하게 소리쳤다.

"그건 생각이 잘 안 난다. 그 밖의 다른 것들도 생생한 인상을 주었으니까."

"파란색은 아니었나요?"

"그럴 수도 있지."

늙은 아버지는 하인리히의 이상하리만큼 격한 반응에 아무 주의도 기울이지 않고 말을 계속해나갔다.

"하여튼 나는 이루 형용할 수 없는 기분이 되어 내 동반자를 오랫동안 쳐다보지 않았다는 것만 확실히 알고 있단다. 마침내 내가 그를 쳐다보았을 때 그가 나를 주의 깊게 바라보면서 아주 친밀한 미소를 보내고 있다는 것을 알아차렸지. 그 자리에서 어떻게 떠나왔는지는 기억이 안 난다. 우리는 다시 산을 올랐지. 노인은 내게 이런 말을 하더군. '너는 이 세계의 신비를 보았다. 너는 이 세계에 있어 가장 행복한 존재이며, 그걸 넘어서 아주 유명한 사람이 될 것이다. 내가 너에게 하는 말을 명심하거라. 네가 성세례 요한 축일* 저녁 무렵 다시 이곳에 와서 신에게 이 꿈의 해몽을 요청한다면 너에게 이 지상에 있어서 최고의 운명이 주어질 것이다. 그

---

* 6월 24일.

때 너는 네가 이 위에서 보게 될 파란꽃에 주의를 기울이고 그것을 꺾어라. 그리고 너 자신은 하늘의 섭리에 겸손히 따르라.' 나는 그 꿈속에서 아주 멋진 광경과 훌륭한 사람들 속에 둘러싸여 있었어. 내 눈앞엔 자꾸 변화하는 풍경이 끊임없이 어른거리던 거야. 혀가 어찌나 흐물흐물해졌는지 내가 말하는 것은 그저 음악처럼 울리더구먼. 그러다 모든 것이 어두워지고 좁아지고 평범해졌어. 나는 네 어머니가 아주 부드러운 그러나 부끄러운 시선을 던지면서 내 앞에 있는 것을 보았지. 네 어머니는 팔에 안고 있던 빛나는 아이를 내게 건네주었어. 그 아이가 알아볼 만큼 크자 사방이 점점 밝아지고 빛이 나더군. 그러고는 눈이 멀 정도로 흰 날개를 펄럭이면서 우리 두 사람을 자기 팔에 안고 높이 날아가 버렸어. 그러자 이 지상은 흰 조각품을 달고 있는 하나의 금(金) 주발 같을 뿐이더라. 이때 난 다시 그 꽃, 산, 노인이 다가오는 것을 기억해냈지. 곧 잠에서 깬 나는 아주 격렬한 사랑의 동요를 느꼈어. 손님을 친절히 맞아준 주인과 작별하는데, 그가 내게 자주 찾아달라고 부탁하더군. 로마를 곧 떠나 아우크스부르크로 허겁지겁 올 것만 아니었다면, 그건 내가 그에게 하고 싶은 말이었지."

제2장

　성세례 요한 축일은 지나갔다. 어머니는 벌써 아우크스부르크의 아버지 집에 온 일이 있었으며 할아버지에게 그때까지 모르던 사랑스러운 손자를 데리고 왔었다고 한다. 오랜 오프터딩겐가(家)의 선량한 몇몇 사람들, 몇 명의 상인들이 상용(商用)으로 그곳에 여행을 갔었음이 틀림없었다. 그때 어머니는 이 기회에 그 소원을 이루어야겠다는 결심을 했다. 어머니는 하인리히가 어느 때보다 조용히 생각하는 빛이 역력하다는 것을 알고 가슴에 잘 간직하고 있었던 것이다. 그녀는 아들이 우울하거나 아니면 어디가 아픈 게 아닌가 생각했다. 먼 여행, 새로운 사람들과 지방을 지나왔다. 그녀는 젊은 시골 처녀들의 매력이 아들의 흐릿한 기분을 씻기고 옛날처럼 적극적이고, 생기에 찬 사람으로 만들어주지 않을까 남몰래 생각했다. 아버지는 어머니의 계획에 찬성했다. 하인리히는 어머니와 숱한 여행객들의 이야기로써 듣곤 했던 시골에 간다는 사실을 무척 즐거워했다. 그것은 이 땅 위의 낙원에 대한 생각이었으며, 그가 자주 원했으나 헛수고로 돌아간 일이기도 했다.

하인리히가 막 스무 살이 되었을 때였다. 그는 고향 밖으로 한 번도 나가본 일이 없었다. 세상은 그에게 그저 이야기로만 알려져 있었다. 그에게 이야기를 전해준 책도 몇 권 되지 않았다. 지방 태수(太守)의 집안 경영은 당시의 관습에 따라 간소하고 조용히 진행되었다. 태수 생활의 호화로움과 안락함은 아주 쾌적할 만한 것이라고 하기는 어려운 것으로서 뒷날 일반 사람들도 낭비하지만 않으면 지낼 만한 정도였다. 그러나 인간이 갖가지 생활을 위해 주워 모은 사소한 생활용품들이 갖는 의미란 그럴수록 더욱 유연하고 깊었다. 그것들은 인간에게 훨씬 값있고, 또 눈에 띄는 것이었다.

인간 본성의 비밀과 그 육체의 형성이 정신의 예감에 옷을 입혀준다면 그것을 빚어내는 진귀한 예술은 낭만적 원경(遠景)을 높여주리라. 고대예술의 신성성도 그 원경으로부터 얻어진다. 왜냐하면 진귀한 예술은 삶의 어리석은 동반자에 대한 애정을 조심스럽게 간직하면서 수많은 후예의 재산이 되어왔기 때문이다. 그것은 특수한 행운과 운명의 신성한 담보가 되었으며 온 나라와 가정의 평강이 이 예술의 유지에 달려 있었다. 사랑스러운 모습이 이 시대를 진지하고 단순한 아주 독특한 분위기로 만들어놓았다. 규모 있는 장식품들은 황혼 속에서 더욱더 빛을 냈으며 그것들은 진지하고 의미심장한 기대감을 불러일으켰다. 빛·색깔·그림자의 절묘한 안배는 세계의 숨겨진 황홀경을 보여주고 더 높은 안목을 열어주었다. 그래서 그 당시 곳곳에서 비슷한 살림살이를 볼 수 있었던 것이다. 그럴 것이 최근의 유복한 시대는 범상한 나날 속에서 단조롭고 무의미한 생활을 했다. 어떤 전환기든지 간에 그것은 국경과도 같이 높은 정신적 힘을 파괴하려는 듯이 보인다. 또한 우리가 사는 곳에서 모든 것이 풍족한 엄청난 지역이 거친 불모의 산악과 넓은 평원 사이에 놓여 있는 것처럼 거친 야만의 시대와 유식하고 예술적인 시대 사이엔 낭만적인 시대가 정착했다. 이 시대는 소박한 옷 아래에 훨씬 높은 형상을 숨기고 있었다. 밤의 불빛이 그 높은 그림자와 색깔을 거느리고 부서질 때 누가 이 박명(薄明) 속으로 걸어보려고 하지 않겠는가. 우리는 하인리히가 살았던, 새로운 사건을 향해 가슴 가득한 흥분으로 마중 나가는 그 시절 속으로 기꺼이 침잠하려고 한다. 하인리히는 그의 동무들 그리고 그를 따뜻한 마음과 조용한 기도로 떠나보내는 늙고 현명한 선생, 궁정 목사와 헤어졌다. 지방 태수의 부인이 그의 대모(代母)였다. 그는 바르트부르크*에서 자주 그녀와 함께 있었다. 그녀는 그에게 좋은 공부를 가르쳐주고 금목걸이를 걸어주고 아주 친절한 말로써 그와 헤어졌다.

슬픈 기분에 젖어 하인리히는 아버지와 고향을 떠났다. 이제야 그는 이별이 무엇인지 분명히 알 수 있었다. 여행을 떠난다는 생각과 이상야릇한 감정이 더불어 일어나지는 않았다. 이제까지의 세계가 떠나 낯선 강가에 옮겨진 기분이었다. 덧없는 지상의 사물에 대한 첫 경험이 그의 젊음을 무한히 슬프게 했다. 속세의 사물들이란 아직 경험하지 않은 기분에는 아주 필요한 것, 없어서는 안 될 것으로 여겨질 수밖에 없었다. 이처럼 강인하게 자라난 개성적 존재로, 불변의 것으로 여겨질 수밖에 없었다. 이별은 밤의 얼굴처럼 오랫동안 인간을 불안하게 하고 죽음의 첫 신호로 남아 마침내는 일상생활의 즐거움을 차츰 없애면서 친절한 선배와 다정한 지인이 있는, 뒤에 남겨둔 확실한 세계에 대한 그리움으로 커지는 것이다. 그나마 어머니가 가깝게 있다는 점이

---

* 튀링겐주 아이제나흐 부근에 있는 성의 이름.

이 젊은이에게는 매우 위안이 되었다. 그는 옛날의 세계를 완전히 잃어버린 것이 아니었다. 오히려 그 세계를 두 배의 마음으로 꼭 안고 있었다. 아이제나흐의 문을 나섰을 때 이른 아침의 새벽빛이 하인리히의 두근거리는 기분을 어루만져주었다. 날이 점점 밝아올수록 새로운 미지의 지방이 더욱 뚜렷하게 드러났다. 떠나온 어느 마을의 풍경이 태양빛 속에 홀연히 떠올랐다. 흥분한 젊은이의 가슴속엔 지나간 멜로디와 온갖 상념이 혼미하게 엇갈리며 요동치기 시작했다. 그는 먼 도정의 문지방에 서 있는 자신을 돌아보았다. 그곳은 그가 근처 산에서 이따금 바라보았으나 어쩔 수 없는 곳이었으며, 마음속으로 기이한 색깔로 색칠을 하던 곳이 아니었던가. 그는 푸른 물속에 잠기는 기분이었다. 신기한 꽃이 그 앞에 서 있었으며 지금 막 지나온 튀링겐이 보였다. 그러자 이미 세상 곳곳을 방랑하고 고향으로 되돌아온 듯한, 아예 먼 곳으로부터 이 지방에 여행을 떠나온 듯한 이상야릇한 느낌들이 지나갔다. 비슷한 이유로 조용했던 마을이 웅성거리기 시작하더니 급기야 온갖 이야기와 지난 세월이 뒤섞여 북적거리기 시작했다. 하인리히의 어머니는 아들을 꿈에서 끌어내야겠다고 생각했다. 어머니는 그에게 자신의 고향, 외할아버지의 집 그리고 슈바벤에서의 즐거웠던 생활을 이야기해주었다. 그때 장사꾼들이 장단을 맞추어 노래하기 시작했다. 그녀의 이야기는 더욱 힘이 났다. 그들은 낡은 여인숙의 후한 인심을 찬양하며 시골 여인네들의 아름다움을 칭찬하느라고 정신없었다.

"참 멋지지요." 그들은 떠들었다. "아들을 그리로 데리고 간다니 말입니다. 당신네 고향의 관습은 훨씬 부드럽고 호감이 갑니다그려. 그곳 사람들은 편안한 것을 우습게 알지 않으면서도 쓸모 있는 걸 찾아낼 줄 알거든요. 사람들은 각자 자기가 필요한 것을 화목하고도 멋진 방법으로 찾아내어 만족하지요. 상인들도 거기선 잘 살고 평도 좋답니다. 수공업류(手工業類)가 늘어나면서 세련되어졌지요. 부지런한 사람들에겐 여러 가지 시설이 도움을 주기 때문에 일이 쉽습니다. 또 간단한 수고를 하면서 그에 대한 결실과 보상을 동시에 즐길 수도 있지요. 돈, 활동 그리고 물품이 생산되면서 형성된 급속한 순환으로 마을과 도시는 번성하고 있습니다. 수확을 위해 낮동안 열심히 일할수록 저녁을 오롯이 아름다운 예술 그리고 매혹적인 사교 활동을 즐기는데 바칠 수 있단 말입니다. 사람의 감정이란 휴식과 버라이어티를 갈구하는 것이지요. 자유스러운 놀음과 고귀한 힘, 교양 있는 심려(深慮)의 산물에 몰두하는 것보다 어디서 더 그럴싸하고 매력적인 이 방법이 실현될 수 있단 말이오. 어느 곳에서든지 그렇듯 우아한 가수의 노래, 멋진 화가의 그림을 발견할 수 없을 것이오. 어느 곳에서든지 춤에서 그보다 경쾌한 움직임, 그보다 사랑스러운 모습을 찾을 수 없을 것입니다. 프랑스나 이탈리아의 이웃이 제 발로 나타나서 말을 걸어오지요. 당신 나이면 사람들에게 접근해서 흉볼 것을 두려워하지 않고 아주 근사한 말로써 팔팔한 경쟁자를 자극해 그의 주의를 사로잡을 수 있다오. 사람들의 투박한 진지함과 거친 방종성이 부드러운 생기, 그리고 담백한 즐거움의 자리를 차지하게 되지요. 사랑이란 수천 가지의 모습으로 행복한 사람들의 주된 정신이 됩니다. 그렇게 함으로써 과도한 방탕, 어울리지 않는 원칙이 생기게 된다는 점은 접어두더라도 나쁜 정신이란 고상한 것 옆에서는 사라지는 것 같지요. 그리고 또 독일 천지를 뒤져보아도 슈바벤에서처럼 손가락질 받지 않을 처녀, 충실한 부인은 찾을 수 없을 겁니다."

"그렇고말고. 여보게 젊은이, 이 남부 독일의 풍광명미한 대기 속에서 자네는 그 소심한 긴장을 풀어버리게 될걸세. 명랑한 처녀들이 자네에게 부드럽게 접근해서 이야기를 나누게 될 것이오. 낯선 이방인으로서 자네의 이름, 명랑한 마을, 이 오래된 슈바닝과의 친숙성은 벌써 처녀들의 매혹적인 눈길을 끌고 있을 거니까. 또 당신 외할아버지를 따라가 보면, 당신 아버지가 그랬듯이 우리 마을에서 애교 있는 여인에게 장식품을 가져다줄걸."

　하인리히의 어머니는 그녀의 고향과 그곳 처녀들의 선량함을 칭송해주자 얼굴을 붉히며 진심으로 감사의 말을 보냈다. 하인리히는 생각에 잠겼다. 그리고 눈앞에 놓인 마을을 아주 호의적으로 묘사하는 말에 신중히 귀를 기울였다. 상인들이 계속 말을 이었다.

　"듣건대 만일 당신이 아버지의 예술이 아닌 학식 있는 것들을 다루고 싶다면 성직자가 되어 이러한 멋진 생활을 즐기자는 생각을 포기하지 않아도 좋습니다. 학자들이 세속에서 멀리 떨어져 있고 영주들이 비사교적이며 경험 없는 사람들에게 충고를 받는 것은 아주 좋지 못한 일이지요. 그들이 세상일에 참견하지 않음으로써 얻어지는 고독 때문에 그들의 생각은 쓸데없는 것이나 붙들고 앉아 있으니 현실적으로 소중한 것을 놓칠 수밖에 없단 말입니다. 슈바벤에서 당신은 속인들 무리 속에서 진실로 똑똑하고 몸으로 겪어나가는 사람들을 만나게 될 겁니다. 그에 더해 당신이 원하는 바, 어떤 것을 고를 수도 있죠. 훌륭한 선생, 충고자가 결코 부족할 리는 없을 것이오."

　이 말을 듣고 있던 하인리히는 그의 친구, 궁정 목사 생각이 나서 입을 열었다.

　"세상일에 대해서 잘 모르기 때문에 성직자가 세상일을

판단해나가는 능력이 없다고 주장하는 것을 반대할 수 없지만, 훌륭한 우리 궁정 목사 한 분을 생각해보도록 합시다. 그는 확실히 현자의 표본으로 그 학문과 경륜을 나는 잊을 수가 없을 것이오."

"존경할 만한 분이군요." 상인들은 대꾸했다. "아주 뛰어난 분이군요. 하지만 우리는 당신이 그렇다고 하니, 그가 지혜로운 사람이라는 점에 대해서만 당신의 의견에 동의할 따름인 거요. 그 훌륭한 행실이 신(神)에 가까운가보구려. 그러나 그가 신의 구원을 받은 사람이며 교육이 끝난 사람이라는 식으로 그의 현명함을 주장한다면 우리는 거기에 동의하지 않소이다. 우리 생각으로는 그 성인이 세속적인 것을 넘어선 세계에 깊이 통달해 있으므로 세상일에 대해선 통찰하려고 하지 않았기 때문에 그가 얻은 칭송을 잃지 않는 것이 아닐까 하오."

"하지만 그렇듯 훌륭한 생활이 인간적 속사(俗事)의 굴레를 그대로 잘해나가선 안 된다는 겁니까?" 하인리히가 말했다.

"그 어린아이 같은 소박성이 이곳에서 일어나고 있는 얽히고설킨 일들의 올바른 길을 찾는 데 있어 그 자신의 이해에 얽매여 잘못 길든 무수한 우연, 뒤엉킴으로 눈먼 영리함보다 확실하지 않단 말입니까? 난 잘 모르겠어요. 그렇지만 사람이 역사를 공부하는 데에는 두 가지의 길이 있지 않을까요. 그 하나는 앞을 예상할 수 없는 파란만장한 체험의 길이며, 다른 하나는 단지 영감이라고나 할 수 있는 내적 관조의 길이지요. 전자의 방랑자는 하나하나를 지루하게 계산하여야 하지만, 후자면 그는 모든 사건과 사물을 그때마다 직접 바라보고 그 복잡다단한, 살아 있는 문제의 본성을 제격 제격 관찰할 수 있답니다. 마치 칠판 위의 숫자에 어렵잖게 견줄 수 있지요. 내 말이 유치한 꿈 이야기같이 들린다면 용서해주십시오. 당신들이 가진 재산을 믿고, 방금 내가 말한 두 번째 길을 저 멀리서 자신의 길로 택해온 우리 선생을 생각하니 그저 든든해집니다그려."

"아주 말씀을 드리지요." 사람 좋아 보이는 상인들은 말했다.

"우리는 당신의 생각을 따라갈 수가 없군요. 어쨌든 당신이 출중한 선생님을 그렇듯 따뜻하게 기억한 채 그의 가르침을 잘 이해하고 있는 듯 보이는 것은 즐거운 일입니다그려. 당신에겐 시인의 소질이 있지 않나 생각되는군요. 당신은 당신의 기분을 아주 술술 말하는구려. 표현이나 알맞은 비교를 찾아내는 데 있어서 조금도 부족함이 없습니다. 당신은 시인의 요소로서 신기한 것을 좋아하고 있소."

"어째서 그렇게 되는지 난 모르겠습니다." 하인리히는 대답했다.

"여러 번 시인과 가수들에 대해 말하는 것을 들은 일은 있지만 그중 한 사람도 본 일은 없습니다. 그렇습니다. 나는 그들의 특출한 예술에 관해서 한 번도 이렇다 할 생각을 해본 적이 없습니다. 그에 관해서 무언가 들어보고 싶어요. 그렇다면 내 속에 자리 잡은 많은 것을 훨씬 잘 이해하게 될 것 같군요. 시에 대해서는 자주 이야기됩니다만, 난 한 편의 작품도 아직 보지 못했답니다. 우리 선생님은 이 방면의 지식을 넣어주는 기회를 마련해주지 못하셨지요. 그가 내게 그것에 관해 이야기한 것을 모두 뚜렷하게 이해할 수는 없으니까요. 게다가 선생님은 그것은 내가 알면 혹 빠져들게 될 고상한 예술이라고 항상 말씀하셨거든요. 옛날엔 예술이란 것이 훨씬 평범한 것이었죠. 그래서 누구나 예술에 관해서 몇 마디의 견해쯤 가지고 있었다는군요. 그 예술은 사라져버린, 훌륭한 예술들과 자매 관계였답니다. 가수는 신의 은총을 높이 기림으로써 눈에 보이지 않는 교류를 통해 감동된 그 은총이 하늘의 지혜를 땅 위에 사랑스러운 음성으로 알릴 수 있었던 겁니다."

상인들은 말을 이어 나갔다.

"우리는 물론 시인의 노래를 흥겹게 들으면서 그때 그가 지닌 비밀이 궁금해 괴로워한 일은 한 번도 없소이다. 한 사람의 시인이 세상에 나올 때면 신비한 별이 나타난다는 것은 정말 사실인지도 모르는 일이오. 그럴 것이 시·예술이야말로 정말 멋진 일이니까요. 또한 다른 예술들은 시와는 아주 달라 훨씬 먼저 이해할 수 있답니다. 화가와 음악가들은 이해하기가 쉬워 부지런히 인내를 가지고 참으면 이 둘은 배울 수 있지요. 소리는 이미 현(絃) 속에 들어 있는 것으로서 그것을 멋지게 우려내려면 이것을 다룰 줄 아는 기술만 있으면 되지요. 그림에서는 자연이 가장 훌륭한 선생입니다. 자연은 아름다운 모습을 무수히 제공하며 색깔과 빛 그리고 그림자를 만들어주지요. 그리하여 연습된 손과 올바른 눈 그리고 색깔의 배합에 관한 지식만 있으면 자연을 완전하게 모방할 수 있거든요. 이러한 예술들의 효과, 그 작품들에 대한 호감도 아주 자연스럽게 이해될 수 있습니다. 밤꾀꼬리의 노래, 바람이 스치는 소리, 그리고 멋진 불빛, 색깔, 모습들은 우리의 마음을 안락하게 해주므로 우리를 즐겁게 하는 것이겠죠. 게다가 우리의 마음이란 천성적으로 그 안에서 즐거움을 느끼기 마련이어서 자연의 예술적 모방이 우리를 사로잡는 것입니다. 자연은 그 위대한 예술성에 대한 향수(享受)의 힘까지 갖고 있어서 사람의 가슴속에 들어와 변화하기도 합니다. 자연 스스로 자신의 위대함을 기뻐하면서, 사물로부터 즐거운 것과 사랑스러운 것을 골라내고, 그런 종류의 것만을 유도해냅니다. 그리하여 여러 가지 방법으로, 언제 어디서나 그것을 지니고 또 즐길 수 있는 거지요. 이에 반해 시·예술에 대해서는 무언가 외부적으로 이렇다 할 만하게 드러낼 수가 없어요. 어떤 연장이나 손으로 만들어내는 게 아닙니다. 눈과 귀가 있어도 이에 대해서는 아무것도 알아채지 못합니다. 왜냐하면 말을 그저 듣는다는 것은 이 신비스러운 예술만이 지닌 특유의 효과는 아니니까요. 모든 것은 내적입니다. 그리고 그 예술가들이 외적 의미를 즐거운 감수성으로 충족시키는 경우, 시인은 기분이라는 내적 성역(聲域)을 새롭고 놀랄 만한 멋진 생각으로 충만하게 됩니다. 그는 우리 가슴속의 그 신비한 힘을 일깨워서 언어를 통해 우리에게 미지의 멋진 세계를 인식시켜주지요. 깊은 동굴에서 나오듯이 옛날과 앞으로의 시간이 떠오르고, 무수한 사람들, 놀라운 지역 그리고 기이한 사건들이 우리에게 다가와 우리를 현 상황에서 벗어나게 합니다. 우리는 낯선 언어를 들으면서 그것이 무엇을 의미하는가를 알게 됩니다. 하나의 마력이 시인의 언어를 지배하지요. 일상적인 언어조차 매혹적인 음향을 울리며 다가와서 주문에 사로잡힌 청취자의 넋을 호려냅니다."

"당신들은 내 호기심을 자극해 참을 수 없게 하는군요." 하인리히는 말했다. "바라건대, 당신들이 노래를 들은 일이 있는 가수들 모두에 관해서 이야기해주십시오. 나는 이 특출한 사람들의 이야기를 못 듣고 있습니다. 나는 갑자기 어디선가 내 가장 깊은 청춘에 관한 이야기 소리가 나는 것을 듣고 있는 것 같습니다. 결코 그 생각을 버릴 수 없습니다. 하지만 당신들이 말씀하신 것이 내겐 명확한 것이며, 또 알고 있는 것인데도 어찌나 근사하게 묘사를 하는지 각별히 만족감을 느꼈습니다."

"우리 자신이 생각을 되살려보려고 한 것이지요." 상인들은 계속해서 말했다. "우리가 이탈리아, 프랑스, 슈바벤에서 가수들 사회에 있었던 즐거웠던 시절 말입니다. 우리 이야기에 생생한 관심을 두시면 기쁘겠어요. 산을 여행할 때, 말한다는 건 이중으로 기분이 쾌적한 일입니다. 놀면서 시간이 지나가죠. 아마도 우리가 여행에서 들은 시인에 관한 몇 가지 이야기를 듣고 당신은 즐거울 겁니다. 우리가 들은 노래에 대해서는 말할 거리가 별로 생각나지 않는데, 그것은 이 순간의 즐거움과 속삭임이 기억을 방해하기 때문이라오. 쉼 없이 계속되는 장사 때문에 많은 기억이 자꾸 지워지곤 한답니다. 옛날엔 모든 자연이 오늘날보다 훨씬 활기 있고 그럴듯했음이 틀림없을 것이오. 지금은 짐승들이 거의 느끼지 못하고 인간들만이 즐기는 힘이 그 당시엔 생명 없는 물체까지도 움직였던 것이오. 예술적 인간만이 지금 우리가 믿지 않고 동화적인 것으로 생각하는 사물과 현상을 빚어낼 수 있었던 것이지요. 아주 태곳적, 지금의 희랍 왕국 자리에는—나그네들이 우리에게 전해준 말인데—시인들이 있었다는군요. 거기엔 평민들 사이에 이런 전설이 있답니다. 그 시인들은 신기한 도구가 내는 기이한 소리를 통해 숨어 있는 정령들을 일깨우는 신비한 숲의 생활을 했다더군요. 황량한 벌판에서 죽은 식물의 씨를 건드려 꽃 피는 정원을 만들고, 사나운 짐승을 길들이고 거친 인간들을 질서와 관습에 익숙해지도록 했다는 거지요. 평화를 즐기는 부드러운 마음과 예술을 그들에게 갖게 했으며, 격렬한 강물을 부드러운 물로 바꾸어주었지요. 심지어는 생명 없는 돌에 규칙적인 움직임을 불어넣어 주었다는 겁니다. 그들은 점쟁이거나 목사, 입법자, 의사들이었답니다. 그러면서 그들의 매혹적인 예술을 통해 더욱 높은 인격을 닦았다는 거지요. 그들은 또한 절제와 모든 사물의 자연적 질서, 내적인 덕목과 온갖 동식물의 약효까지 세세히 밝혀주는 미래의 신비에 대하여 교육을 하기도 했다는군요. 전설에 따르자면 그 이전엔 모든 것이 거칠고, 질서 없이 적의에 차 있었던 자연이 그 이후부터 다양한 음성과 신통한 교감, 그리고 질서를 갖게 되었다고 합니다. 그러나 그렇듯 훌륭한 사람들이 있었던 시절을 기억해내기 위한 아름다운 자취가 아주 드물게 남아 있을 뿐이오. 그 예술도 자연의 부드러운 감정도 모두 사라져버렸지요. 이즈음엔 비록 음악과 시가 하나가 되었는지도 모를 일이고 어쩌면 입과 귀처럼 함께 붙어 있는 것인지도 모를 일이지만 그런 특출한 시인이나 음악가는 벌써 달리 생각하게 되었습니다. 시인은 그저 감동적인, 들을 줄아는 귀일 따름이니까요. 음악가는 바다 건너 낯선 나라로 떠나고 싶어 하죠. 그는 아름다운 장식품, 값진 물건이 많았는데, 그것들은 그에게 감사하는 마음에서 주어진 것들이었다는군요. 그는 강가에서 배 한 척을 발견했는데, 그 속에 타고 있던 사람들은 약속한 보수로 그가 가고자 하는 지방까지 그를 데려다줄 준비가 되어 있는 것같이 보였답니다. 그가 가진 보석의 휘황찬란한 빛이 그들의 물욕을 자극해서 그들은 서로 짜고 그를 실신시켜 바닷물 속에 던지고 난 다음 그의 물건을 나누어 갖기로 했던 것이죠. 그들은 바다 한가운데에 이르자 그에게 덤벼들면서 말했죠. '자, 우리는 당신을 바다에 던지기로 했으니 당신은 죽을 수밖에 없다'라고 말입니다. 그는 눈물을 글썽이며 살려줄 것을 호소했습니다. 살려만 주면 그의 보석을 주겠다고 했으며, 만일 그들이 그 음모를 강행한다면 끔찍한 불행을 당할 것이라고 예언하기도 했습니다. 그러나 어느 한 사람도 요지부동이었다고 해요. 그럴 것이 그들은 그가 자신들의 악행을 폭로할 것이 겁났던 것이라오. 그는 그들을 결연한 표정으로 쏘아보면서 그렇다면 최소한 죽기 전에 백조의 노래를 할 수 있게 끔 허락해달라고 요청했다오. 그다음에 그는 그들의 눈앞에서 시원찮은 목제 악기를 바다에 던져버리려고 했죠. 그들은 그의 마적(魔的)인 노래를 듣는다면 자신들의 가슴이 부드러워지고 모두 후회에 사로잡히게 되리라는 것을 잘 알고 있었거든요. 그래서 그들은 그가 노래하는 동안 귀를 틀어막기로 하고 그의 마지막 부탁을 들어주기로 했죠. 아무것도 듣지 않고 그들은 애당초의 계획대로 할 수 있었죠. 일은 진행되었어요. 가수는 황홀한, 무한히 감동적인 노래를 조율하기 시작했죠. 배 전체가 함께 울리는 것 같았죠. 파도도 울렸으며 태양과 별들이 동시에 하늘에 나타났죠. 푸른 물결 위로 물고기와 바다 괴물들의 무리가 춤추며 떠올랐다고합니다. 뱃사람들은 귀를 꼭 막은 채 두려움에 떨면서 서 있었으며, 노래가 끝나기를 초조하게 기다렸다고 합니다. 곧 노래는 끝났습니다. 이때 가수는 의연한 모습으로 검은 물 속으로 뛰어들었어요. 그의 신비스러운 악기를 팔에 껴안은 채 말입니다. 그는 미끄러운 물결 위에 거의 닿지 않았답니다. 고맙게도 한 괴수(怪獸)의 넓은 등이 그 사람 밑에서 솟아났던 것이죠. 그리고 눈 깜짝할 사이에 놀란 가수를 날라버렸던 겁니다. 얼마 되지 않아 그 괴수는 가수를 해안가에 옮겨다 놓았어요. 그리고 갈대 위에 부드럽게 눕혔죠. 시인은 그 구원자에게 즐거운 노래를 불러주고 거기서 떠나갔다 오. 얼마쯤 지난 뒤 그는 혼자서 바닷가로 나가서 달콤한 목소리로 잃어버린 장식품을 탄식했죠. 그것들은 행복한 시절의 기억으로서, 사랑과 감사의 표시로서 가치가 있었던 것이니까요. 그가 노래를 부르고 있으려니까, 그의 옛 친구가 바다 위에 즐거운 모습으로 홀연히 나타나더니 목구멍에서 그가 잃어버린 보물을 토해내었다오. 뱃사람들은 그 가수가 물로 뛰어든 뒤, 그의 유물을 나눠 갖기 시작했지요. 이 분배 과정에서 그들 사이에 싸움이 일어났는데, 싸움은 대부분의 사람이 죽은 뒤에야 끝이 났다고 합니다. 살아남은 사람들은 그들만으로는 배를 이끌 수 없게 되었다오. 거기서 배는 난파되어 가라앉고 말았다오. 그들은 겨우 목숨을 건졌지만, 빈털터리에 옷마저 갈기갈기 찢긴 채 육지에 올라섰던 것이죠. 그리고 그 고마운 바다짐승의 도움으로 바닷속에 빠진 보물들은 그 옛 임자의 손으로 되돌아왔답니다."

제3장

"다른 이야기를 하나 하지요."

상인들은 잠시 쉬고 난 다음에 말을 계속했다.

"이 이야기는 물론 그렇게 신기할 것도 없고 또 최근의 것
이지만 아마 당신 마음에 들지도 모릅니다. 또 예의 그 놀라
운 예술의 효과를 당신에게 더 뚜렷하게 알게 할지도 모르
죠. 한 늙은 왕이 훌륭한 궁전을 갖고 있었어요. 사람들이
벌떼같이 모여들어 왕의 호화찬란한 생활을 구경하게 되었
죠. 값진 물건들로 가득가득 차고 음악, 화려한 장식물 그리
고 수천 번씩 프로를 바꿔가며 열리는 무대와 유흥으로 엮
어진 잔치가 매일매일 그칠 줄 모르고 베풀어졌으며, 마침
내 관능적인 프로그램도 주어졌다오. 머리가 좋고 마음씨

착한 사람들이 끊임없이 환담을 주고받았고, 아름답고 멋있어 보이는 남녀들이 매혹적인 잔치를 매일같이 누렸답니다. 평소에는 매우 엄격하고 진지한 늙은 왕에겐 호화스러운 궁중 행사를 통해 정리해야 할 두 가지 일이 있었다오. 하나는 일찍 죽은 전처를 생각나게 하는 딸에 대한 연민이었는데, 그 딸은 매우 사랑스러운 처녀로서 애지중지 되던 터였소. 그 딸을 위해 왕은 온갖 보물과 정성을 다 바쳤다고 하더랍니다. 다른 한 가지는 시(詩)와 시인에 대한 정열이었다오. 왕은 젊었을 때부터 시작(詩作)을 마음속 깊이 탐독했는데, 그는 부지런히 여러 언어로 된 시집을 모았다고 합니다. 그 때부터 가수와 사귀는 것을 무엇보다 중하게 생각했죠. 왕은 가인들을 각처에서 궁중으로 끌어들였으며 존경을 베풀었습죠. 그는 그들의 노래를 듣느라 피곤한 줄 몰랐으며 종종 중요한 국사를 잊어버릴 때도 있었다고 해요. 매혹적인 노래 때문에 생활하는데 필요한 것들을 잊을 때가 있었단 말입니다. 왕의 딸은 노랫소리 속에서 자란 셈이죠. 그녀의 영혼은 온통 부드러운 노래로 이루어졌어요. 애상과 그리움의 소박한 표현으로 채워졌지요. 존경받을 만한 시인들의 영향은 전국에 걸쳐 나타났는데, 특히 궁정 안에서 심했어요. 사람들은 생활을 흡사 값비싼 음료수를 붓듯이 천천히, 아주 조금씩 즐겼던 것이죠. 불협화음과도 같은 모든 증오와 적대감은 부드럽고 조화로운 목소리에 의해 사라졌기 때문에 순수한 마음으로 그렇게 할 수 있었을 겁니다. 부드러운 조화의 목소리가 모든 이의 기분을 지배했지요. 행복한 세계 속의 평화로운 영혼과 마음속의 안락한 시선은 이 훌륭한 시대의 재산이었어요. 불화의 감정이란 그저 전(前)시대적인 인간의 적으로서 시인들의 옛 전설에나 나타났답니다. 마치 노래의 정령들이 그들의 보호자에게 그의 딸보다 사랑스러운 감사의 표지를 줄 수 없었던 것처럼 말입니다. 그 딸이야말로 한 처녀의 부드러운 모습 속에서 가장 멋진 상상력을 통일시킬 수 있는 모든 것을 소유한 인물이었죠. 황홀한 잔치를 즐기고 있는 사람들 무리 속에서 번쩍이는 하얀 드레스를 입은 그녀를 생각해보시구려. 흥분한 가수들이 벌이는 노래자랑을 경청하면서 얼굴을 붉히며 그 사내들의 머리 위에 관을 씌워 그를 행복하게 해주는 그녀의 모습을 말입니다. 그 노래는 그럴 만한 값어치가 있는 것이겠죠. 이때 그녀는 주문(呪文)으로 표현된 그 훌륭한 예술의 눈에 보이는 현신(顯身)이랄 수 있는 겁니다. 그리고 시인의 환희와 멜로디에 대한 찬탄이 그치게 됩니다.

하지만 이 지상 낙원의 한가운데서 신비한 운명이 떠도는 것 같습니다. 거기 있는 사람들의 단 하나의 걱정은 이 꽃다운 공주의 결혼 문제랍니다. 이 행복한 시절의 지속과 온 나라의 운명이 거기 걸려 있는 거죠. 왕은 점점 늙어갑니다. 왕 자신에게도 이 걱정은 가슴에 차 있는 듯합니다. 그런데도 모든 사람의 바람인 그녀의 결혼에 대해서는 별 조짐이 보이지 않았지요. 왕가에 대한 신성한 존경심은 어떤 신하에게도 공주를 차지할 가능성에 대해 생각하는 것조차 허락지 않았답니다그려. 사람들은 그녀를 이 세상을 넘어서는 존재로 생각했으며 그녀에게 구혼하기 위해 궁정에 나타난 각국의 왕자들은 깊숙이 들어가 있었으므로 공주나 왕이 그들 중 어느 한 사람이 눈에 들었는지 아무도 알 수가 없었다오. 이런 거리감 때문에 공주 역시 점점 모든 사람을 꺼렸으며, 왕가의 거만함에 대한 소문은 자꾸 퍼져나가 다른 사람들로부터 그들이 구경하는 기쁨을 빼앗아갔던 것 같소. 이 소문이 전혀 근거가 없었던 것은 아니라오. 왕은 마음은 내키지 않지만 숭엄한 기분이었답니다. 그의 딸이 낮은 신분, 좋지 못한 가문 출신의 남자와 맺어지는 데 대한 갖가지 생각을 그는 있을 수 없거나 참을 수 없는 일로 생각했던 것이오. 그들의 높은 가치는 그러한 감정을 끊임없이 일으켰습니다. 그는 동양의 상고사회(上古社會) 가문 출신이었더랍니다. 왕비는 유명한 영웅 루스탄 후예의 마지막 가지였고요. 왕의 궁정 시인은 끊임없이 옛날 이 세상을 초인적인 실력으로 주름잡던 그의 가문에 대한 글을 낭독했죠. 그리고 그들의 예술의 마경(魔境)에서 왕은 자신의 가문과 다른 가문과의 거리, 그의 훌륭한 혈통으로 인해 시인을 통해서 다른 사람들과 관계를 가져야 한다고 생각했다더군요. 왕은 제2의 루스탄을 찾으려 했으나 허사였지요. 왕은 꽃다운 딸의 마음, 나라의 상태 그리고 자꾸 늙어가는 자신의 나이로 인해 어떻게 해서든지 그녀의 결혼을 소망하고 있었기 때문이었죠.

수도에서 그리 멀리 떨어지지 않은 어느 변두리에 한 늙은이가 살고 있었는데, 그에게는 하나뿐인 아들을 교육하는 일만 중요했을 뿐 그 밖에는 중병에 걸린 시골 사람들을 돌보는 일뿐이었다오. 그 아들은 착실했으며 자연과학에 몰두했더랍니다. 그건 그 아버지가 어렸을 때부터 가르쳤던 것이라오. 먼 곳에서 여러 해 전에 노인은 평화스럽고 꽃 피는 마을로 이사를 왔던 것이죠. 그는 평화로운 마을이 마음에 들었는데, 거기서 조용한 생활을 즐기고 있었답니다. 그는 이 조건을 이용해서 자연의 힘을 연구하고, 그 감동적인 지식을 아들에게 가르쳐주었던 것이죠. 아들은 자연에 많은 의미를 느꼈으며 그의 깊은 감수성은 자연의 신비스러움을 마음껏 받아들였지요. 그 젊은이의 모습이란 기품 있는 얼굴, 눈매의 비범한 명징성(明澄性)에 별다른 의미를 주지 않는다면, 그저 그런 평범한 것에 지나지 않아 보입니다.

하지만 그를 오래 보면 볼수록, 그는 매력 있는 젊은이였어요. 그리고 그의 부드러운, 그러나 명쾌한 음성과 그 매력적인 말솜씨를 본 사람은 좀처럼 그에게서 벗어나지 못했다는군요.

어느 날 공주가 숲속의 공원으로 들어섰답니다. 그곳은 그 노인의 땅이 작은 계곡에 가려진 곳이었는데, 공주는 혼자 말을 타고 숲속에 들어섰다는 것이에요. 그녀는 아무 방해도 받지 않은 채 자신의 환상에 몰두할 수 있었으며 노래도 몇 곡 신나게 부를 수 있었답니다. 높은 나무숲의 신선한 공기는 그녀를 깊은 숲의 그림자로 유혹했는데, 그러다가 그녀는 그 노인이 아들과 함께 사는 땅에 이르게 되었습니다. 공주는 우유를 마시고 싶었습니다. 그녀는 말에서 내려서, 나무에 말을 매어놓았다오. 그리고 한 잔의 우유를 청하러 그 노인 집으로 들어갔답니다. 노인의 아들이 거기 있었는데 그는 이 황실의 여인이 요술처럼 나타난 것을 보고 놀라 자빠질 뻔했다는구려. 젊음과 아름다움이 풍기며 온갖 매력이 넘쳐흐르는 그녀는 말할 수 없을 정도로 매력적이며 투명하고 순결한, 기품 있는 영혼으로 신(神)처럼 보였다는 이야기입니다. 요정의 노래와도 같은 부탁의 음성을 듣고 그가 허둥지둥하는 사이, 노인이 겸손한 예(禮)를 갖추고 나왔다오. 그리고 공주를 집 한가운데에 있는 누추한 움막으로 안내했죠. 거기서는 작은 푸른 불똥이 소리 없이 튀기고 있었는데, 그쪽에 자리를 권했다는 것이라오. 공주는 들어올 때부터 기이한 물건들로 단장된 집이며, 질서 있고 깔끔한 분위기 그리고 어떤 성스러운 느낌이 마음에 들었습니다. 그 집의 인상은 누추한 옷을 입은 기품 있는 노인과 겸손한 태도의 아들을 통해서 더욱 고조되는 것 같았거든요. 노인은 그녀의 값진 옷과 기품 있는 언동으로 미루어보아 궁정에 있는 여인이라고 생각했다오.

아들이 없는 사이에 그녀는 노인에게 눈에 띄는 몇 가지 특이한 것들을 물어보았다오. 그중에는 그녀의 옆자리에 놓여 있는 몇 점의 낡은, 이상한 그림에 관한 것이었어요. 그는 품위 있는 어조로 기꺼이 그녀에게 그것을 알려주었죠. 이때 아들이 한 단지 가득히 신선한 우유를 갖고 와서 자연 그대로인 것을 공손히 그녀에게 바쳤다오. 두 사람은 몇 마디 말을 나눴고 그녀는 친절한 대접에 대해 아주 애교 있는 말씨로 감사의 말을 전했지요. 그리고 얼굴을 붉히면서 노인에게 다시 찾아와도 좋은지 허락을 구했답니다. 또 수많은 신기한 일에 대해 그가 보여준 가르침 섞인 말씀을 즐겨도 좋은가 하고요. 공주는 노인과 그 아들이 자신의 신분을 모르는 것 같기에 밝히지 않고 되돌아갔다오. 수도(首都)는 아주 가까이에 있었지만, 연구에 깊이 빠져 있는 두 사람은 사람들의 소음을 피해왔었거든요. 그래서 그 젊은이는 궁중의 잔치에 참석하는 즐거움을 몰랐습니다. 그는 기껏해야 그의 아버지와 한 시간쯤 떨어진 숲속에 들어가 나비·갑충(甲蟲)·식물들을 채집하고 고요한 자연의 정기를 밖을 향하는 그의 다양한 정열로써 고취하곤 했었던 것이오. 노인과 공주 그리고 이 젊은이에게 있어서 그날의 사건은 똑같이 중요했습니다. 노인은 미지의 여인이 자기 아들에게 가한 새로운, 깊은 인상을 쉽게 알아차렸답니다. 노인은 그 깊은 인상이 아들에게 있어 평생의 것이 되리라는 것을 너무 잘 알고 있었다는군요. 그의 가슴속 젊음과 본성은 처음 느껴보는 이런 종류의 감정을 극복할 수 없는 방향으로 기울게 했죠. 노인은 이 사건이 가져오는 것을 오랫동안 지켜보았습니다. 그윽한 사랑의 분위기로 인해서 그는 자신도 모르게 이 일에 빨려 들어갔으며, 안도하는 마음은 이 기이한 우연 발생이 어떤 식으로 발전하는 데에 따른 일체의 걱정을 배제해버렸던 겁니다.

그러나 공주는 그와 비슷한 상태에 있지 않았다오. 그녀는 천천히 집으로 돌아갔지요. 밝으면서 어두운 신기한 감동 앞에서 그녀는 이렇다 할 생각이 일어날 수 없었던 것이죠. 그녀의 맑은 의식을 둘러싼 넓은 주름살에는 불가사의한 면사포가 드리워졌지요. 그 면사포가 걷어지면 그녀는 하늘나라에 있는 것 같은 생각이 들었다는구려. 이제까지 그녀의 전 영혼이 몰두했던 시에 대한 기억은 아득한 노래가 되어버렸지요. 그 노래는 그녀의 사랑스러운 꿈과 그녀의 이전의 상태를 연결해주는 것이었다는구려. 궁성(宮城)으로 돌아왔을 때, 그녀는 궁성의 황홀함과 그 오색영롱한 생활에 다시 큰 충격을 받게 되었지요. 그 놀라움은 아버지가 그녀를 반길 때, 그의 얼굴이 그녀 생전 처음으로 나약하게 일그러지는 것같이 느껴질 때 더욱 심해졌습니다. 그것은 그녀의 일에 대해서는 아무것도 말할 수 없는, 불가피한 일로 보였지요. 사람들은 그녀의 꿈꾸는 듯한 진지함, 환상과 깊은 의미를 좇다가 잃어버린 그녀의 시선에 이미 익숙해 있어서, 무언가 심상치 않은 일이 있음을 알아차렸던 겁니다. 이제 그녀는 그렇듯 발랄한 기분이 아니었답니다. 그녀는 아주 낯선 사람들 사이에 있는 것처럼 보였고 어떤 알 수 없는 불안감이 저녁녘에 이르기까지 그녀를 쫓아다니고 있었어요. 밤이 되면 희망을 읊조리며, 신앙의 이적(異蹟)으로 사람들의 소원이 성취된다고 노래하는 시인들의 즐거운 노랫소리가 공주를 달콤하게 위로해주었으며, 안락한 꿈속으로 그녀를 잠재웠으니까요.

한편 청년은 그녀가 숲에서 떠나간 후 곧 실성한 사람처럼 되었습니다. 숲의 입구인 관목 덤불 근처까지 길옆으로 그녀를 따라 나왔던 그는 그 길로 되돌아왔지요. 그렇게 걷다가 발아래서 무언가 밝게 빛나고 있는 것을 보았답니다. 그는 허리를 굽히고 진홍색의 돌 한 개를 들어올렸습니다. 그 돌은 기이하게도 한쪽만 빛을 내고 있었고, 다른 한쪽에는 알 수 없는 부호가 새겨져 있었어요. 그는 그 돌이 값진 홍옥(紅玉)이라고 생각하고, 그 미지의 여인의 목걸이 한가운데 달려 있던 것이라고 믿었다고 합니다. 그는 그녀가 아직 집에 그대로 있기라도 한 것처럼 허둥지둥 되돌아가서 아버지에게 그것을 건네주었지요. 그들은 다음 날 아침 그 길에 다시 나가 그 돌을 돌려주기 위해 기다리고 있기로 작정했죠. 그렇잖으면 미지의 연인이 다시 한번 찾아올 때까지 잘 간수하다가 돌려주기로 했습니다. 젊은이는 거의 밤새도록 홍옥을 살펴보았죠. 그러다가 아침녘엔 참을 수 없는 그리움이 치솟아 그 돌을 싼 종이 위에 몇 자의 글을 썼다는군요. 그 자신도 무어라고 썼는지 정확히 알지 못하는 글의 내용은 이렇다고 합니다.

돌에 새겨진 풀 수 없는 부호
이글거리는 피로써 깊이 박혀 있네.
그것은 미지의 여인의 모습이 드리운
하나의 가슴에 비길 수 있다오.

수천의 빛나는 섬광이 번쩍이며

그 주위로는 가벼운 물살이 일렁이네.

그 속엔 빛이 묻혀 있으니,

그 빛은 마음의 마음도 갖게 되는가요?

아침이 되자마자 그는 길을 나서서 숲 입구로 서둘러 달려갔지요. 한편 공주는 밤에 옷을 벗다가 목걸이에 달린 보석을 잃어버린 것을 발견했습니다. 그 보석은 어머니의 유품으로서, 그것을 지니고 있으면 낯선 폭력에 절대 빠지지 않고 자유를 안전하게 지킬 수 있다는 부적이었답니다. 그 보석을 잃어버리자 공주는 놀랍다기보다는 이상한 생각이 들었다오. 그녀는 전날 산책할 때에 갖고 있었던 사실을 상기해보았죠. 그러자 틀림없이 그 노인의 집 아니면 돌아오는 길의 숲속에서 잃어버렸다고 생각했습니다. 그 길을 그녀는 생생하게 되살릴 수 있었어요. 그래서 곧 그 보석을 찾기로 작정했다오. 그 생각을 하자 그녀는 아주 명랑해졌다는구려. 마치 보석을 잃어버렸다는 사실에 대해선 전혀 불만스럽지 않은 사람 같은 얼굴이었다는군요. 그럴 것이 그 분실 때문에 그 길을 다시 한번 가게 되었으니까 말이오.

날이 밝자 공주는 숲으로 가는 공원 길로 나섰다오. 그녀는 평소보다 서둘러 걸었으므로 자연히 가슴이 두근거리고 속이 답답한 것을 느끼게 되었죠. 해는 고목들에 금빛을 뿌리기 시작했으며, 고목은 잔잔히 살랑거렸죠. 나무들은 흡사 밤의 정령들이 깨어난 듯 마주 서서 해를 향해 다정하게 인사를 보내고 있었습니다. 공주는 멀리서 들리는 인기척을 듣고 그 청년이 황망히 오고 있는 것을 발견했다오. 젊은이도 그 시간에 똑같이 그녀를 알아보았지요. 무엇에 홀린 듯이 청년은 우뚝 서더니 뚫어지게 그녀를 바라보았답니다. 말하자면 그녀가 나타났다는 사실이 환상이 아닌 현실이라는 것을 확신하려고 하는 것 같았죠. 그들은 마치 오랫동안 사귀어온 애인들처럼 머뭇머뭇 기쁨을 감춘 모습으로 서로 인사를 나누었다오. 공주가 이른 아침 산책의 이유를 그에게 설명하기도 전에 청년은 얼굴을 붉히며 두근거리는 가슴으로 글씨가 쓰인 종이 속에 든 홍옥을 내어놓았다오. 공주는 그 글의 내용을 예감하고 있었던 모양이었소. 그녀는 떨리는 손으로 말없이 그것을 받아들었답니다. 그러고 나서 그에게 그 대가로 자기도 모르게 금목걸이를 걸어주었어요. 그녀가 목에 걸고 있었던 것이죠. 그는 부끄러운 듯 그녀 앞에 무릎을 꿇었는데, 그녀가 그의 아버지에게 인사를 드릴 때까지 한동안 아무 말도 할 수가 없었다오. 공주는 눈을 아래로 내리깔고서 낮은 목소리로 그에게 자기가 곧 다시 오겠노라고 말했답니다. 그의 아버지는 또 그녀에게 아주 큰 즐거움을 줄 귀중품을 알려주겠노라고 약속했죠.

공주는 젊은 청년에게 진심으로 감사의 말을 전한 뒤 천천히 돌아갔습니다. 젊은이는 아무 말도 하지 못했다는구려. 그는 깊이 사모하는 마음으로 눈인사를 보낸 다음 그녀가 나무 뒤로 사라질 때까지 오랫동안 뒷모습을 쳐다보았다오. 그 뒤 며칠이 지나지 않아서 그녀는 다시 그곳을 찾아왔고 그 뒤론 자주 찾아왔다오. 젊은이는 이 산책에 있어서 자기도 모르게 그녀의 동반자가 되었죠. 그는 어떤 때에는 공원으로 그녀를 데리고 가기도 했으며 되돌려 보내기도 했죠. 그러나 그녀는 자신의 신분에 대해서는 한마디도 입 밖에 내지 않았다더군요. 그러잖아도 그녀는 자신의 동반자와 아주 친해져버렸답니다. 그리고 곧 그녀의 천사 같은 영혼엔 아무런 생각도 남아나지 않게 되었다오. 그것은 마치 그녀의 높은 가문이 그녀의 마음에 은근한 걱정이 되는 것 같아 보였습니다. 청년 역시 그녀에게 영혼을 모두 바쳐버렸어요. 아버지와 아들은 그녀를 궁정의 귀한 처녀로 생각했지요. 그녀는 노인에게 딸처럼 귀엽게 매달렸습니다. 노인에 대한 그녀의 애교는 젊은이에 대한 그녀의 부드러운 사랑을 말해주는 아름다운 조짐이었던 거예요. 그녀는 곧 이 근사한 집에 식구처럼 어울렸답니다. 그녀는 그러면서도 노인과 아들에게 천사와 같은 음성으로 매혹적인 노래를 부르며 아들에게는 이 멋진 예술을 가르쳐주기도 했다는군요. 한편으로 그녀는 곳곳에 널린 자연의 신비스러움에 대한 수수께끼를 그 아들의 입을 통해 배울 수 있었겠지요. 젊은이는 그녀에게 이 세계가 얼마나 신기로운 영력(靈力)에 의해서 이루어진 것인가, 천체는 얼마나 율동적인 원을 그리고 있는 것인가 가르쳐주었지요. 이 세계 이전의 역사가 그의 이야기로 그녀의 마음을 부풀게 해주었지요. 그녀는 어찌나 황홀했던지 젊은이가 열심히 가르쳐주는 이야기의 절정에 이르자 라우테*를 붙잡고 아주 사뿐히 멋진 노래를 불러버렸답니다. 어느 날 그는 그녀와 함께 있는 가운데 대담한 생각이 들었으며, 용솟음치는 사랑은 돌아가는 길에서 처녀의 머뭇거리는 태도를 여느 때와는 달리 눌러버릴 수 있게 되었다오. 그래서 두 남녀는 어떻게 하는지도 모르면서 서로서로 팔을 끼고 영원히 함께 녹아버릴 듯이 정열적인 키스를 하게 되었죠. 어스름 녘, 나뭇가지에는 갑자기 모진 바람이 불었어요. 그러자 뭉게구름이 어두컴컴한 그림자를 그들 머리 위에 이끌고 나타났지 뭡니까. 그는 사나운 소나기로부터 그녀를 보호하려고 꺾어진 나무들이

---

* 현악기의 일종.

있는 곳으로 가려고 서둘렀지요. 하지만 밤인 데다가 그녀 때문에 초조한 마음이 들어 길을 찾을 수 없었고, 오히려 점점 더 숲속 깊숙이 들어갔습니다. 길을 잘못 든 것을 알게 되자 그는 더욱 불안해졌지요. 공주는 궁중에서 왕이 얼마나 놀랄까 생각했습니다. 무어라 할 수 없는 불안이 그녀의 머릿속을 산란한 빛처럼 이따금 스치고 지나갔다오. 단지 끊임없이 위로의 말을 보내는 애인의 목소리만이 용기와 믿음을 되찾아주고 답답한 가슴을 조금 진정시켜줄 따름이었죠. 비바람은 갈수록 거세졌습니다. 길을 찾으려는 온갖 노력은 허사가 되어버렸다오. 그때 번갯불이 번쩍이며 숲의 가파른 산허리에 가까운 동굴이 있는 것을 발견하고 두 사람은 기뻐서 어쩔 줄 몰랐다는구려. 거기서 그들은 이 비바람의 위험을 안전하게 벗어나 휴식을 얻게 되기를 바랐죠. 다행히 그들의 바람은 이뤄질 수 있었답니다. 굴은 물기가 없었으며 깨끗한 이끼들만이 무성했다오. 젊은이는 재빨리 풀과 이끼에 불을 붙여 타는지 알아보았죠. 사랑하는 연인은 자신들이 어처구니없게도 이 세상과 멀리 떨어져 있다는 걸 느꼈죠. 위험한 상황에서 벗어나 아주 안락한, 따뜻한 곳에 그들만이 나란히 앉아서 말입니다.

낟알이 그대로 매달린 볏 짚단 더미가 굴 안에 걸려 있었으며, 가까운 곳에서 졸졸졸 흐르는 물소리가 그들이 잊어버리고 있던 갈증을 일깨워주었지요. 젊은이는 라우테를 가지고 왔는데, 그것은 이제 그들이 푸드득 소리를 내는 불 옆에 앉아서 기분을 되살려주는 조용한 오락을 제공하게 되었다오. 어떤 높은 힘이 매듭을 빨리 풀어주는 것 같았으며 그들을 낭만적이고 야릇한 상황으로 몰아넣었답니다. 그들의 맑은 가슴, 신비스러운 분위기, 감미로운 정열의 힘 그리고 젊음은 곧 이 속세와 그에 얽힌 일들을 잊게 할 수 있었죠. 비바람을 신부의 노래 삼아, 번개를 신혼의 불빛 삼아 달콤한 속삭임으로 그들을 달래었던 겁니다. 그들은 영원한 한 쌍의 연인으로 복 받은 듯했습니다.

푸른 동이 터오는 아침은 그들에게 있어서 새롭고 행복한 세계로의 눈뜸이었죠. 하지만 공주의 눈에서 내리는 뜨거운 눈물의 강은 그녀의 애인에게는 그녀의 가슴속에서 커가는 갖가지 고통으로 여겨졌다오. 그날 밤 그는 몇 살은 더 먹어, 소년에서 어른이 된 것 같았습니다. 그는 뜨거운 격정의 마음으로 애인을 달래어주었다오. 그녀에게 진실한 사랑의 성스러움, 그녀가 쏟은 고귀한 믿음을 상기시켜주었고, 그녀의 수호신으로서의 밝은 앞날에 대해 믿고 기다려 달라고 요청했다오. 공주는 그의 진실한 위로를 듣고, 자신이 왕의 딸이며, 자기 아버지의 자존심과 걱정 때문에 불안하다고 고백했다는 것입니다. 오랫동안 숙고한 끝에 그들은 아주 확고한 결정에 도달했다오. 즉 젊은이는 곧바로 나가서 길을 찾아 아버지를 만나서 그들의 계획을 말씀드린다는 것이었죠. 그는 속히 그녀에게 되돌아올 것을 약속하고, 앞으로 일이 잘될 것이라고 달콤한 말로써 그녀를 달래놓고서 길을 떠났죠. 젊은이는 자기 아버지가 사는 곳에 곧 다다랐습니다. 노인은 그가 무사히 돌아온 것을 보자 매우 반가워했답니다. 노인은 사랑하는 젊은이들의 이야기를 듣고 나더니 잠시 곰곰이 생각해본 뒤 그를 도와줄 뜻을 밝혔습니다. 그의 집은 비교적 후미진 데다가 눈에 잘 띄지 않는 방이 지하에 몇 개 있었다오. 거기에 공주의 처소를 두자는 것이었죠. 젊은이는 그녀를 저녁녘에 그리로 데려왔고, 그녀는 노인의 따뜻한 대접을 받았어요. 슬퍼하는 자기 아버지가 생각날 때마다 홀로 눈물을 흘렸습니다. 그러나 애인 앞에서는 고통을 감추었으며 단지 가까운 시일 내에 그녀가 아버지에게 돌아갈 수 있을 것이라고 위로해주는 노인에게만 말을 했을 따름이지요.

그러는 사이 궁중에서는 공주가 없어진 것이 알려지자 큰일이 났습죠. 왕은 정신이 나간 채 그녀를 찾기 위해 곳곳에 사람들을 보내었습니다. 그러나 아무도 그녀의 행방을 알 수 없었단 말입니다. 아무도 공주의 은밀한 애정 관계를 생각지 못했죠. 그럴 것이 다른 사람들이 모두 제자리에 있었으므로 유괴란 생각할 수 없는 노릇이었죠. 엉뚱한 추측에는 아무 근거가 없었다오. 밖에 나갔던 사람들은 낭패해서 되돌아왔고, 왕은 깊은 수심에 잠기었습니다.

밤이 되어 궁정 가인이 그 앞에 나타나 아름다운 노래를 부를 때에나 옛 즐거움이 다시 살아나는 듯이 보였을 뿐이지요. 딸의 얼굴이 가까이 어른거렸다오. 그는 딸을 다시 만나게 되리라는 희망을 버리지 않았지요. 하지만 다시 혼자 있게 될 때, 그는 가슴이 찢어지는 것 같았고 소리 내어 울기도 했다는구려. 그러자 자기 자신에 대해 생각이 미치게 되었다오. '이렇듯 황홀한 생활이며 높은 가문이 대관절 무슨 소용이 있는가. 지금 나는 다른 사람들보다 비참하지 않은가' 하고요. 내 딸을 대신할 수 있는 것은 없다고 생각했지요. 그 애가 없으면 노래도 텅 빈말에 지나지 않는 것으로 생각했소. 공주는 왕에게 삶과 기쁨, 힘과 형상을 불어넣어 주는 마력이었다오. '내가 차라리 가장 보잘것없는 내 신하 중 한 사람이었다면. 그랬으면 나는 딸을 아직 갖고 있었을 텐데. 그랬으면 사위에다가 내 무릎 위에 앉아 있을 손자 놈들까지 있었을 텐데. 그랬으면 지금과는 다른 왕이었을 것을. 그것은 세상의 재화(財貨)로 행복과 포만의 넘쳐나는 감정이지. 가득 찬 충족감 말이야. 나는 이제 나의 거만스러움 때문에 벌을 받은 것이야. 아내를 잃어버렸을 때도 이처럼 동요되지는 않았었어. 그런데 이제 나는 한없는 비참함을 느끼는군……' 왕은 애틋한 그리움의 시간이면 이렇게 한탄했다는 것이오. 이따금 냉엄하고 거만한 그의 옛 버릇이 다시 살아나기도 했죠. 그는 자신의 한탄에 대해 짜증이 나기도 했으나 왕이기에 할 수 없이 참고 침묵하려고 했다오. 그는 자기가 사람들보다 더 고통을 받고 있다고 생각했으며, 그것은 왕이라는 자리 때문이라고 생각했지요. 그러나 날이 어둑어둑해진 다음 딸의 방에 들어가서 그녀의 옷이 걸려 있고, 자질구레한 일용품이 마치 방금 나간 듯이 놓여 있는 것을 보면 자신의 결심을 잊어버리고 비감한 사람의 모습이 되어, 연민을 못 이겨 하인을 불렀답니다. 온 도시, 온 나라의 사람들이 눈물을 흘렸으며 왕과 같은 마음으로 탄식을 했다오. 그런데 이상하게도 공주는 아직 살아 있고 곧 그녀의 낭군과 함께 다시 나타나리라는 소문이 떠돌았어요. 그 소문이 어디서 나왔는지는 아무도 몰랐죠. 그렇지만 사람들은 모두 그것을 즐거운 마음으로 믿고 있었으며, 그녀가 곧 다시 나타나기를 초조한 마음으로 기다렸다고 합니다. 그렇게 몇 달이 지나고 봄이 다시 왔습니다. '그렇지요. 틀림없이 공주는 다시 나타납니다' 몇몇 사람들은 들뜬 기분으로 말했다오. 왕까지도 아주 명랑한 기분이었으며 희망에 차 있었다는구려. 그는 그 소문을 어느 착한 힘의 약속처럼 생각했어요. 옛날의 잔치는 다시 시작되었고, 옛날의 그 호화찬란한 전성시대도 단지 공주만이 없어 완벽해 보이지 않았을 따름이었다오. 공주가 없어진 지 꼭 1년이 되는 날, 궁중 인사들은 모두 공원에 모였습니다. 날씨는 온화하기 이를 데 없었어요. 간혹 살랑바람만이 먼 데서 오는 기쁜 소식처럼 산꼭대기에서 불어올 뿐이었죠. 무수한 빛을 번쩍이며 시커먼 산꼭대기에서 세찬 물보라가 솟아올랐으며 율동적인 소리에 맞추어 갖가지 노래가 이어지면서 나무 아래로 울려 내려왔죠. 왕은 값진 양탄자 위에 앉아 있었으며, 그 둘레로 예복을 입은 신하들이 둘러앉아 있었고요. 수많은 사람이 공원을 메우고, 으리으리한 구경거리를 둘러싸고 있었다오. 왕은 깊은 생각에 잠겨 앉아 있었소. 잃어버린 딸의 영상이 이상하게도 또렷한 모습으로 그 앞에 나타났다는구려. 그는 작년 이맘때 갑자기 중단된 그 행복했던 날을 생각했지요. 애타는 그리움이 그를 휘몰았으며, 그의 뺨으로는 쉴 새 없이 눈물이 흘렀답니다. 그런데도 그는 다른 때와는 달리 좋은 기분이었어요. 슬펐던 한 해가 어두웠던 꿈같았죠. 그는 눈을 뜨고서 사람들과 나무들 사이에서 기품 있고 아리따운 딸의 모습을 찾아보려고 했습니다. 그때 막 시인의 노래가 끝나고 모든 사람의 감동을 대변하듯 깊은 정적이 흐르고 있었다오. 그럴 것이 시인은 재회의 기쁨, 봄날과 미래를 마치 희망을 불어넣듯이 노래 부르고 난 참이었으니까요.

이때 갑자기 알 수 없는 나지막한 목소리가 라우테의 낮은 음조를 타고 울리면서 정적이 깨졌습니다. 그 소리는 참나무 고목에서 나오는 것 같았습니다. 모든 사람의 시선은 그쪽을 향했죠. 거기엔 수수한, 하지만 눈에 선 옷을 입은 한 청년이 팔에 라우테를 들고 조용히 노래를 하고 있는 것이 아닙니까. 그는 왕이 그를 향해 시선을 보내자 깊이 허리를 숙였다오. 그 소리는 드물게 듣는 아름다운 것이며, 목소리 또한 이방(異邦)의 놀라운 인상을 담고 있었죠. 그는 이 세상의 기원·천체·식물·동물 그리고 사람의 발생, 자연의 전지전능한 영력(靈力), 태곳적 황금시절과 그때를 주재하던 사람과 시, 증오와 야만의 현상 그리고 그것들이 선량한 여신과 싸우는 현상에 대해서, 그리고 마침내는 여신이 승리할 앞날, 비탄의 종식, 자연이 다시 젊어지고 영원한 황금시절이 되돌아오는 것 등에 대해 라우테로 이를 다루었습니다. 노시인들은 그가 노래하는 사이, 감동에 벅찬 마음으로 이 신기한 이방 청년의 주위에 몰려들었습죠. 전혀 느껴보지 못했던 짜릿한 감동이 노래를 듣는 사람들을 사로잡았던 것입니다. 왕도 그가 하늘나라의 강으로 떠내려가는 것같이 느꼈다니까요. 그런 노래는 한 번도 들어본 적이 없었던 거예요. 모든 사람은 천사가 그들 가운데 나타난 것이 아닌가 생각했습니다. 더욱이 그 젊은이는 노래할수록 더욱 아름답고 준수한 모습이 되어갔으며, 그의 목소리는 더욱 힘차게 되어갔으니 말입니다. 대기는 그의 금빛 머리카락과 함께 춤을 추었어요. 라우테는 그의 손안에서 마법에 홀린 듯했으며, 그의 시선은 신비로운 저 너머 세계에 빠져 있는 듯했다오. 그 얼굴의 천진스러움과 소박함은 모든 사람에게 초자연적인 것으로 보였죠. 이제 그 황홀한 노래가 끝났습니다. 시민들은 기쁨의 눈물을 흘리며 청년을 그들의 가슴에 안았구려. 조용한, 감개무량한 탄성이 거기 모인 사람들 사이에 번져나갔죠. 왕은 감동한 나머지 그를 불러오도록 했다오. 젊은이는 공손히 왕의 발 앞에 조아렸습니다. 왕은 그를 일으키더니 힘껏 껴안고 나서 그에게 소원 하나를 말해보도록 했다오. 그러자 그는 얼굴에 홍조를 띠고 노래를 하나 더 들어보시고 난 다음에 자기의 소원을 결정하겠노라고 했어요. 왕은 몇 걸음 뒤로 물러났으며, 그 이방의 젊은이는 노래를 시작했습니다.

가수는 거친 길을 걸었네.
가시에 옷이 찢기었지요.
강물과 늪을 건너야 했으나

아무도 그를 도와주는 손은 없었다오.
외로이, 길도 없는 그의 피곤한 가슴에
지금은 한탄이 흐르고 있다오.
그는 라우테도 거의 들 수 없으며
깊은 고통만이 그를 짓누르네.

나는 슬픈 운명을 타고났어요.
나는 여기 버려진 채 방황하오.
나는 즐거움과 평화를 불러오지만
아무것도 나와 함께할 수 없네.
누구든지 나로 인해서 그의 처지
그의 삶을 즐겁게 누리리.
하지만 그들은 스스로 마음의 요구를
인색한 대가로 말하고 있다오.

흡사 봄이 왔다 가듯이
나는 조용히 떠날 수 있다오.
그다음에 탄식이 일어난들
슬퍼할 것은 아무것도 없어요.
그들은 열매를 그리워하지만
먹어 삼킬 줄은 모르고 있지요.

나는 그들을 위해 하늘에 시를 지어 바칠 수 있어도
나를 위해선 기도도 생각지 않는다오.

고맙게도 나는 내 입술에
마술의 힘이 있는 것을 느낍니다.
오! 그저 내 오른쪽 옆에서
마법의 띠가 사랑하는 이에게 닿게 하라.
멀리서 오고 싶어 하는
이 가련한 이를 생각하는 사람은 아무도 없구나.
누가 따뜻한 마음씨가 되어
이 깊은 시름을 풀어줄 것인가?

그는 높은 풀밭에 드러누워
젖은 뺨으로 잠이 들어 있소.
이때 노래의 정령이 그 답답한
가슴속으로 날아들었지.
'너의 고통을 잊으라
곧 너의 짐은 사라지리라.
동굴에서 쉽게 찾고자 했던 것을
너는 궁정에서 얻게 되리라.

너는 땅 위에서 가장 높은 것에 가까이 있으니
곧 얼키설키 얽힌 일들은 끝나리라.
신부의 면사포는 하나의 관(冠)이 되며
그녀의 충실한 손이 너에게 얹히리.
화합의 마음이 일어나면서
왕좌 둘레의 영광이 되리오.
시인은 거친 계단을 올라서
왕의 아들이 되리라.'

　그는 거기까지 노래했어요. 그때 마지막 대목에 이르렀을
때, 한 노인이 귀태가 나는 베일을 쓴 여인과 함께 나타나자
거기 모여 있던 사람들은 깜짝 놀랐답니다. 여인은 잘생긴
아이 한 놈을 팔에 안고 있었는데, 아이는 낯선 사람들에게
둘러싸인 채 번쩍이는 왕관을 향해 웃으면서 그 작은 손을
뻗치고 있었다는군요. 나타나기에 앞서 그 가수 뒤에 있었
던 것이죠. 그러나 고목 꼭대기에서 왕이 애지중지하는 독
수리란 놈이 날아내리더니 청년의 머리 위에 앉아 머리카락
을 휘젓자 사람들의 놀라움은 더욱 심해졌다오. 독수리는
왕의 방에서 가지고 나왔음이 틀림없는 금빛 머리띠를 갖고
있었어요. 그 젊은이는 순간 놀랐지요. 독수리는 왕의 옆으
로 날아가고 머리띠는 남겨놓았습니다. 젊은이는 띠를 가지

려고 하는 아이에게 그것을 건네주었어요. 그리고 왕을 향
해 무릎을 꿇고서 그의 노래를 감동된 목소리로 계속해나갔
다는구려.

가수는 아름다운 꿈에서 깨어 벌떡 일어나
조바심을 내며 즐거워했다오.
그는 높은 나무 사이로 거닐며
궁정의 근엄한 문 앞에 이르렀네.
성벽은 빛처럼 반들반들했지만
그의 노래는 빨리 기어올랐어요.
아내와 슬픔에 사로잡힌 노래는
왕의 아이에까지 내려간 거지요.

사랑은 성벽을 꽉 눌러버렸어요.
철갑의 울림으로 그것을 몰아내었죠.
성벽은 감미롭게 활활 타오르며
밤의 조용한 탈출구를 보여주네요.
그들은 왕의 분노를 샀으므로
두려운 듯 숨어 있다오.
이제 매일 아침
고통과 즐거움은 한꺼번에 일깨워지겠죠.

가수는 부드러운 소리로
새어머니에게 희망을 속삭여준다오.
저기 노래에 매료된 왕이
틈바구니로 들어오고 있다오.
딸은 금빛 머리칼을 휘날리며
손자를 그녀 가슴에서 그에게 건네주네.
그들은 회오와 놀라움에 잠겨 있고
엄한 마음씨는 살포시 녹아 없어지네.

사랑은 물러나고 노래에 실려
왕좌에도 부정(父情)이 가득하오.
깊은 슬픔은 감미로운 충동 속에서
영원한 기쁨으로 변하리.
사랑은 그들에게 빼앗은 것을
이자까지 보태서 곧 돌려주리라.
그리고 화해의 키스 아래
천상의 행복이 전개되도다.

노래의 정령이여, 이곳에 내려와
이제 사랑 옆에 나란히 설지어다.
잃었던 딸을 다시 데려와

왕이 그녀의 아버지가 되도록 하라!
왕은 기쁨에 겨워 그녀를 포옹하고
그의 손자를 측은하게 여기네.
그의 마음은 흘러넘치니
가수 역시 아들로서 얼싸안도다.

청년은 어두운 길목으로 은은히 사라져가는 이 노래를 마치면서 떨리는 손으로 베일을 들쳐 올렸습니다. 공주가 눈물의 강을 이루며 왕의 발 앞에 엎드려서 그 어여쁜 아이를 그에게 건네주었답니다. 가수는 목을 조아리고 그녀 옆에 무릎을 꿇고 앉아 있었다오. 일순 불안한 정적으로 모든 사람이 숨도 못 쉬는 것 같았죠. 왕은 한동안 아무 말 없이 심각한 모습이었습니다.

마침내 왕은 공주를 가슴에 끌어안더니 오랫동안 꼭 껴안고 소리 내어 울었다는구려. 그다음엔 청년을 일으키더니 아주 따뜻하게 그를 감싸 안았습니다. 밝은 탄성 소리가 빽빽이 모인 사람들 사이로 퍼져나갔죠. 왕은 아이를 받아들고서 경건하고 감동적인 자세로 하늘을 향해 들어 올렸다오. 그러고 난 다음 그는 노인에게 정중한 인사를 보냈습니다. 무수한 기쁨의 눈물이 흘러내렸지요. 시인들은 소리 높여 노래를 불렀으며, 이날 밤은 온 나라가 축제

전야가 되었다오. 온 나라의 사람들이 그저 경사스러운 축제만 계속했지요. 그 나라가 어디로 갔는지는 아무도 모른답니다. 다만 전설에 의하면 대홍수로 인해서 아틀란티스*는 사람들 눈에서 사라졌다고 합니다."

---

* 희랍 사람들이 대서양에 있다고 생각한 전설의 섬.

제4장

　조금도 쉬지 않고 계속된 며칠 동안의 여행이 끝났다. 길
은 단단하고 메말라 있었으나 날씨는 상쾌했다. 그들이 거
쳐 온 지방은 풍요했으며, 사람들이 많이 살고 있었고 풍경
도 다채로웠다. 그 엄청난 튀링겐 숲이 등 뒤에 놓여 있었
다. 상인들은 자주자주 물건을 사러 다니면서 각처 사람들
과 사귀고, 또 융숭한 대접을 받기도 했다. 그들은 후미진
곳이나 도둑이 많기로 알려진 곳은 다니기를 피했다. 하지
만 할 수 없이 그런 지방에 가야 할 일이 있으면 안내자와
동행했다. 이웃 산성(山城)의 주인 몇 사람은 상인들과 사이
가 좋았다. 그들은 상인들의 방문을 받을 때, 아우크스부르
크로 주문할 것이 없는지 문의를 받았다. 그들에게는 아주

친절한 대접이 베풀어졌다. 부인네들과 딸들이 호기심에 가득 차 손님들 주위로 몰려들었다. 하인리히의 어머니는 선선한 마음씨와 사교적인 성격 때문에 곧 그들과 가까워졌다. 사람들은 수도에서 온 여인을 본다는 사실이 즐거웠다. 그녀는 사람들이 호기심을 갖는 유행을 전해주었다. 젊은 오프터딩겐은 그의 겸손한 태도와 부드러운 언동 때문에 기사와 여인들로부터 찬사를 들었다. 여인들은 사람을 끄는 그 앞에서 시간 보내기를 좋아했다. 그들은 이 미지의 사내의 소박한 말이 그와 헤어진 다음에도 보이지 않는 꽃봉오리를 피우고 마침내는 갖가지 색깔이 뒤엉킨 잎새들 속에 멋진 꽃 한 송이를 만들어내었으니 그것을 아무리 반복하더라도 피곤한 줄 몰랐다. 없어지지 않는 보배를 가진 것이다. 이제 사람들은 이 미지의 청년에 대해 훨씬 정확하게 생각하게 되었는데, 생각을 거듭하다가 마침내 그가 더 높은 세상 사람이 틀림없다고 생각하게 되었다. 상인들은 주문을 많이 받았으며, 곧 다시 보게 되기를 바라면서 헤어졌다. 그들이 저녁녘에 도착한 한 성에는 흥겨운 놀이가 열리고 있었다. 그 성주는 늙은 군인이었는데, 그는 평화로운 여가와 외로움을 연회(宴會)를 열어서 달래고 있었다. 소용돌이치는 전쟁이나 사냥이 없을 땐 가득 찬 술잔밖에는 다른 소일거리가 없었다.

그는 친형제처럼 따뜻하게 떠드는 사람들 가운데에 서서 도착하는 사람들을 맞아들였다. 어머니는 가정부에게로 안내되었다. 상인들과 하인리히는 술잔이 거나하게 돌아가고 있는 흥겨운 식탁에 앉아야 했다. 하인리히에게는 그의 젊음을 고려해서 답배(答盃)가 면제되었다. 반면 상인들은 부지런히 해묵은 프랑스 포도주를 연신 맛볼 수 있었다. 대화는 그전에 있었던 전투 이야기로 흘러갔다. 하인리히는 이 새로운 이야기를 조심스럽게 경청했다. 기사들은 성지에 대해서, 성묘(聖墓)의 이적(異蹟)에 대해서, 그들 부대와 항해의 모험에 대해서, 폭력 앞에서 말을 들었던 회교도 사람들에 대해서, 그리고 전쟁에서 즐거웠던 일, 신기했던 일에 대해서 이야기했다. 그들은 신이 나서 예수의 탄생을 아직도 모욕적인 미신의 소산으로 아는 것에 대해 불쾌감을 토로했다. 그들은 이 야비한 민족에 맞선 용감한, 지칠 줄 모르는 행동을 통해서 영원한 월계관을 획득한 위대한 영웅들을 칭송했다. 성주는 그 민족의 한 괴수에게서 자신의 손으로 빼앗은 값진 칼을 보여주었다. 그것은 그가 성채(城砦)를 정복하고 성주를 죽이고 그 부인과 아이들을 사로잡은 다음에 빼앗은 것으로서 황제가 그에게 그것을 문장(紋章)으로 하도록 기꺼이 허락한 것이었다. 모든 사람이 그 번득이는 칼을 바라보았다. 하인리히도 손으로 그것을 만져보았는데 전쟁의 흥분에 사로잡히는 것 같은 느낌을 받았다. 그는 아주 경건한 마음으로 입을 맞추었다. 기사들은 그가 관심이 많은 것을 보고 기뻐했다. 늙은 성주는 그를 껴안고 나서 성묘의 해방에 영원히 몸을 바치라고 격려하고 그의 어깨에 이상한 십자가를 달아주었다. 그는 놀랐으나 손은 칼에서 떨어지지 않는 것 같았다.

"생각해보세, 여보게." 늙은 기사는 외쳤다. "새로운 십자가가 문턱에 놓여 있네. 황제가 우리 군대를 동방으로 이끌 것이오. 전 유럽에 새로이 십자군의 부름이 울리고 있소. 영웅적인 호응이 각지에서 일고 있지. 해를 넘기지 않고 우리가 세계적인 대도시 예루살렘에 양양한 개선군으로 나란히 앉아서 조국의 포도주를 들고 고향 생각을 할는지 누가 알 것인가. 자네는 나와 함께 동방의 처녀를 볼 수 있을 것이네. 그네들은 우리 서양 사람들을 아주 품위 있는 사람으로 생각한다네. 게다가 자네가 칼을 잘 쓸 수 있다면, 아름다운 포로들을 부족함 없이 가질 수 있을걸세."

기사들은 소리 높여 십자군의 노래를 불렀는데 그것은 당시 전 유럽에서 널리 불리고 있던 것이었다.

무덤이 거친 이교도 속에 놓여 있네.
구세주 누워 있는 무덤은

모욕과 조롱을 참아야 하며
매일같이 더럽혀지네.
거기서 숨 막히는 목소리가 한탄하네,
"누가 이 괴로움에서 나를 구해주나!"

젊은 영웅들은 어디에 있는가?
구세주는 사라졌도다!
누가 믿음의 재현자(再現者)인가?
누가 이 시대의 십자가를 메는가?
누가 치욕스러운 사람들의 사슬을 끊고서
성묘(聖墓)를 구할 것인가?

육지와 바다로 힘차게 간다.
깊은 밤에 부는 거룩한 폭풍,
게으른 잠꾼의 잠을 깨우며
폭풍은 병영, 도시 그리고 탑을 휘몰며 분다.
성당의 첨탑을 둘러싼 비탄의 외침,
"아, 게으른 신도들이여, 일어나 여기서 떠나라."

각지의 천사들이 엄숙한 모습으로
서로서로 말없이 바라보네.

순례자들이 문 앞에서
고통에 찬 얼굴로 서 있는데
그들은 불안한 목소리로
회교도들의 잔학성을 호소하고 있다오.

먼 구세주의 나라에
붉고 탁한 먼동이 텄네.
슬픔의 고통, 사랑의 고통은
모든 사람에게 알려지도다.
한 사람마다 십자가와 칼을 들고
고소(古巢)에서 나와 불을 밝힌다.

타는 듯한 열화가 대열 속에 치미네,
성역의 무덤을 해방하라고.
곧 성지(聖地)에 이르려 한다.

아이들도 달려 나오며
몸을 바친 사람들은 무리로 늘어나네.
승리의 깃발 속에 십자가가 하늘 높이 나부끼며
늙은 영웅이 그 앞에 서 있네.
행복한 낙원의 문이

경건한 전사(戰士)들에게 열리니,
한 사람 한 사람이 행복을 누리며
그의 피를 그리스도에게 부으리.

전장으로, 신도들이여! 신의 대열을
성지로 함께 이끌어라.
그리하면 곧 구세주의 영원한 손의 위력을
이교도들이 알게 되리라.
우리는 곧 즐거운 기분으로
이교도의 피로써 성묘를 닦으리.

성모 마리아가 천사에 인도되어
거친 전쟁터를 떠돌며
거기서 칼에 다친 사람들은 모두
그 어머니 칼에 안겨 깨어 있네.
그녀는 맑은 얼굴로
무기가 부딪치는 곳을 내려다보네.

저 너머 성지로!
무덤의 답답한 소리가 나네!
이제 곧 승리와 기도로써

기독교인의 죄에 대해 속죄하리!
이교도의 왕국은 끝나고,
이제야 성묘가 우리 손에 들어오네.

하인리히의 영혼은 흥분했다. 무덤이 그의 눈앞에 창백한, 고귀한 젊은이의 모습으로 다가왔다. 그것은 야만적인 오합지졸 한가운데 있는 커다란 돌 위에 앉아서 아주 고약하게 취급되고 있는 모습이었다. 마치 그 젊은이가 고통스러운 얼굴을 한 채 바다 한복판에서 반짝이며 무수히 엇갈리는 십자가를 바라보고 있는 형상 같았다.

하인리히의 어머니가 그때 막 와서 그를 데리고 기사의 아내에게 인사시키러 나갔다. 기사들은 그들 앞에 놓여 있는 잔칫상에 빠져서 하인리히가 나간 줄도 몰랐다. 하인리히는 어머니가 그를 친절하게 맞아준 이 성의 늙은, 선량한 주부와 다정한 대화를 나누고 있는 것을 보았다. 이날 저녁은 아주 흥겨웠다. 해가 지기 시작하자 하인리히는 혼자 있고 싶어졌으며 금빛으로 물들어가는 원경(遠景)에 마음이 끌렸다. 그 광경은 어둠침침한 작은 방으로 좁은 궁륭의 창을 통해서 눈에 들어왔다. 그는 성 밖을 구경할 수 있게끔 허락을 받았다. 그는 밖으로 뛰쳐나왔다. 그의 기분은 들떠 있었다. 그는 오래된 바위 꼭대기에 올라가서 냇물이 흘러내리고 방아가 돌고 있는 숲이 가득 찬 계곡을 바라보았다. 그 깊은 계곡 속에서 방아 돌아가는 소리는 들리지 않았으나 산과 숲 그리고 평지의 광대무변한 전망을 접하니 그의 마음속 불안은 진정되었다. 전쟁의 소용돌이는 자취를 감추었으며 이제 그림 같은 그리움만이 남았다. 그는 라우테가 도대체 어떻게 만들어진 것이며, 어떤 음향을 내는 것인지 알 수 없었지만 자기에겐 그것이 없다는 것이 아쉬웠다. 이날 저녁의 흥겨운 놀이는 그를 부드러운 환상에 잠기게 했다. 그 마음속 꽃은 이따금 번개처럼 그 속에서 번쩍였다. 그는 거친 관목 덤불 속을 배회하면서 이끼 낀 바위 위에 기어오르기도 했다. 그때 그 근처 깊숙한 숲속에서 갑자기 따뜻하게 가슴에 저며오는 여인의 노랫소리가 아름다운 선율을 타고 들려왔다. 그것은 틀림없이 라우테의 소리였다. 그는 감탄하며 그 자리에서 서서 은은한 독일말로 울리는 노래를 들었다.

지친 내 가슴은 아직도
낯선 하늘 아래에서 죽지 않는가요?
가냘픈 희망은 언제나 내게
어른거리는 겁니까?
돌아갈 꿈은 꿀 수도 없나요?

강물처럼 내 눈물은 흐릅니다.
마침내 내 가슴은 근심에 잠겨요.

내 당신에게 도금양(挑金孃) 꽃과
검은 머리카락의 삼나무를 보일 수 있다면!
그대를 형제자매들이 둥글게
모여 앉아 춤추는 곳에 부를 수 있다면!
그대 수놓은 옷을 입고서,
값진 장신구로 단장하고서, 의연히
당신의 애인을 그대로 볼 수 있다면 좋겠어요.

기품 있는 청년들이 뜨거운 시선으로
그녀 앞에서 허리를 굽혀요.
따사로운 노랫소리가
저녁별과 더불어 내게로 옵니다.
애인을 믿어야지요.
여인에 대한 영원한 사랑과 성실,
남자들의 신호가 여기 있습니다.

이곳은 수정의 원산지 둘레로
하늘이 너울거리는 곳,

뜨거운 향유(香油)의 물결로
숲 둘레가 가득한 곳,
그 즐거운 놀이터
수많은 과일 속, 꽃 속에
수천의 갖가지 가인(歌人)을 품고 있네.

젊은 날의 꿈은 멀도다!
조국은 저 아래에 놓여 있네!
이미 그 나무들은 쓰러졌고
고성(古城)은 불탔습니다.
흡사 바다 물결처럼 끔찍스럽게
한 떼의 거센 병사들이 들이닥쳤고
낙원은 사라져버렸어요.

소름 끼치는 화염이
푸른 상공으로 올라갔으며
준마를 탄 한 떼의 야만적 병사들이
문 앞에 들이닥쳤답니다.
군도(軍刀)가 울렸죠. 우리 형제,
우리 아버지는 다시는 되돌아오지 않았어요.
우리는 무자비하게 이끌려 나왔어요.

내 눈은 희미해졌습니다.

멀리 있는 모국,

아! 내 눈은 사랑과 그리움에 가득 차

그대를 향하고 있다오!

이 아이가 없다면,

벌써 나는 내 뻣뻣한 손으로

삶의 끈을 끊어버렸을 텐데요.

하인리히는 한 어린아이의 흐느끼는 소리와 그를 달래는 목소리가 나는 것을 들었다. 그는 관목 덤불을 헤치고 내려왔다. 그러자 얼굴이 창백하고 바싹 마른 처녀가 참나무 고목 아래 앉아 있는 모습이 보였다. 예쁜 아이 하나가 그녀의 목에 매달려 울고 있었으며 처녀도 눈물을 쏟아내고 있었다. 라우테는 그녀 옆 풀 위에 놓여 있었다. 그녀는 낯선 청년을 보자 조금 놀라는 기색이었다. 그는 비감스러운 얼굴로 그녀 옆에 다가갔다.

"당신은 내 노래를 들으셨군요." 그녀는 다정스럽게 말했다. "당신 얼굴은 제가 아는 것 같아요. 가만히 계셔요. 기억력이 약해졌지만 당신 모습은 제게 즐거웠던 시절의 야릇한 기억을 일깨워주네요. 오! 우리가 불행을 당했을 때 우리와 헤어져 페르시아로 유명한 시인을 찾아간 제 오빠 중의 한

분과 같다는 생각이 들었어요. 아마 그 오빠는 아직 살아서 누이들의 불행을 슬프게 노래 부르고 있겠죠. 그가 우리에게 남겨준 훌륭한 노래 가운데 몇 개만이라도 알았으면 좋겠네요! 오빠는 기품이 있었고, 부드러운 마음씨인 데다가 그의 라우테보다 더 큰 행복은 없는 사람이었답니다."

아이는 열 살에서 열두 살 사이로 보이는 소녀였는데, 그녀는 낯선 청년을 흘끗흘끗 바라보면서 줄리마의 가슴에 바싹 붙어 앉아 있었다. 하인리히의 가슴은 연민으로 설레었다. 그는 그녀를 다정한 말투로 위로해주고 그에게 그녀의 이야기를 더 자세히 들려달라고 부탁했다. 그녀는 별로 꺼리는 빛이 아니었다. 하인리히는 그녀의 맞은편에 앉아서 그녀의 이야기를 들었으며 자주 흘리는 눈물 때문에 이따금씩 이야기가 중단되었다. 그녀는 자기 나라 사람들과 조국에 대해서 오랫동안 찬양의 말을 했다. 그녀는 그들의 마음씨가 착하다고 했으며, 생활의 시에 대해 아주 순수하고 강한 감수성을 지니고 있을뿐더러 자연의 경이롭고 신비한 풍치를 즐길 줄 아는 사람들이라고 설명했다. 그녀는 길 없는 사막에 행운의 섬처럼 놓인 비옥한 아랍 지방의 낭만적인 아름다움에 대해 말했다. 그곳은 마치 절박한 사람들과 휴식이 필요한 사람들의 피난처 같았고, 태곳적 근사한 숲 사이에 널려 있는 조밀한 잔디밭과 반짝이는 돌밭 위를 흐르는 신선한 샘물로 가득한 낙원의 군락지(群落地) 같았다. 새들이 음악 소리인 듯 지저귀며 옛날부터 그대로 남아 있는 샘물들이 사람의 마음을 끄는 곳이라고.

"당신은 깜짝 놀라실 거예요." 그녀는 말했다. "오랜 바위 위에 새겨 있는 신기한 글씨와 그림을 보시면 말입니다. 그것들은 잘 알려진 듯한데, 이유 없이 그렇게 유지됐겠어요? 생각해보면 몇 가지 의미를 느끼게 되며 상고사회의 그 심오한 현상에 상당한 흥미를 느끼게 됩니다. 그 당시의 어떤 알 수 없는 정신으로 사람들은 심각한 생각에 잠기게 되죠. 거기서 바람직한 물건을 얻지 못하고 떠난다 하더라도 그 마음속에선 벌써 수천의 귀중한 발견을 체험하게 된답니다. 그것은 생활에 새로운 빛을, 정서에는 오랜 값어치를 제공하지요. 사람들이 살고 있었으며, 근면하고 활동적이며, 취미까지 갖고 있었던 훌륭한 땅 위의 생활은 각별한 매력이 있었던 것 같아요. 자연은 그때가 더 인간적이고 알기 쉬웠던 것 같아요. 빤히 들여다보이는 현재 속에 있는 어두운 기억은 이 세계의 모습을 예리하게 반사합니다. 그래서 우리는 두 개의 세계, 즉 그것을 통해서 어두운 것과 힘찬 것을 잃어버리고 신비한 시와 동화가 되는 세계를 즐기게 되는 거죠. 이제는 볼 수 없는 예전 사람들의 영향력이 더불어 어떤 역할을 하는지 누가 압니까. 아마도 그것은 사람들이 성장한 시간이 되었을 때 곧바로 새 지방에서 나와 자기 세대의 옛 고향을 향해 허겁지겁 달려가는 어두운 모습인지도 모르죠. 이런 땅들을 소유하려고 생명과 재산을 담보하도록 그들을 자극하니까요."

잠시 숨을 돌리고 난 다음, 그녀는 다시 말을 계속했다.

"사람들이 우리나라 사람들에 대해서 나쁘게 말하는 것을 제발 믿지 마세요. 포로들은 어디서든지 관대한 대우를 받지 못했답니다. 그런데 예루살렘을 찾는 당신네 나라 순례자들은 친절한 대접을 받았었죠. 그들이 그럴 만한 일을 한 적은 거의 없었지만요. 순례자들 대부분은 쓸모없는, 나쁜 사람들이었어요. 그들은 순례를 아주 고약한 장난으로 생각했고 그럼으로써 정당한 복수를 받았죠. 어떻게 기독교인들이 끔찍한, 쓸모없는 전쟁을 발발하지 않고, 조용히 성묘를 방문할 수 있었겠습니까? 그 전쟁은 모든 것을 쓰디쓰게 만들었으며 무한한 참상을 일으켰으며 동방을 점점 유럽으로부터 멀어져 가게 했습니다. 점령자란 무엇인가요? 우리네 영주들은 우리도 신의 예언자로 생각하고 있는 당신네 성묘를 경건하게 모셨습니다. 정말이지, 성묘는 그것이 디딤돌이 되어 양국의 우의가 영원히 다져질 수 있는 행복한 이해의 요람이 될 수 있었을 텐데요!"

말들을 주고받는 사이에 저녁은 지나가 버렸다. 밤이 오기 시작했다. 물기 머금은 숲에서 은은한 빛을 던지며 달이 솟아올랐다. 그들은 서서히 성 있는 곳으로 올라갔다. 하인리히는 생각에 잠겨 있었으며, 전쟁에 대한 흥분은 말끔히 가셔버렸다. 그는 이 세상이 아주 얽혀 있다는 것을 알았다. 달은 그에게 다정한 모습을 보내주고 있었으며, 하늘 높이서 볼 때는 하찮게 보이는 불공평한 이 지표(地表) 위로 그를 올려놓았다. 나그네에게 그 지표는 비록 거칠고 오르기 힘든 것처럼 여겨졌지만 말이다. 줄리마는 그 옆으로 가만히 와서 아이를 내주었다. 하인리히는 라우테를 잡았다. 그는 자기의 조국으로 다시 가고 싶어 하는 그녀의 희망에 생기를 넣어주려고 해보았다. 그리하여 그는 어떻게 하여야 할지 알지도 못한 채, 그녀의 기사가 되기로 마음속으로 굳게 다짐했다. 어떤 야릇한 힘이 그의 평범한 말씨 속에 숨어 있는 것 같았다. 그럴 것이, 줄리마는 익숙지 않은 안정감을 느꼈으며, 그의 약속에 아주 감동하는 마음으로 감사했다. 기사들은 아직도 술잔을 들고 있었으며 어머니는 주인 여자와 말을 하고 있었다. 하인리히는 텅 빈 방으로 되돌아가고 싶지 않았다. 그는 피곤했으므로 곧 어머니와 함께 지정된 침실로 들어갔다. 하인리히는 잠들기 전 방금 있었던 일을 어머니에게 이야기하고 곧 잠에 떨어져 즐거운 꿈나라로 빠져들었다. 상인들도 시간에 맞춰 잠자리에 들었으며, 아침 일찍 경쾌하게 일어났다. 기사들은 출발할 때까지 깊은 수면에 빠져 있었다. 하지만 주인 여인은 나와서 다정한 작별 인사를 했다. 줄리마는 거의 한잠도 이루지 못했다. 마음속의 기쁨 때문에 뜬눈으로 밤을 새웠다. 그녀는 헤어지는 곳에 나타나서 나그네들에게 공손하게 시중을 들었다. 그들이 떠나자 그녀는 눈물을 줄줄 흘리며 하인리히에게 그녀의 라우테를 주면서 떨리는 목소리로 그것을 기념으로 가져달라고 부탁했다.

"이것은 우리 오빠의 라우테랍니다." 그녀는 말했다. "저와 헤어질 때 주고 간 것이죠. 제가 구해낸 유일한 재산입니다. 어제 보니까 당신에게 잘 어울리는 것 같았어요. 당신은 제게 말할 수 없는 선물을 주었으니까요. 희망을 주셨지요. 감사의 표시로 이 보잘것없는 것을 갖고 가셔서 이 불쌍한 줄리마를 위한 기념의 담보로 삼아주세요. 우리는 틀림없이 다시 만날 것이며, 그때 저는 훨씬 행복해지겠죠."

하인리히는 눈물을 흘렸다. 그는 그녀에게 없어서는 안 될 라우테를 들고 가는 것을 거절했다.

"그것이 당신 부모나 형제자매의 기념물이 아니라면, 내게 당신 머리에 있는, 저 알 수 없는 글자가 새겨진 금띠를 주십시오. 그리고 우리 어머니가 내게 주실 베일을 하나 가지십시오."

그녀는 마침내 조금 물러서서 그 금띠를 그에게 건네주었다. 그러면서 이렇게 말했다.

"이것은 시절이 좋았을 때 제 손으로 수를 놓은, 모국어로 된 제 이름이랍니다. 오랫동안 괴로운 시간, 이것이 내 머리를 지켜주고 주인과 함께 색이 바랬다는 것을 생각해주세요."

하인리히의 어머니는 베일을 풀어서 그녀에게 건네주면서, 그녀를 끌어안고 눈물을 흘렸다.

제5장

며칠 동안의 여행 끝에 그들은 깊은 계곡에 의해 중간중간이 끊긴 뾰족한 언덕들 너머에 있는 한 마을에 당도했다. 언덕의 등이 죽은 사람의 모습같이 끔찍스러운 형상을 하고 있었으나 그 밖에는 아주 안온한 마을이었다. 여인숙은 깨끗했으며, 사람들은 싹싹했다. 한 떼의 사람들, 일부는 나그네, 일부는 술꾼들이 방 안에 앉아서 오만가지 잡담을 즐기고 있었다.

우리 나그네들은 그들과 어울려 대화에 한몫 끼어들었다. 좌중의 주의는 주로 한 노인에게 집중되고 있었는데, 그는 이상한 옷차림을 하고 식탁 옆에 앉아서 그에게 주어지는 호기심이 가득한 질문에 친절하게 대답해주고 있었다. 그는 외국에서 온 사람으로서 오늘 아침 이곳을 둘레둘레 돌아보면서 나타나더니 자기의 직업과 오늘 그가 발견한 것에 대해 이야기했다. 사람들은 그를 가리켜 보물을 찾아 헤매는 사람이라고 불렀다. 그러나 그는 자기의 지식과 능력에 대해서 아주 겸손하게 말했으며 그의 이야기는 진기하고 새로운 인상을 지니고 있었다. 그는 자기가 보헤미아 지방 태생이라고 말했다. 젊었을 때부터 그는 샘에서 물이 솟아 나오고, 사람들이 꼼짝 못 하는 금·은·보석이 발견되는 산에 도대체 무엇이 숨어 있는지에 대해서 큰 호기심을 가졌다고 한다. 그는 부근 사원에서 이따금 성화와 성유물(聖遺物)의 빛나는 보석들을 보아왔으며 그것이 그 신비스러운 유래를 자기에게 이야기해줄 수 있기를 바라왔다. 그는 그것들이 먼 변방의 나라들에서 나온 것이라는 이야기를 들었으나, 왜 이곳에는 그러한 보석이 없는지 항상 의심쩍게 생각해왔다는 것이다. 이곳의 산은 한없이 크고 고요해서 야무지게 간직되어 있을 것이리라 생각되었다. 또한 그는 이따금 산에서 번쩍거리는 보석이라도 발견한 듯한 상상에 빠졌다. 그는 바위틈과 동굴을 부지런히 기웃거렸고 그 태곳적 동굴을 둘러보면서 말할 수 없는 만족감을 느꼈다. 한번은 그가 한 나그네를 만났는데, 나그네는 그에게 광부가 되면 그의 호기심을 만족시킬 수 있다고 이야기해주었다. 보헤미아에는 광산이 있었다. 그는 강 아래로 내려가야 했다. 열흘 내지 열이틀이면 오일라*라는 곳에 이르게 되어 있었다. 거기서 그는 그저 광부가 되고 싶노라는 말만 하면 되었다. 그는 두 번 말하지 않고 곧장 그다음 날로 길을 떠났다고 한다.

"며칠 동안의 고된 여행 끝에 오일라에 도착했다오."

그는 말을 계속했다.

"구릉 위에 쌓인 돌무더기를 보았을 때, 내 기분이 얼마나 좋았는지 당신에게 말할 수 없구려. 그 돌무더기는 푸른 관목 더미 사이로 쌓여 있었는데, 그 위에는 평평한 모습의 조그마한 집들이 있었소. 또 나는 계곡에서 숲 위로 뭉게구름이 지나가는 것을 보고 마음이 설레었지요. 멀리서 들리는 시끄러운 소리가 내 기대를 더욱 부풀게 했어요. 말할 수 없는 호기심과 조용한 경건심이 가득 찬 나는 곧 퇴적광(堆積鑛)이라고 불리는 그 더미 위에 섰습니다. 그 앞으로는 작은 집 속으로 해서 심한 경사를 이루고 산속으로 파고들어 가는 어두운 갱이 나타났습니다. 나는 황망히 계곡으로 달려가 램프를 들고 있는 검은 옷의 사람들을 만났습죠. 나는 그들이 광부라는 것을 단번에 알아보고 머뭇거리면서 그들에

---

* 프라하 남쪽, 중세에 금광의 중심지였던 고장.

게 나의 관심을 말했지요. 그들은 친절하게 내 말을 듣더니 용해실(鎔解室)로 가서 십장에게 물어보라고 하더군요. 그가 나의 채용권을 가졌다더군요. 그들은 내 희망이 이루어지기를 바란다고 하면서 통상적인 인사 하나를 가르쳐줍디다. '행운을 빕니다'라는 것인데, 십장을 보면 그렇게 말해야 한다고 그러더군요. 나는 즐거운 기대에 한껏 부풀어 길을 달려가면서 그 의미 있는 새 인사를 자꾸 되뇌어보기를 그치지 않았다오. 나는 나를 친절하게 맞아주는 한 점잖은 노인을 만났는데, 그에게 내 이야기를 하고 그의 신기한 기술을 배우고자 하는 내 욕망을 설명하고 나자 그는 선선히 내 희망을 받아들이겠노라고 약속했어요. 그 사람 마음에 내가 들었는가 보지요. 그는 나를 자기 집으로 데리고 갔다오. 나는 갱 속에 내려가서 그 매력적인 옷을 입는 시간을 한순간도 지체할 수 없었어요. 그날 저녁으로 그는 나에게 갱복(坑服)을 가져다주고 방에 보관된 연장 몇 개의 용법을 설명해주더군요.

저녁때 광부들이 그 사람에게 왔어요. 나는 그들의 대화를 한 마디도 알아들을 수 없겠더군요. 그들의 이야기는 내용 대부분을 이해할 수 없고 처음 듣는 낯선 것들로 생각되었어요. 내가 이해할 수 있을 것 같은 몇 마디는 호기심을 잔뜩 유발해 밤새도록 진기한 꿈에 시달리게 되었죠. 나는 시간에 맞춰 깨어났지요. 나는 새 주인 방에 있었는데, 차츰 광부들이 모여들더니 정돈을 하더군요. 옆 방 하나는 작은 예배당이더군요. 목사 한 분이 나와서 미사를 드렸어요. 그 다음에 그는 하나님을 부르면서 하나님의 보호 아래 광부들의 위험한 노동을 돌봐달라고 부탁하는 엄숙한 기도를 올렸습니다. 악마의 유혹과 간계 앞에서 그들을 보호하고 그들에게 풍성한 채광량(採鑛量)을 거두게 하도록 간절히 바랐답니다. 나는 그보다 더 열렬한 기도를 올린 일이 없었으며 그렇듯 경건한 미사를 올려본 일도 없었다오. 내 동료들은 수천의 위험을 극복하고 있는 지하의 영웅처럼 여겨졌지요. 하지만 그들은 놀랄 만큼 부러워할 만한 지식을 갖고 있었고 자연의 태곳적 바위들과 진지하고도 조용한 교제에 있어서, 그들의 어둡고 신비한 방 속에서 하늘이 준 선물을 받기 위한, 그리고 이 세상과 그 고난에 대해 거사를 위한 준비가 되어 있는 사람들이었습니다. 십장은 예배가 끝난 뒤, 내게 램프 하나와 작은 목제 십자가 하나를 주고 나서 나와 함께 지하 건물로 통하는 절벽 입구로 갔습니다. 그는 갱 아래로 내려가는 방법을 가르쳐줍디다. 필요한 주의사항과 갖가지 대상과 부분들 이름을 알려주고요. 그는 앞장서 내려갔죠. 옆 기둥 매듭에 이어져 있는 밧줄을 한 손으로 잡고, 다른 한 손엔 불이 타고 있는 램프를 들고서 그는 둥근 기둥을 빙 빙 돌며 아래로 내려갔어요. 나는 그가 하는 대로 따라 했지요. 우리는 제법 빨리 상당한 깊이까지 내려갔다오. 나는 아주 신기한 기분이 되었죠. 앞에 있는 불빛은 숨겨진 자연의 보고(寶庫)로 가는 길을 밝혀주는 행운의 별처럼 깜빡이고 있었습니다. 우리는 갱 속의 한 복도에 이르렀는데, 친절한 십장은 피곤한 줄 모르고 내 호기심이 가득한 질문에 응답해주더군요. 그리고 자신의 기술을 내게 가르쳐주었어요. 재잘거리며 흘러가는 물소리, 먼 지상 위에서 웅성거리는 사람들 소리, 갱 속의 어둠과 어리둥절함 그리고 일하는 광부들의 멀리서 들리는 소음이 나를 들뜨게 했다오. 나는 전부터 갈망해온 내 소망이 성취되었다고 생각하자 기쁨을 가누지 못했어요. 그것은 생래(生來)의 소망에 대한 완전한 만족이랄 수 있었지요. 그것은 신비한 존재에게서 얻을 수 있는 사물들, 그리고 태어나서부터 결정된 우리의 운명적인 직업과 연결된 말할 수 없는 기쁨이었답니다. 아마 그것들은 다른 사람들에겐 하잘것없으며, 별 의미 없는 일로 여겨질는지도 모릅니다. 하지만 내게는 흡사 허파에 공기가 필요하고 위(胃)에 먹이가 필요하듯이 없어서는 안 될 것으로 생각되었지요. 늙은 그 십장은 내가 좋아하는 것을 보고 즐거워합디다. 그러고 나서 나를 보고 부지런히, 그리고 조심스럽게 꾸준히 일해 나간다면 아주 유능한 광부가 되리라고 말하더군요. 경건한 마음이 되어 내 생전 처음 나는 3월 16 일, 이제 45년이라는 나이로 금속의 왕이 돌 틈바구니에 작은 잎처럼 박혀 있는 것을 보게 되었습니다. 그것은 마치 그 왕이 이 꼼짝할 수 없는 감옥 속에 갇혀서 광부들을 향해 다 정하게 빛을 내는 것처럼 느껴졌지요. 광부는 온갖 위험과 수고를 무릅쓰고 단단한 그 담벼락을 부숴 바깥의 햇빛을 넣어주려고 하는 것 같았고요. 그렇게 함으로써 광부는 그 것이 왕관과 성유물로 사람들의 존경을 받고, 그림이 새겨 진 존귀한 화폐가 되어 세계를 지배하게끔 하는 것 같았단 말입니다. 아무튼, 그때부터 나는 오일라에 머무르게 되었 어요. 또 처음엔 탄광에 쌓인 광석들을 나르는 일을 했는데, 그다음엔 바위를 으깨는 진짜 광부들이 하는 굴착공으로까 지 차츰 올라갔지요."

늙은 광부는 잠시 말을 쉬고 나서 그의 이야기를 다소곳 이 듣고 있는 사람들에게 아주 즐거운 듯 "행운을 빕니다!" 하고 소리를 지르면서 술을 마셨다. 하인리히에게는 이 노 인의 이야기가 심상치 않게 즐거웠다. 그는 노인의 이야기 에 깊이 빠져들었다.

이야기를 듣고 있던 사람들은 광산의 위험스러운 일과 진 기한 일들에 대해 서로 잡담을 나누면서 그에 얽힌 신기한 소문들을 이야기했는데, 그 노인은 이따금 웃으면서 그들의 각별한 상상에 대해 친절하게 틀린 것을 바로잡아주려고 애를 썼다.

얼마 후, 하인리히가 그에게 물어보았다.

"당신은 그 뒤 갖가지 신기한 것들을 보고 겪었겠지요. 그런데 당신은 스스로 택한 그 생활을 후회한 적은 없는가요? 만일 마음에 들지 않았다면 그 뒤 어떻게 되었으며, 어떤 경로를 밟게 되었는지 말씀해보시구려. 당신은 그 뒤 세상을 더 방랑한 것 같이 보이며 지금은 평범한 광부 이상의 일을 하는 것 같은 짐작이 드는군요."

"좋은 말씀이에요." 노인은 다시 입을 열었다. "지나간 세월을 상기하고 신의 따뜻한 은총을 새겨보는 것은 즐거운 일이지요. 운명은 내게 아주 즐겁고 명랑한 생활을 마련해주었으니까요. 감사하는 마음으로 편안한 상태에 있지 않았던 날은 하루도 없었지요. 나는 언제나 내 일에 있어서 행복했습니다. 하늘에 계신 우리 아버지는 악 앞에서 나를 보호해주셨으며 그를 공경하는 가운데 나는 늙었지요. 그다음으로 나는 오래전에 하늘로 돌아간 나의 옛 상사에 감사합니다. 눈물 없이 나는 그를 생각할 수 없답니다. 그는 하나님의 뜻에 따르는 옛날 사람이었지요. 사려 깊은 통찰력을 지니고 태어난 그는 행동에서는 순진하고 소박했어요. 그로 인해서 광산은 아주 번창하게 되었는데, 그는 보헤미아의 영주에게 상당한 보물을 바치기도 했지요. 마을 전체에 많은 사람이 모여들었고, 꽤 잘 살았으므로 아주 풍족한 지방이 되었습니다. 모든 광부가 그를 아버지처럼 생각했으니까요. 오일라가 있는 한 그의 이름은 감동과 감사의 이름으로 불릴 겁니다. 그는 라우지츠 출신으로서 이름이 베르너였다오. 그의 단 하나뿐인 고명딸은 내가 그의 집에 갔을 때만 해도 아직 어린애였었소. 나의 우직스러움, 성실성 그리고 그를 향한 정열적인 나의 추종 때문에 나는 매일매일 그의 사랑을 얻게 되었지요. 그는 내게 그의 이름을 주고 나를 아들로 삼았어요. 그 집의 작은 소녀는 점점 사근사근하고 예쁜 아이가 되어갔으며, 얼굴은 그녀의 마음씨와도 같이 아주 상냥하게 하얀 모습이었어요. 그는 이따금 내가 그녀와 더불어 놀면서 그녀의 눈에서 내 눈을 좀처럼 돌리려고 하지 않는 것을 볼 때면, 내가 정식 광부가 되면 그녀를 주겠노라고 말했지요. 소녀의 눈은 하늘처럼 파랗고 맑았으며 수정처럼 빛이 반짝거렸다오. 그리고 그는 정말 약속을 지켰다오. 내가 굴착공이 되던 날, 그는 자기의 손으로 우리 손을 잡으면서 우리를 신랑·신부로 축복해주었어요. 그 뒤 몇 주가 지나지 않아 나는 그녀를 아내로 맞아들였습니다. 같은 날 나는 아직 견습 굴착공이었지만 무진장한 광맥으로 통하는 얕은 층에 내려갔어요. 하늘 위에서 태양이 빛나기 시작하는 것 같았다오. 영주는 내게 커다란 동전이 달린 금목걸이를 선물로 보내면서 내 장인의 일을 해줄 것을 약속하더군요. 내가 그것을 결혼식 날 내 신부의 목에 걸어주자 모든 사람의 이목이 그리로 집중되었을 때 나는 얼마나 행복했겠습니까. 늙은 우리 아버지는 귀여운 손자 몇을 보셨고, 광산의 채광량도 그가 생각하는 것보다 훨씬 많았어요. 그는 즐거운 마음으로 자신의 갱을 닫고 어두운 그 갱의 세계에서 나와 편안한 휴식을 즐기며 연금 날이나 기다리게 된 것이지요…… 그런데 여보시오."

그 노인은 하인리히에게로 고개를 돌리며 눈물을 몇 방울 떨구었다.

"광산은 틀림없이 신의 축복을 받았습니다그려! 그럴 것이 그들 관계자를 행복하게 해줄 아무런 예술이 없었으며, 하나님의 지혜와 섭리에 대한 믿음을 일깨워줄 아무런 예술이 없었으니까요. 사람 마음의 순수성을 광산보다 맑게 유지해줄 예술 말입니다. 광부들은 가난하게 태어났다가 가난한 몸으로 다시 가버리지요. 광부는 그저 어디에 광맥이 있는지를 알고 그것을 밖으로 꺼내놓는 데에 만족하지요. 하지만 그 광석의 빛은 그의 가슴에 아무 소용이 닿지 않는 것이라오. 환상에 젖는 것은 위험하다는 듯 무감각인 채, 광부는 광석이 의미하는 모든 것보다 그 광원(鑛源)과 지금의 위치가 지닌 멋지고 신기한 모습에 대해서 즐거워한답니다. 광석들이 상품이 되어버렸을 때, 그것은 아무 매력이 없어지지요. 광부는 온갖 위험과 수고를 무릅쓰고 굳은 지반을 뚫고 들어가 광석을 찾아서 그것을 별별 방법을 다 써 지표로 끌어낸 다음 거기에 옷을 입혀야 하는 사람이지요. 그러한 수고를 함으로써 그의 마음은 맑아지고 그의 생각은 원기를 얻는다오. 그는 얼마 안 되는 보수를 감사히 받아들고 매일같이 그 어두운 지하 굴에서 즐거운 모습으로 올라오는 것이죠. 단지 그는 빛과 휴식의 고마움을 알 뿐입니다. 그의 주변을 도는 광활한 대기와 전망에 대한 고마움이지요. 그에게는 그저 술과 음식만이 생기를 불어넣어주고 열심히 몰두할 수 있는 것뿐이지요. 얼마나 흥거운 기분이며, 그는 동료들 사이에 끼어들지 않겠는가요! 혹은 자기 아내와 아이들을 껴안고서 감사하는 마음으로 즐겁게 담소를 나누지 않겠는가 말이에요!

외로운 그의 직업은 사람들과 사귀며 노는데 그 생활의 대부분을 소비하게 합니다. 그는 일상적인 것을 넘어서는 어떤 깊은 의미의 사물에 반대되는 무미건조한 생활에는 습관을 들이지 않는답니다. 모든 것을 그 자신의 정신으로 바라보고 어린아이 같은 분위기에 젖어 들어 모든 것이 원래의 기기묘묘한 모습으로 나타내기를 잘하지요. 자연은 한 사람만의 점유물이 되지 않는다오. 재산으로서의 자연은 나쁜 선물입니다. 화평한 마음을 쫓아버리며, 모든 것을 그 소유자의 범위로 끌어들이는 타락한 욕망으로 항상 전전긍긍하게 하며 또 치근치근하게 유혹하는 까닭이지요. 그렇듯 자연은 음험하게 그 소유자의 바탕을 뒤엎으면서 그를 금방 나락으로 묻어버리거든요. 그리하여 손에 손을 맞잡고 가는 상태에서 벗어납니다. 자연의 경향은 모든 것을 포함하고 점차로 만족시켜나가는 것이랍니다.

별 욕심 없는, 불쌍한 광부는 이와 반대로 그 깊은 황야에서 얼마나 조용히 일하는 것입니까. 갱 바깥의 시끌시끌한 소음과는 등지고, 단지 알고자 하는 욕망과 서로 뭉치려는 사랑에만 매여 있습니다. 그는 자기 동료와 가족들의 따뜻한 마음씨만을 느끼며 외로이 생각 속에 잠기지요. 그는 인간에게 없어서는 안 될 공통의 혈연성을 항상 느낍니다. 그의 직업은 그에게 지칠 줄 모르는 인내를 가르쳐주며, 그의 조심성이 불필요한 생각으로 인해서 산만해지는 것을 허락지 않지요. 그는 놀랄 만한 어떤 힘과 관계를 맺고 있는데, 그 힘이란 아주 부지런히, 그리고 항상 주의를 게을리하지 않고 일해야 극복될 수 있는 것이라오. 하지만 어떤 값진 산물이 이 끔찍한 땅속 깊이에서도 꽃을 피우게 할까요. 그것은 매일같이 알 수 없는 신호로 그 염려의 손길을 뻗치고 있는 하나님 아버지에 대한 진실한 믿음이지요. 나는 얼마나 자주 내 램프의 불빛 앞에 앉은 채로 그 투박한 십자가를 경건히 바라보았겠습니까! 그때 나는 비로소 이 수수께끼 같은 초상(肖像)의 성스러운 의미를 제대로 이해하고 영원한 전리품이 된 내 마음속의 가장 귀한 통로를 파내게 되었답니다."

노인은 잠시 쉬었다가 말을 계속했다.

"정말이지, 인간에게 광산의 고귀한 예술을 가르쳐주고 바위의 품속에 이렇듯 인간 생활의 진지한 상징을 숨겨놓은 것은 신의 은총을 받은 인간이었음이 틀림없다오. 여기에 강하면서도 부서지기 쉬운 갱이 있었소. 그러나 불쌍하지요, 거기서 바위는 이 갱을 초라한, 하잘것없는 틈바구니로 눌러 으깹니다. 그런데 바로 여기서 아주 값진 광석들이 터져 나온답니다. 다른 갱들은 빈광(貧鑛)이 되어 근처의 다른 갱과 어울려서 그 가치를 무한히 높여주지요. 이따금 그 갱은 광부 앞에서 수천 개의 폐허로 나자빠져 있소이다. 하지만 참을성 있는 사람은 소리를 지르지 않고 자기의 길을 조용히 따라감으로써 일을 잘 처리하게 되죠. 그는 다시 그것을 새로이 튼튼하게 정돈하지요. 이따금 광부에겐 낡은 바위 속에 광석의 가득한 균열이 유혹을 해오는 수가 있지요. 그러나 그는 곧 그 길이 틀린 것을 알아채고 힘으로 폭파해버리지요. 그러고 나서 진짜 광상(鑛床)으로 통하는 갱을 다시 발견하게 됩니다. 광부의 기분이 우연에 매여져 있지 않다는 것이 얼마나 알려져 있는지요. 또 열심히, 꾸준히 일하는 것만이 유일한, 속일 수 없는 수단으로써, 그의 기분을 지배하고 있으며 그렇게 함으로써만 보석을 얻어 올린다는 사실 또한 얼마나 확실한 것인지요."

"당신에게는 발랄한 노래는 없는 것이 확실하군요." 하인 리히가 말했다. "나는 당신네 직업이 무의식적으로 당신을 감동시켜 노래하게 한다는 사실, 그리고 음악은 광부들의 따뜻한 동반자여야 한다는 점을 말하여야 하겠소."

"그 점은 정말 당신이 말 잘했소." 노인이 대답했다. "노래와 현악기 연주는 광부의 생활에 있습니다. 뿐더러 어떤 계층의 사람도 우리보다 즐겁게 이와 같은 흥을 즐기고 있지 못할 것이오. 음악과 춤은 원래 광부의 즐거움이랍니다. 그것은 기쁜 기도와도 같은 것이며 이와 같은 것들이 지닌 추억과 희망은 고단한 일과를 가볍게 해주며, 지루한 고독을 짧게 해주기도 한다오. 마음에 든다면 내가 젊었을 때 열심히 불리던 노래 하나를 이 자리에서 불러보리다."

그는 땅의 주인이니,
땅의 깊이를 헤아리며

땅의 품속에서
모든 번뇌를 잊어버리네.

그는 그 바위 조각들에서
은밀한 세계를 알아내며
땅속의 일터로
끈기 있게 내려가네.

그는 그녀와 가까우며
마음속으로 친숙하고
그녀가 마치 자기 신부라도 되는 듯
그녀에 의해 정염(情炎)이 불붙는다.

그는 매일같이
새로운 사랑으로 그녀를 바라보며
근면과 고난을 두려워하지 않고
휴식을 절대로 허락하지 않네.

이미 흘러간 세월의
힘 있는 이야기들을
땅은 그에게

다정하게 보고하리.

태곳적의 성스러운 바람이
그의 얼굴을 스치며,
바위 틈바구니 캄캄한 밤 속에서
영원한 한 줄기 빛이 그를 비추네.

그는 가는 길마다
익숙한 지리의 땅을 만나며
땅은 기꺼이 그의 작업에
마중 나와 있다네.

그를 따라 물이 흐르며
산 위로까지 이르고
모든 바위는 그에게
보석을 열어준다.

그는 그의 궁전으로
금의 강(江)을 끌고 오며
왕관은 호화로운 보석으로
단장된다네.

게다가 그는 왕의
다복한 발 앞에 충직하게 나타나
별 질문도 없이
그저 즐거움에 겨워 앉아 있다오.

그들은 재화(財貨)로 채워져서
숨이 막힐지도 몰라,
그는 산 위에서
이 세계의 즐거운 주인으로 남는다.

하인리히는 그 노래가 아주 마음에 들어서 노인에게 한
번 더 해달라고 부탁했다. 그 노인은 곧 준비된 듯 말했다.
"어디서 왔는지는 알 수 없는 기막힌 노래를 하나 더 알고
있다오. 떠돌아다니면서 광맥을 찾는 한 노다지꾼 나그네
광부에게서 들은 노래랍니다. 이 노래는 정말 음악이란 이
런 것이구나 할 정도로 기이한 음을 내면서 어둡고 이해하
기 힘들 지경인데 아주 열렬한 박수를 받았지요. 바로 그래
서 알지 못할 매력을 풍기면서 깨어 있는 상태에서도 흡사
꿈같은 분위기를 이루었다오."

어디에 멋진 성이 있는 줄 나는 모른다오.

조용한 한 임금이
명민한 신하를 거느리고 살고 있는 곳,
그래도 그는 결코 첨탑에는 오르는 일이 없고
그의 노는 방은 숨겨져 있고
눈에 보이지 않는 시종들이 엿듣네.
다만 다 알려진 샘물만이
오색의 지붕에서 그에게로 졸졸졸 흘러내리네.

그들의 맑은 눈이
먼 하늘에서 본 것을
그들은 왕에게 충직하게 사뢰면서
싫증 났다는 말을 드릴 수 없다오.
왕은 그 물에 목욕하면서
나긋나긋한 사지를 깨끗이 씻네.

그 빛은 어머니가 물려준
흰 피와는 달리 반짝거린다.
왕성은 오래되었으나 훌륭한 곳,
깊은 바다로 침잠하듯 하나
굳건히 그대로 서 있어
하늘로 달아나는 것을 막고 있지.

궁성 속으로부터 은밀한 띠가
왕국의 신하들을 휘감고 있으며,
구름은 승리의 깃발처럼
암벽 아래로 휘말리며 흘러가네.

헤아릴 수 없는 사람들이
굳게 닫힌 문을 둘러싸고 있다.
한 사람 한 사람은 모두 충실한 노예이며
감미로운 말로써 그 주인을 부르네.
그들은 그 주인으로 해서 행복감을 느끼지만
그들이 사로잡혀 있다는 것을 알지 못하리.
음험한 그리움에 넋을 빼앗긴 채
어디서 발이 그를 누르고 있는지 아무도 알지 못하네.

몇 사람만이 약삭빠르게 정신을 차리지만
그 선물에 대한 갈증은 느끼지 못한다오.
그들은 끊임없이 고성 밑에
갱도를 파려고 드네.
은밀하면서도 강력한 명령이
그 들여다보는 손쯤 풀어버릴 수 있으나
그 땅속을 벌거벗겨 드러내는 일은 이루어지고

자유의 날은 밝아온다네.

근면 앞에는 어떤 벽도 단단하지 않네.
용기 앞에는 어떤 나락도 소용없네.
마음과 손을 내버린 자는
주저하지 않고 왕의 뒤를 쫓는다.
그의 방에서 그를 불러내어
정령들 사이사이로 몰아내지.
그리하여 대단한 대가(大家)가 되어
정령들은 아예 스스로 이끌고 다니네.

이제 그가 앞에 나타나면 날수록
그리하여 땅 위를 신나게 누비면 누빌수록
그의 힘은 저지되고
자유인의 숫자만 늘어나네.
결국 구속에서 벗어나네.
바닷물은 텅 빈 성으로 몰려들고
부드러운 푸른 날개 위에서
우리를 고향의 품속으로 돌려보내네.

노인이 노래를 끝마쳤을 때, 하인리히는 그것이 어디선가 들어본 일이 있는 노래 같았다. 그는 다시 한번 그것을 되뇌어 받아썼다. 노인은 얼마 뒤 밖으로 나갔으며, 상인들은 그 사이에 다른 손님들과 광산의 이점과 그 고달픔에 관해 이야기를 나누고 있었다. 이때 한 사람이 입을 열었다.

"그 노인은 여기에 공연히 온 것이 아닐 거요. 그는 오늘 언덕들을 돌아보고 나서 어떤 조짐을 발견한 것이 틀림없소. 노인이 다시 들어오면 그걸 물어봅시다."

"우리는 그에게 우리 마을을 위해 샘 하나를 찾아달라고 부탁할 수 있지 않겠어요? 좋은 샘이 하나 있으면 얼마나 좋겠어요."

다른 한 사람이 그렇게 말했다. 그러자 세 번째 사내가 나서서 말했다.

"나는 그에게 우리 집을 온통 돌로 가득 채워놓은 내 아들한 놈을 함께 데려갈 수 있는지 물어보고 싶다는 생각이 드는군요. 이놈은 틀림없이 유능한 광부가 될 거예요. 그 노인은 이놈에게서 무언가 좋은 점을 끌어낼 사람같이 보입니다."

상인들은 광부를 통해서 어쩌면 보헤미아 지방과 제법 괜찮은 거래를 벌일 수 있으며 광석을 상당한 가격으로 유치할지도 모르리라는 이야기를 주고받았다. 노인이 이때 방 안으로 들어왔으므로 모두 그 희망 사항을 말했다. 그러자 그는 이렇게 말하기 시작했다.

"여기 이 좁은 방 안에 있는 분들은 어찌 그리 어리석고 소심한지요. 바깥에는 달이 휘영청 떠 있다오. 나는 산책이나 했으면 좋겠소. 나는 오늘 낮 이 근처에서 근사한 동굴을 보았답니다. 아마 몇 사람은 같이 가보시겠지요? 램프만 가지고 가면 우리는 손쉽게 그 속을 돌아볼 수 있을 겁니다."

마을 사람들에게 이 동굴들은 벌써 알려진 것이었지만, 누구 한 사람 그 속에 들어가 보려고 한 일은 지금껏 없었다. 그렇기는커녕 그들은 그 속에 용이나 다른 짐승이 살고 있으리라는 무서운 소문을 믿고 있었다. 몇몇 사람들은 가보았다고 한 일이 있었다. 그들은 그 동굴 입구에, 끌려가 박살이 난 사람의 뼈와 짐승이 있더라고 주장했다. 그런가 하면 다른 몇 사람들은 거기 귀신이 산다고 추측하기도 했다. 그들은 멀리서 사람 모습의 이상한 물체를 몇 번 본 일이 있다고 했으며, 밤이면 그 속에서 노랫소리가 흘러나오는 것을 들은 일이 있다고 했다.

노인은 그들의 말을 믿지 않는 눈치였다. 그는 자기가 보호할 테니 함께 가보자고 웃으면서 안심시켰다. 그러면서 그는 괴수쯤 그 앞에선 달아날 것이며 노래하는 귀신은 틀림없이 선량한 존재일 것이라고 말했다. 호기심 때문에 많은 사람이 그의 제안에 따랐다. 하인리히도 그를 쫓아서 가겠다고 했다. 하인리히 어머니는 결국 노인의 설득과 약속을 믿고 하인리히 안전에 각별한 주의를 부탁했다. 상인들도 마찬가지의 결심이었다. 긴 횃불용의 관솔 개비가 수집되었다. 어떤 사람들은 사닥다리·막대기·밧줄 그리고 갖가지 방패막이를 남아돌 만큼 많이 준비했다. 마침내 인근 언덕을 향한 순례는 시작되었다. 노인은 하인리히, 그리고 상인들과 함께 앞서 떠났다. 농부들은 모두 궁금증 가득한 아들을 데리고 있었는데, 그들은 신이 나서 불을 들고 동굴로 가는 길을 밝혔다. 이날 밤은 아주 맑고 따뜻했다. 달빛은 다사롭게 구름 위를 비추면서 산천초목 위에 산뜻한 꿈을 심어주고 있었다. 흡사 태양이 꿈을 꾸듯, 달은 움츠러든 꿈의 세계 위에 서서 무수한 갈래로 나누어진 자연을 동화 같은 태고시대로 인도하고 있었다. 거기서 모든 싹과 애벌레는 꾸벅꾸벅 졸고 있었고, 외로운 상태로 그 헤아릴 길 없는 존재를 성숙시키려는 듯 어둠 속에서 덧없이 그리움에 젖은 모습들을 하고 있었다. 하인리히는 밤의 동화가 생각났다. 그것은 마치 그의 마음속 세상이 조용히 열려서 그에게 온갖 보물과 숨은 애정을 보여주는 것 같았다. 그를 둘러싼 거대하면서도 단순한 현상을 이해할 수 있을 것 같은 생각이 들었다. 자연은 그에게 가장 가깝고 가장 그리운 것을 인간에 대한 갖가지 표현으로 쌓아 올리기 때문에 그저 불가사의하게 보였을 뿐이었다. 노인의 말은 그의 마음속에 은밀히 숨어 있던 비밀의 문을 걸어준 것이었다. 그는 자기의 좁은 방이 거룩한 사원 옆에 딱 붙어 세워져 있는 것을 발견했다. 그 사원의 석고 바닥에서는 엄숙한 태고시대가 튀어나오는가 하면, 둥근 천장으로부터는 맑고 즐거운 미래가 금빛 천사들의 형태로 노래하면서 떠도는 것이었다. 힘찬 음향이 은빛 노래가 되어 퍼졌다. 그 넓은 문으로 모든 생물이 몰려들었다. 그들은 온갖 소박한 당부를 하며 내면적 본성을 그들만의 고유한 언어로 확실하게 말했다. 그는 그것이 자신의 존재에 이미 없어서는 안 될 분명한 요소로서 오랫동안 낯설게 머물러 왔다는 사실에 얼마나 경탄했는지 몰랐다. 이제 그는 갑자기 자신을 둘러싸고 있는 넓은 세상에 대한 모든 관계를 알아차렸다. 그가 그 관계를 통하여 무엇이 될 것이며, 그 관계는 그에게 무엇이 될지 느끼게 되었다. 그가 이따금 그것을 바라보면서 느껴왔던 모든 신기한 생각과 자극의 의미를 알게 되었다. 그는 자연을 꾸준히 관찰하다가 왕의 사위가 된 젊은이에 대한 상인들의 이야기가 다시 생각났다. 그리고 그의 생활에 대한 수천 가지의 다른 추억들이 요술 실처럼 연달아 생각났다. 하인리히가 그의 관찰을 더듬고 있는 사이, 일행은 근처에 다다랐다. 입구는 나지막했다. 노인은 불을 쳐들고 우선 몇 발짝 들여놓아 보았다. 꽤 서늘한 공기가 몰려왔다. 노인은 사람들이 안심하고 따라올 수 있도록 말했다. 마침내 엄청난 두려움이 일었으며 모두 단단히 무기를 잡았다. 하인리히와 상인들은 노인 뒤를 따랐으며, 소년들은 그 옆에서 신나는 듯 서성거렸다. 길은 처음엔 비교적 좁았으나 얼마 안 가서 아주 넓은, 천장도 꽤 높은 굴에 이르러 끝이 나 있었다. 불빛을 비쳤으나 전체가 모두 드러나지는 않았다. 저 뒤로 암벽에 구멍이 몇 개 나 있는 것이 보였다. 땅바닥은 부드럽고 비교적 평평했다. 벽과 천장도 마찬가지로 거칠거나 울퉁불퉁하지 않았다. 그렇지만 모든 사람의 주의를 기울이게 한 것은 땅바닥을 덮고 있는 무수한 뼈다귀와 이빨이었다. 완전한 모습 그대로인 것이 많았으며 어떤 것은 자취만이 남아 있었다. 암벽 여기저기서 튀어나온 것은 흡사 돌 모양이 되어 있었다. 뼈다귀와 이빨 대부분은 이만저만 크고 센 것이 아니었다. 노인은 태고시대의 이런 찌꺼기를 보자 즐거워했다. 다만 농부들은 그것이 부근에 있는 맹수들의 자취가 분명하다고 생각했으므로 그와 같은 기분이 될 수 없었다. 그래서 노인은 그것이 아득한 원시시대의 증거라는 것을 그들에게 설득시키면서 가족 중에 누가 끌려간 일이 있는지, 그리고 이웃 사람 중에 누가 강탈당한 일이 있는지, 도대체 그 뼈다귀들이 이름난 짐승 아니면 사람의 것으로 볼 수 있는지 물어보았다. 노인은 굴속으로 더 들어가려고 했으나 농부들은 동굴 앞으로 되돌아가서 그가 돌아 나오는 것을 기다리는 편이 좋겠다고 했다. 하인리히, 상인들 그리고 소년들은 노인과 함께 남아서 밧줄과 불을 단단히 준비했다. 그들은 곧 두 번째 동굴에 이르렀는데 거기서 노인은 그들이 들어온 통로에 뼈다귀로 표시를 해놓는 것을 잊지 않았다. 그 동굴은 이전 것과 비슷했으며 짐승의 뼈다귀들이 수북했다. 하인리히는 오싹하면서 이상한 기분이 되었다. 그것은 마치 깊은 땅속에 있는 지하 궁궐의 앞뜰을 거니는 기분이었다. 하늘과 지상에서의 생활이 갑자기 멀리 놓여 있는 느낌이었으며, 이 어둡고 넓은 동굴이 지하의 기이한 왕국에 속해 있는 것 같았다. 우리 발아래에 독자적인 세계가 어마어마한 생활을 영위하는 것이 어떻게 가능할 것인가? 그는 혼자서 생각해보았다. 들어보지도 못한 생명이 이 지하에서 꿈틀거리며, 그 어두운 요람 속의 불을 거대한, 정신의 힘이 있는 형해(形骸)로 내모는 일이 가능할 것인가? 같은 시각, 천상의 손님들, 천체의 살아 있는 힘이 우리 머리 위에서 눈에 보이게 움직이고 있는 동안, 다른 한편에서 냉기마저 스며 나오는 이 가공할 이물(異物)이 우리 사이에 나타날 수 있단 말인가? 이 뼈다귀들은 지상을 향한 방랑의 찌끼들인가, 아니면 깊은 심연을 향한 도주의 표징(表徵)인가? 갑자기 노인은 다른 사람들을 부르더니 땅바닥 위에 난, 비교적 선명한 사람의 발자국을 가리켰다. 많은 사람은 그것을 발견하지 못했다. 노인은 도적들과 만나는 것을 무서워할 필요 없이 그 발자국을 따라가 보리라 생각했다. 그들이 이런 생각을 막 실행에 옮기려고 했을 때, 멀리서 갑자기 겨우 알아들을 수 있는 노랫소리가 들려오기 시작했다. 그들은 사뭇 놀라서 귀를 기울였다.

깊은 밤에 미소를 지으며
아직도 나는 계곡에 사네.
쟁반 가득한 사랑이
매일같이 내게 바쳐지기 때문이라오.

당신의 거룩한 눈물은
내 영혼을 높여주나니,
나는 하늘의 문 앞에서
이런 생활에 취해 있다오.

행복한 조상의 마음 달래며
내 마음은 어떤 아픔도 걱정하지 않네.
오! 여인들의 여왕이
내게 그 성실한 가슴을 주네.

이 하잘것없는 소리가
눈물로 지새는 세월을 씻어주며
그를 영원히 간직하게 하는
하나의 모습이 그에게 묻혀 있네.

그 무수한 긴 낮들이 내게는
한순간으로만 생각될 뿐
나는 여기로 날라져 와
고맙게도 뒤를 돌아다보네.

모두 놀랐으나 안심이 되었으며, 노래하는 사람을 찾아내려고 했다.

얼마쯤 찾다가 보니 그들은 오른쪽 옆 벽 모서리에 사람 발자국이 있는 듯한, 아래로 꺼진 길을 만나게 되었다. 곧 가느다란 빛이 새어 나오는 것을 볼 수 있었는데, 그것은 점점 뚜렷이 가깝게 다가왔다. 먼젓번 동굴보다 훨씬 큰 천장이 나타나더니 그 뒤로 램프 옆에 앉아 있는 한 사람의 모습이 보였다. 그 모습은 평평한 돌 위에 커다란 책 한 권을 놓고 앉아서 그것을 읽고 있는 듯이 보였다.

그는 그들에게로 몸을 돌리더니 그들을 향해 마주 걸어왔다. 그는 나이를 어림할 수 없는 사내였다. 그는 늙어 보이지도 않고 젊어 보이지도 않았는데, 이마에 흘러내려 온 은 발밖에는 아무런 세월의 흔적도 알아챌 수 없었다. 그의 눈에는 맑은 산에서 무한한 봄날을 들여다보는 듯한 명징함이 깃들어 있었다. 신발을 신고 있었으나 널찍한 외투밖에는 아무 옷도 입고 있는 것 같지 않았다. 그 외투는 그를 휘어 감고 있었는데, 그래선지 그의 거룩한 모습이 한결 돋보였다. 예기치 못한 그들의 내습에도 그는 조금도 놀라는 빛이 없었다. 마치 아는 사람이기라도 한 양, 그들에게 인사했다. 그것은 흡사 자기 집에서 기다리고 있던 손님을 맞는 태도였다.

"이렇게 찾아주셔서 반갑습니다." 그는 이렇게 말했다. "내가 여기서 살게 된 뒤 당신들은 내가 보게 된 첫 친구들입니다그려. 크고 훌륭한 우리 집을 아주 자세히 들여다보기 시작한 모양이군요."

노인이 이에 대답했다.

"여기서 이렇듯 친절한 주인을 만나리라곤 짐작도 못 했다오. 야수나 귀신이 사는 것으로 이야기되어왔지요. 그러니 아주 멋지게 속은 셈입니다. 우리가 당신의 경건한 독서와 깊은 관조를 방해했다면, 그저 우리의 호기심을 용서해주기 바라오."

"우리에게 즐겁게 말하는 사람의 얼굴보다 더 즐거운 관찰이 있을 수 있겠소? 이 황량한 굴속에서 만났다고 나를 적으로 여기지 말아주시오. 나는 속세에서 도망 나온 것이 아니라, 그저 명상을 방해받지 않을 조용한 곳을 찾았던 것뿐이오."

"그 결심을 후회하지 않으시나요? 또 갑갑하다든가 사람의 목소리가 그리운 시간은 이따금 없습니까?

"지금은 그렇지 않답니다. 뜨거운 정열에 탐닉하던 젊은 시절 은둔자가 되었지요. 어두운 예감에 내 청춘의 환상은 시달렸다오. 나는 내 마음을 채워줄 완전한 양식(糧食)이 고독 속에서 발견되기를 바랐습니다. 내 마음속 생활의 원천은 무진장한 것으로 생각했어요. 하지만 나는 경험이 같이 따라야 한다는 것, 젊은 마음은 혼자일 수 없다는 것, 그렇습죠, 인간은 사람들과의 다양한 교제를 통해서 어떤 자기 독립 상태에 도달한다는 것을 곧 알아채게 되었습니다."

"모든 생활양식에 대한 어떤 소명이 존재한다고 나는 생각하고 있소." 노인이 응수했다. "아마도 나이를 먹으면서 얻게 되는 체험은 인간 사회로부터 은둔을 가져오는 것 같소. 그것은 이와 같은 행동을 취하고 또 유지하는 데 바쳐지는 것 같소이다. 그것은 큰 희망, 사회생활의 목적을 힘으로 경영하는데, 아이들과 노인은 여기에 낄 수 없을 것 같소. 노인들은 그 희망이 이루어지고 목적이 달성되는 것을 보고 있는가 하면, 어린이들은 도움이 안 되는 것, 알지 못하는 것을 아예 상대하지 않으니까요. 이제 사회에서 사람들로부터 달아날 수는 없고, 자기 자신에게 되돌아와서 더 훌륭한 사회를 마련하도록 하는 것이지요. 그러는 사이에 당신에게 특별한 이유가 생긴 듯이 보이며 사람들과 완전히 격리된 채 사회의 모든 즐거움을 포기한 듯이 보이는군요. 나는 당신의 긴장이 이따금 이완되고, 그런 점이 불쾌해질 때가 있었을 거라는 생각이 드네요."

"그런 적이 있지요. 그래서 내 엄격한 생활을 통해 그것을 피하는 것이 행복하다는 걸 알게 되었소. 운동함으로써 건강도 유지되니 불결한 것이라곤 없다오. 매일같이 몇 시간쯤 주위를 서성거리며 내가 할 수 있는 것만큼 햇빛과 공기를 즐기지요. 그 밖에 이 굴속에서 머무르며, 어떤 때에는 광주리를 짜거나 목조(木彫)를 한답니다. 이 물건을 가지고 나는 변두리에 나가서 생활필수품과 바꾸지요. 책도 갖고 들어왔다오. 시간은 일순처럼 지나갑니다. 그 고장엔 내가 여기에 머물러 있는 것을 알고 있는 사람도 몇 있다오. 나는 그들로부터 세상에 일어나는 일들을 듣고 있소이다. 이 사람들이 내가 죽고 나면 나를 묻고 내 책들을 가져갈 것이라오."

그는 동굴 벽 근처 그가 앉아 있는 자리로 그들을 가까이 안내했다. 그들은 많은 책이 놓여 있는 것을 보았다. 현악기도 하나 있었다. 벽에는 꽤 값나갈 듯이 보이는 도구가 완비되어 걸려 있었다. 테이블은 다섯 개의 평평한 돌로 이루어져 있었는데, 거기엔 상자 같은 것이 하나 놓여 있었다. 그 꼭대기에는 한 남자와 여자의 얼굴이 실물만한 크기로 놓여 있었으며 백합과 장미로 된 꽃다발 하나를 움켜잡고 있었다. 그 옆에는 다음과 같은 말이 쓰여 있었다.

호엔촐러른가(家)의 프리드리히와 마리가
이 자리에서 조국으로 돌아갑니다.

은둔자는 손님들에게 그들의 조국을 물어보았으며 어떻게 여기에 오게 되었는지도 물어보았다. 그는 아주 친절했을 뿐 아니라 선선했고, 세상에 대해서 아는 것이 많았다. 노인이 입을 열었다.

"내가 보기에 당신은 군인이었구려. 저 도구들도 그걸 말해주고 있소."

"전쟁의 위험과 변화무쌍함, 군대에 따라다니는 높은 시정신, 그런 것들이 내 고독한 청춘으로부터 나를 끌어냈으며 내 인생의 운명을 결정했지요. 아마 내가 체험한 오랜 기간의 소용돌이, 무수한 사건이 내게 고독에 대한 의미를 더욱 일깨워주었는지 모릅니다. 무수한 추억이 말 많은 사회에 남아 있습죠. 그리고 이것은 우리가 그 사회를 넘겨다보는 시선이 달라질수록 더하답니다. 그 시선은 이제야 겨우 그 참된 현실 관계, 그 결과의 깊은 뜻, 그리고 그 현상의 의미를 발견합니다. 인간의 역사에 대한 원래의 의미는 이제 겨우 나타났어요. 현재가 지닌 힘찬 인상으로 조용히 추억을 되씹을 때 더욱 그러하답니다. 그다음의 성과들은 그저 그런 것이지요. 하지만 이상하게도 그것들은 아주 아득한 것들과 관계가 있다오. 우리가 일련의 것들을 함께 바라볼수 있을 때, 모든 것을 글자 그대로 받아들이지도 않고, 제멋대로 꾸는 꿈으로 원래의 질서를 어지럽히지도 않을 수 있을 때나 우리는 과거와 미래의 연결을 알게 되지요. 또 역사를 희망과 추억에서부터 구성해낼 줄 알게 된다오. 그래서 태고시대가 그대로 그 앞에 나타나는 사람에게만 역사의 규칙은 발견될 수 있는 것일지 모른답니다. 우리는 그저 불완전하고 번거로운 형식에 매여서 우리에게 소용 닿는 규정을 발견하고서 즐거워할 수 있을 따름이지요. 그 규정이란 우리의 짧은 일생에 알맞은 정보를 제공해줄 뿐입니다. 그러나 운명에 대한 신중한 관조에 이를 때 사람은 깊이가 있게 되며, 끝없는 즐거움을 맛보며, 온갖 생각 가운데에서도 이 세상의 불행을 넘어서 우리를 고양해준다는 점을 나는 말하여야겠소. 젊었을 때는 흡사 처녀애들이 수다를 떨듯이 호기심으로 역사를 읽지요. 성숙한 나이의 사람에게 역사란 그것이 말해주는 현명한 대화를 통해서 더 높고 넓은 행로로 그를 인도해주는 천상의 벗, 마음을 달래주는 벗이 됩니다. 폭넓은 모습으로 미지의 세계와 사귀게 하여주지요. 교회는 역사의 집이며, 교회의 조용한 마당은 역사의 상징적 화원(花園)이라고 할 수 있다오. 역사에 대해서는 신을 두려워하는 옛날 사람들이 이를 기록했답니다. 그들은 자신들의 이야기도 끝이 나고 정원에 식물을 기르는 것밖에는 바랄 것이 없는 사람들이죠. 그들의 기록은 흐려지지 않을 것입니다. 어쩌면 지붕에서 한 줄기 빛이 모든 것을 가장 올바르고 가장 아름답게 보여줄지도 모르죠. 그리고 성스러운 성령은 이 신기하게 움직이는 물 위에 떠돌 것입니다."

"당신의 말씀은 어찌나 진실하고 감동적인지요." 노인은 그러면서 앉았다. "확실히 그 시대의 알 만한, 가치 있는 것을 충실히 새겨두는 데 더욱 부지런해야겠어요. 그리하여 그것을 성스러운 유산으로 앞으로 올 뒷사람들에게 물려주어야지요. 염려하고 수고를 아끼지 말아야 할 수천 가지 일들이 놓여 있어요. 가장 가깝고도 중요한 것에 대해, 우리 자신의 삶과 우리의 권속(眷屬), 우리 세대의 운명을 위해 우리는 별로 괴로워하지도 않고, 별로 대수롭지 않게 그 발자취를 우리 기억 속에서 모두 지워버린다오. 그것들이 지닌 자그마한 질서는 우리가 사전 배려를 하면서 파악해놓은 것들이기도 하죠. 현명한 후예들은 과거의 사건을 다룬 보고를 찾아낼 것이며 무의미한 한 개인, 개인의 인생까지 그들에게는 보잘것없는 것이 되지 않을 것이오. 그도 그럴 것이, 동시대 사람의 위대한 삶이 그 속에 다소간 투영되어 있음이 틀림없으니까요."

"그 시대의 사건을 기록하는 데 열심인 몇 안 되는 사람들까지 그들의 일에 힘을 기울이지 않거나 그들의 관찰을 질서 있게 정돈하려고 하지 않고 보고서의 선택과 수집에 있어서 운을 하늘에 맡긴다는 식으로, 되는대로 잘못 다루는 것은 좋지 않은 일이죠." 호엔촐러른가(家)의 백작은 말했다. "누구나 그가 아는 것만을 분명히, 그리고 완전히 기록할 수 있다는 것을 쉽게 알아챌 것입니다. 그 일의 발생, 결과 그리고 그 목적과 사용이 어떻게 나타났는가 하는 것 말입니다. 왜냐하면 그렇지 않을 경우 기록은 없고, 불완전한 소견(所見)들의 뒤죽박죽된 혼합만이 있게 되니까요. 어린이가 기계에 관해 쓸 수 있고, 시골 사람이 배에 관해 쓸 수 있지요. 그러나 어떤 사람이든 그들의 말에서 응용이나 설교를 꾸며낼 수 없으리라는 것은 확실하다오. 그것은 아마 이야기가 충분히 준비되었지만 말을 쓸데없이 늘어놓다 보니 싫증을 나게 하는 대부분의 역사 저술가들과 관계가 있는 이야기리다. 하지만 그들은 역사가 비로소 역사가 되며 수많은 우연이 그럴싸한, 교훈적인 전체와 연결된다는 사실을 잊어버리고 있어요. 이런 모든 것들을 잘 생각해보면 역사 저술가는 시인이 될 수밖에 없지 않나 하는 생각이 든답니다. 시인만이 사건을 멋지게 꿰매는 기술을 터득하고 있을 테니까요. 시인들의 이야기와 우화에서 내밀한 정신에 대한 따뜻한 감정을 느낄 수 있어요. 그것은 유식한 연대기보다는 동화 속에 들어 있는 진실이겠지요. 주인공과 그들의 운명이 꾸며진 것이라 하더라도, 그들이 그렇게 꾸며진 의미는 진실하고 자연스럽지요. 그것은 우리의 흥미와 교육 양면에 있어서 어느 정도 마찬가지 일이라요. 즉 우리가 그 주인공들의 운명을 통해 우리의 운명을 반추하게 되는데, 그 주인공들이 실제로 살아 있던 사람이냐 아니냐 하는 것은 중요하지 않아요. 우리는 그 시대 현상이 낳은 위대한 영혼의 모습을 갈구하는 것이며, 그 희망을 간직하는 것이오. 그래서 우리는 그들 밖에 나타나는 우연적인 존재에 대해서는 걱정을 않는답니다."

"나도 그전부터 그런 까닭에 시인에겐 호감을 가져왔었소." 노인이 말했다. "이 인생과 이 세상은 그들을 통해서 내게 분명하게 보이게 되었다오. 그들은 빛의 정령들과 친구임이 틀림없는 것같구려. 모든 자연을 꿰뚫고, 그 모든 자연에 신기하면서도 독특한, 그리고 부드러운 색깔의 베일을 쳐주지요. 나는 내 고유한 자연이 그들의 노래 속에서 열리는 것을 쉽게 느낄 수 있다오. 그것은 마치 그 자연이 아주 자유스럽게 움직이는 느낌이며, 시인들과의 사귐과 그들의 요구가 즐거워 죽겠다는 듯한 느낌입니다. 아주 조용히 그 노래는 부유(浮游)하면서 수천 가지의 분위기를 이루어놓는구려."

"당신네 지방에도 시인이 있습니까?"

은둔자가 물었다.

"이따금 몇몇이 눈에 띕니다. 하지만 그들은 나그네인 듯하며, 대부분이 오랫동안 머무르지 않는다오. 그래서 나는 알바니아, 작센, 스웨덴을 방랑하면서 그들을, 생각만 해도 즐거운 시인들을 드물지 않게 보았다오."

"그렇게 두루 돌아다녔으니 기억할 만한 일을 많이 경험했겠습니다."

"우리네 기술은 땅을 널리 둘러보는 것을 요구하지요. 그리고 그것은 마치 지하의 불이 광부를 몰고 다니는 꼴이라오. 하나의 산은 그를 다른 산에 보냅니다. 그는 보는 것에 절대 만족하지 않으며, 그의 전 생애는 우리의 땅을 그렇듯 신기하게 만들어놓은 놀라운 광층구조를 배우는 데 바쳐진답니다. 우리네 기술은 태곳적 것이며, 널리 퍼져 있는 것이죠. 그것은 우리가 그렇듯이 태양과 함께 아침을 시작해서 저녁이 지난 뒤, 하루가 끝난 자정에도 계속된다오. 곳곳에서 다른 어려움과 싸우는데, 그 필요성 때문에 인간 정신에서 교묘한 발견을 도출해냄으로써 광부는 어디서든지 그 번득이는 눈과 날렵한 동작을 성장시킬 수 있고 유용한 경험으로 하여 고향을 풍족하게 할 수 있다오."

"당신은 거꾸로 된 점성가로군요." 은둔자는 말했다. "점성가가 하늘을 그대로 바라다보고 그 광대무변한 공간을 헤매고 다닌다면, 당신은 땅에 시선을 보내고 그 구조를 살핍니다. 점성가는 천체의 힘과 영향을 연구하는데, 당신은 바위와 산의 힘과 지층·암층의 다양한 효과를 조사합니다. 점성가에겐 하늘이 미래의 책인데 당신에겐 땅이 태고시대의 기념비를 보여주는군요."

"그런 관계는 의미가 없지 않지요." 노인은 웃으면서 대답했다.

"영민한 예언자들은 기막힌 지층구조가 지닌 오랜 역사에서 그 주된 역할을 보는 모양입니다. 사람들은 역사를 예언자들의 작품에서부터, 그리고 그들 작품을 그들로부터 시대와 더불어 더 잘 알게 되고 더 잘 설명하게 되는 방법을 배울 것이오. 아마 큰 산맥은 옛길의 흔적을 보여줄 겁니다.

또 산 자신의 힘으로 가까이 가서 하늘로 잇는 그만의 통로로 가고 싶어 하는 욕망까지 지니고 있다오. 많은 산은 별이 되고자 불쑥불쑥 솟아 있지요. 이를 위해서 아름다운, 파란 옷을 입은 듯한 낮은 지방이 없어서는 안 된다오. 낮은 지방은 아무것도 없는데, 다만 그들의 조상이 기후를 만드는 일을 도왔을 뿐이지요. 예언자들은 아주 깊은 대지를 때로는 보호해주고 때로는 홍수로 범람하는 것을 막아주었죠."

"이 동굴에서 산 다음부터 나는 태고시대에 대해 자주 생각하게 되었지요." 은둔자가 말을 계속했다. "이러한 관조 생활이 어떤 매력이 있는지를 말로 할 수 없습니다. 나는 한 광부가 그의 작업을 위해 품어볼 사랑을 상상해줄 수 있다오. 이 옛날의 뼈다귀, 여기에 무수히 쌓여 있는 그것들을 보고 있노라면, 이 낯설고 어마어마한 짐승들이 무리를 짓고 이 동굴에 밀어닥쳤을 거칠던 옛날을 생각하노라면, 공포와 불안에 떨면서 그들의 주검이 널려져 있던 때 말입니다. 또 이 동굴들이 하나로 연결된 채 무서운 홍수가 땅을 덮었을 시절에까지 생각이 미치노라면, 나는 영원히 어린애처럼 미래를 꿈꾸는 듯하답니다. 오늘의 자연은 이 힘차고 거대한 기대에 비해서 얼마나 조용하고 평화로우며, 얼마나 부드럽고 맑은 것입니까! 이즈음의 무서운 뇌우, 깜짝 놀랄 만한 지진은 그 당시의 창조의 바람에 비하면 미약한 여운에 지나지 않지요. 아마 식물과 동물 세계, 그 당시의 인간까지도 이 바다 위 개개의 섬 위에 훨씬 단단하고 거친 지층을 갖고 있었다면, 적어도 어떤 시작(詩作)에서라도 거인족에 대한 전설을 나무랄 수는 없었을 것이오."

"자연이 점차로 그 광포한 성질을 가라앉혀 왔다는 것을 알고 있는 건 반가운 일이오." 노인은 말했다. "평화로운 공동사회, 상부상조의 생활이 차츰 형성된 것 같으며, 우리는 점점 더 나은 시대로 접어들 수 있게 된 것이지요. 아마도 이따금 옛날의 그 효모(酵母)가 발효를 일으키고 어떤 때는 그 가운데 격심한 동요가 뒤따를 수도 있을 겁니다. 그러면서 사람들은 자유스럽고, 화목한 생활을 위해 힘껏 노력하는 것이죠. 그리고 이러한 정신을 지닐 때 모든 동요는 지나가게 될 것이며, 원대한 목적에 가까이 갈 수 있겠죠. 이제는 자연이 광포하지 않다고 오늘날 어떤 광석이나 보석, 바위나 산이 생기지 않으며 동식물들이 어마어마한 규모와 힘으로 솟아나지 않는다 하더라도 그 번식력이 쇠진되면 될수록 자연의 어울려 살아가는 힘은 더욱 세어지게 된다오. 그 기분은 아주 다감해지며 그가 지닌 환상은 더욱 다양하고 상징적이게 되며 그 손은 아주 섬세하고 예술적인 것이 된다오. 자연은 인간과 가까워지지요. 한때 자연은 바윗덩어리였으나 지금은 조용한 식물이며, 말 없는 인간적 예술가라오. 태고시대부터 넘쳐흘렀던 그 보물들이 자꾸 많아질 필요가 있겠소. 내가 방랑했던 공간은 얼마나 좁은 것인지. 그런데 그 풍성한 재고량을 나는 한눈에 발견하지 못했다오. 후세에 그 이용을 남겨두고 있는 것을 말이오. 북쪽 산악지방이 얼마나 많은 부를 감추고 있는지. 얼마나 그럴싸한 광징(鑛徵)을 내 조국 곳곳, 헝가리의 칼파티스 산록에서, 그리고 티롤 지방이나 오스트리아, 바이에른 지방의 바위 계곡에서 찾아내지 못했는지요. 그저 파헤쳐내기만 하면 되는 것들을 그대로 가지기만 했던들 나는 부자가 되었을 겁니다. 수많은 곳에서 나는 마술 공원에 있는 듯한 느낌을 받았다오. 내가 본 것은 값진 광석들로서 아주 정교하게 빚어진 것이었어요. 말쑥한 은빛 고수머리와 가지에 홍옥 빛이 반짝이는, 투명한 광석들이 매달려 있었으며, 도저히 흉내낼 수 없는 수정 바닥 위에 육중한 나무들이 서 있는 공원이었습니다. 이렇듯 기막힌 곳이 있으리라고는 아무도 생각하지 못할 거예요. 그 매력 넘치는 자연 속을 거닐며 보석에 취해 피곤한 줄도 몰랐지요. 이번 여행에서도 나는 수많은 멋진 곳을 보았다오. 확실히 다른 지방들은 땅이 비옥하고 개간되어 있습니다."

"동양에서 보석들이 난다는 것을 의심할 수 없군요." 이때 낯선 사람이 끼어들었다. "먼 인도, 아프리카 그리고 스

페인은 고대부터 벌써 그 땅이 지닌 부유한 재산으로 유명
하지 않았던가요? 군인으로서 산의 광맥을 정확히 조사할
수 없는 노릇이지요. 그러는 사이에 나는 마치 기이한 꽃봉
오리처럼 예기치 못한 꽃과 열매를 가리키는 비옥한 지역을
수시로 관찰했습니다. 밝은 햇빛을 지나 이 어두운 광산 옆
을 즐겁게 지나치게 되었을 때 이 산의 품속에서 내 삶을 마
치게 되리라고 어떻게 생각했겠소. 땅에 대한 사랑은 대단
했으므로 나중에는 그 품속에서 세월을 보내기를 바랐소.
전쟁이 끝나자 나는 집으로 돌아왔습니다. 수확의 기대로
부푼 상태였지요. 전쟁의 정신은 곧 행복의 정신 같았다오.
내 아내 마리는 동방에서 아이 둘을 낳았답니다. 그들은 우
리 생활의 기쁨이었다오. 먼 뱃길과 거친 바람은 그 아이들
이 꽃피는 것을 방해합니다. 유럽에 도착한 지 며칠 되지 않
아서 나는 내 손으로 그 아이들을 묻게 되었어요. 슬픔을 가
누지 못하는 아내를 데리고 비통에 젖어 고향으로 갔어요.
조용한 회한 속에서 그녀의 삶은 허약해졌다오. 나는 곧 여
행을 계획했으며, 이 여행에는 그녀가 꼭 나를 붙어 다녔어
요. 그러던 중 아내는 슬그머니 내 곁에서, 내 팔에서 떨어
져 나갔던 것입니다. 우리의 순례가 끝난 곳은 바로 여기서
가까운 곳이라오. 내 결심은 성숙해졌어요. 나는 기대해본
적도 없는 것을 발견했죠. 신의 계시가 나를 엄습하더군요.

여기서 내가 그녀를 묻은 날 이후 하늘의 손은 내 마음의 모든 근심을 가져갑니다. 나중에 나는 묘비를 세웠어요. 이따금, 어떤 사건은 시작하려고 할 때 이미 끝나는 듯이 보인다오. 내 생애에 있어선 그러했다오. 당신들은 모두 행복하게 살면서, 나와 같이 조용한 기분으로 살기를 바라오."

하인리히와 상인들은 조심스럽게 그 말에 귀를 기울였다. 하인리히는 특히 그의 내면이 예감이 가득한 새로운 무언가로 채워지는 걸 느낄 수 있었다. 수많은 말, 수많은 생각이 마치 꽃가루처럼 그의 가슴속에 떨어졌다. 그리고 그를 그 젊음의 좁은 원형(圓形)으로부터 높은 세계로 재빨리 밀어 올렸다. 얼마나 많은 해가 그 뒤에서 덧없이 흘러갔는지, 그는 다른 것은 생각할 수도 느낄 수도 없었다.

은둔자는 그의 책들을 그들에게 보여주었다. 그것은 역사와 시에 관련된 고서였다. 하인리히는 커다란 글씨로 예쁘게 쓰여 있는 책장을 넘겨보았다. 여기저기서 독자의 상상력을 자극하는 살아 있는 짧은 시행(詩行), 표제, 깨끗한 그림들이 마치 살아 있는 낱말들처럼 나타났고 그것들은 그의 호기심을 강력하게 자극했다. 은둔자는 하인리히의 속마음이 매우 즐겁다는 것을 눈치챈 듯, 그에게 특별히 설명해주었다. 여러 가지의 장면이 그림으로 나와 있었다. 전쟁·장례식·결혼식·난파선·동굴과 궁전·왕·영웅·목사·늙은 사람·젊은 사람·이상한 옷을 입은 사람…… 기기묘묘한 동물들이 갖가지 모습으로 드러나 있었다. 하인리히는 자신도 모르게 이끌리는 그 은둔자 옆에서 책에 대해 설명을 듣고 싶었다. 그때 노인이 여기 말고 동굴이 더 있느냐고 물어보았다. 은둔자는 이 근처에 이보다 훨씬 큰 동굴이 몇 개 있으며 그가 안내할 용의도 있노라고 했다. 노인은 좋다고 말했다. 하인리히가 그 책에 빠진 것을 안 은둔자는 그에게 이곳에 남아서 책을 더 보라고 말했다. 하인리히는 뛸 듯이 기뻐하며 책 옆에 남았으며 그렇게 해주도록 한 데 대해서 깊은 감사의 말을 보냈다. 그는 매우 즐거운 마음으로 책장을 뒤적였다. 마침내 그의 손에 낯선 언어로 된 책이 한 권 들어왔다. 라틴어와 이탈리아어 비슷해 보이는 외국어였다. 그는 이 말을 읽을 수 있었으면 좋겠다고 생각했다. 그 가운데 한 자도 읽을 수 없었으나 그는 그 책이 제일 마음에 들었다. 책의 제목은 없었으나 뒤척이다가 보니 그림 몇 개가 눈에 띄었다. 아주 근사해 보이는 것들이었는데, 자세히 들여다보니 그들 가운데에는 자신의 모습이 들어 있었다. 그는 놀라서 꿈을 꾸고 있는 게 아닌가 생각했다. 그러나 여러 번 되풀이해서 들여다보아도 그와 아주 흡사한 것임을 의심할 수 없었다. 그리고 그 그림 옆에 동굴, 은둔자 그리고 노인이 있는 것을 보고 도대체 어떻게 된 영문인지 알 수 없었다. 그는 다른 그림들에서 동양 여인들, 그의 아버지, 튀링 겐 지방의 백작과 백작부인, 그의 친구, 궁정 목사 그리고 수많은 아는 사람이 나와 있는 것을 알게 되었다. 그렇지만 그들의 옷은 다른 것들이었으며 아주 다른 시대의 것 같았다. 커다란 그림 한 장이 있었는데, 제목은 몰라도 알 만한 것이었다. 그는 여러 가지 포즈를 취하고 있는 자신의 초상화를 보았다. 마지막에 이르니 그 모습은 아주 훤칠하고 기품 있어 보였다. 기타를 손에 들고 있었으며, 백작 부인이 그에게 꽃다발을 건네주고 있는 모습이었다. 그는 궁정 한 가운데에서 사랑스러운 처녀들과 포옹을 하는 모습이었으며, 또 아주 야성적으로 보이는 사람들과 싸우는 모습이었다. 사라센의 회교도, 무어 지방의 회교도들과 다정하게 대화를 나누는 모습도 있었다. 엄숙한 모습의 한 사내가 그 가운데로 자주 들락거리고 있었다. 그는 이 고상한 모습에 깊은 경외감을 느꼈다. 그와 팔짱을 끼고 있는 것을 보니 기쁜 마음이 들었다. 맨 끝부분 그림들은 흐릿해서 잘 알아볼 수 없었다. 하지만 그 꿈같은 그림 몇 장은 그의 마음속을 황홀하게 했다. 책의 마지막 장은 떨어진 것 같았다. 하인리히는 매우 아쉬워했으며 이 책의 내용을 모두 자신의 것으로 소유하고 싶어 했다. 그는 그 그림들을 여러 번 들여다보았는데, 이때 사람들이 돌아오는 소리가 들리자 무척 당황했다.

야릇한 부끄러움을 그는 느꼈다. 그는 자신이 그림에서 발견한 것을 그들에게 말할 용기가 나지 않아서 책을 도로 덮고 나서 그 책이 프로방스 언어로 쓰인 것을 깨닫고는 은둔자에게 제목을 물어보았다.

"내가 그걸 읽은 건 꽤 오래전 일이오." 은둔자는 말했다. "지금 그 내용은 잘 기억나지는 않는다오. 내가 아는 한, 그 것은 어느 한 시인의 기막힌 운명을 여러 가지 형태로 예술성 있게 표현한 소설이지요. 마지막 장은 예루살렘에서 가져올 때 떨어졌는데 원래 내 친구가 남겨놓은 것으로 그 친구를 기념하기 위해 보관했던 것이라오."

사람들은 헤어졌다. 하인리히는 눈물이 나올 듯했다. 그 동굴은 그에게 그렇듯 감명 깊었다. 은둔자와도 친해진 것이었다. 모두 은둔자와 다정하게 포옹을 나누었는데, 그도 그들과 정이 든 듯했다. 하인리히는 그가 자기를 아주 다정한 눈빛으로 쳐다보는 것을 알 수 있었다. 하인리히에 대한 그의 작별 인사는 뜻깊은 것이었다. 그는 하인리히가 그림에서 무언가 발견한 것을 알아차린 듯한 말을 했다. 그는 손님들을 배웅해주었고 특히 농부의 아들들에게 자신에 관해서 농부들에게 아무 말도 하지 말아 달라고 부탁했다.

사람들은 모두 그것을 약속했다. 헤어지면서 그들이 은둔자에게 기도를 청하자 그가 말했다.

"언젠가 우리는 다시 만나서 오늘에 관해 이야기를 나누며 웃을 것입니다. 천상의 날이 우리에게 오겠지요. 그러면 우리는 서로 인사를 나누고 같은 생각, 같은 예감에 사로잡혀 있었던 일을 생각하고 즐거워하리라. 우리를 이곳으로 인도한 사람들은 천사들입니다. 당신들의 눈길이 하늘에서 떨어지지 않는다면 당신네 고향으로 가는 길을 잃지 않으리라."

그들은 아주 조용하고 경건하게 헤어졌다. 그리고 곧 소심한 동반자를 찾아냈다. 그들과 여러 가지 이야기를 나누는 사이에 마을에 도착했다. 근심에 싸여 있던 하인리히의 어머니는 기뻐서 어쩔 줄 모르며 그를 맞았다.

제6장

장사하기 위해 태어난 사람들은 모든 것을 스스로 관찰하면서 살아갈 줄 모른다. 그들은 곳곳에 손을 내밀어야 하며, 갖가지 현실을 겪어야 하며, 새로운 상황의 인상에 반(反)해서, 수많은 대상이 지닌 여러 가지 모습에 반해서 그들 감정을 어느 정도 제어하고 또 그에 익숙해져야 하며, 심지어는 큰 사건이 임박해서까지도 그 목적을 꽉 부여잡고 이를 치러내어야 한다. 그들은 조용한 관조의 초대에 몸을 맡겨서는 안 된다. 그들의 영혼은 세상을 거꾸로 보는 관조자가 될 수 없다. 그 영혼은 끊임없이 외부로 향할 수밖에 없으며 말을 열심히, 그리고 빨리 알아듣는 봉사자여야 한다. 온갖 우연한 일들이 그들의 영향 아래에서 이야기되며, 그들의 생활은 상당히 중요하고 얽히고설킨 성과를 가져오는 하나의 사슬인 것이다.

조용한 미지의 사람들과의 관계는 다르다. 이들의 세계는 감정이며, 그 활동은 관조이고, 그 생활은 내면을 단련하는 것이다. 이들은 밖을 향해 아무런 부산을 떨지 않는다. 이들은 무엇이든 조용한 것에 만족을 느낀다. 이들은 밖에서 일어나는 헤아릴 수 없는 연극에, 비록 그 자신이 등장하는 것이라 하더라도 아무런 매력을 느끼지 못하며, 그보다는 오히려 관조생활을 중요하고 멋진 것으로 여긴다. 그와 같은 정신을 향한 갈망이 멀리서 그들을 지켜준다. 그 정신은 인간 세상에서 신비한 역할로 그들을 결정지어준다. 이와 달리 상인들은 외부적 모습과 의미 그리고 그와 같은 데에서 나오는 힘을 내세운다.

크고 다양한 사건이 이들의 생활을 방해하리라. 단순한 생활이 이들의 운명이다. 말과 글로써만 이들은 이 세계의 풍성한 내용, 그리고 무수한 세상일을 알게 된다. 그들 생애에서는 드물게 돌발적인 사건이 스쳐가는데, 이때 몇 가지 경험을 통해서 이들은 행동하는 인간의 상황과 성질에 대한 지식을 갖게 된다. 이에 반해서 이들의 예민한 감각은 하잘것없는 가까운 현상에 대해서도 몰두하는데, 이 현상은 그 같은 감각에는 커다란 세계로 비치는 것이다. 이들은 이와 같은 현상의 본질과 의미에 대해서 대단한 발견의 의미를 부여하지 않고서는 그 속으로 한 발짝도 들어서지 않는다. 때때로 우리가 사는 곳을 거닐면서 곳곳에 인간과 첫 번째 신·성좌(星座)·봄·사랑·행복·열매·건강 그리고 경건한 마음을 노래하고 신성한 업무를 새롭게 하여주는 사람들이 시인이다. 하늘나라의 편안함을 가진 이들은 어떤 지독한 욕망에도 절대 흔들리지 않고 이 지상의 열매들을 일그러뜨려 구제할 길 없는 악의 세계로 연결하지 않고, 오직 열매의 향기만을 들이마신다. 이들은 금으로 된 발로 소리 죽여 들어오며, 이들이 있으면 저절로 날개가 퍼덕여지는 자유로운 손님들이다. 시인이란 착한 왕처럼 즐겁고 맑은 얼굴에 의해서 찾아낼 수 있다. 그리고 그는 현자의 이름을 거느리는 사람이다. 시인을 영웅에 비교할 때 우리는 시인의 노래가 젊은이의 가슴에 영웅적 용기를 일깨우는 일이 적지 않다는 것을 알 수 있다. 하지만 영웅의 행동은 결코 시의 정신을 새로운 정서로 불러내지 못한다는 것도 알 수 있다.

하인리히는 시인으로 태어났다. 여러 가지의 우연한 일이 그가 시인으로 성장할 수 있게 하나로 모아진 듯이 보였으며 아직껏 아무것도 그의 내적 흥분을 방해한 것은 없었다. 그가 보고 들은 모든 것은 그에게 있어 단지 새 빗장을 밀어준 것에, 새 창문을 열어준 것에 지나지 않았다. 그는 이 세계가 아주 거대하며, 변화무쌍한 모습으로 그 앞에 놓여 있는 것을 보았다. 그러나 그 세계는 아직 말이 없었고, 그 세계와 대화할 영혼도 아직 깨어나지 않았다. 벌써 시인은 가까이 왔으며, 사랑스러운 소녀의 손을 잡고서 모국어의 소리를 통해서, 감미롭고 부드러운 입의 감촉을 통해서 입술은 열리고 박자는 무한한 멜로디로 전개되었다.

이 여행은 이제 끝났다. 우리의 나그네가 즐겁고 명랑한 기분으로 세계적으로 유명한 아우크스부르크에 도착한 것은 저녁녘이었다. 나그네들은 늙은 슈바닝가(家)의 훌륭한 저택이 있는 가파른 골목길을 들어서면서 기대에 부풀어 있었다.

하인리히에게 이 지방은 벌써 아주 매력적인 곳으로 다가왔다. 도시의 생기 있는 소음이며, 커다란 석조 가옥들은 그에게 기분 좋은 이방감(異邦感)을 안겨주었다. 그는 그가 머무르게 될 곳에 대해 진심으로 기뻐했다. 어머니도 오랫동안의 고단한 여행 끝에 그녀의 사랑스러운 아버지의 도시에 오게 되어 흡족한 모양이었다. 어머니는 외할아버지와 그녀의 오랜 지기(知己)들을 얼싸안았고, 그들에게 하인리히를 소개했다. 일순 그녀가 젊었을 시절의 슬픈 추억과 더불어 집안의 온갖 시름을 조용히 잊을 수 있었다. 상인들은 즐거움으로 여로의 불편함을 보상받고 장사가 잘 되기를 바랐다.

오래된 슈바닝가는 환하게 불이 밝혀져 있었으며 즐거운 음악이 그들을 향해 울렸다.

"그렇군요." 상인들이 입을 열었다. "당신네 할아버지는 근사한 상을 차리셨네요. 우리는 꼭 초대받은 것 같소이다. 불청객들을 보고 할아버지는 얼마나 놀라실지요. 진짜 잔치가 이제 시작되리라는 걸 꿈도 못 꾸셨을 테지요."

하인리히는 당황했으며, 어머니는 그녀의 옷만이 걱정스러웠다. 그들은 내려갔다. 상인들은 말 옆에 머물러 있었고 하인리히와 그의 어머니는 호화로운 그 집으로 들어갔다. 아래층에는 집안 식구가 한 사람도 눈에 띄지 않았다. 그들은 넓은 나사형 층층대를 올라가야만 했다. 몇 사람의 하인이 옆으로 달려왔다. 어머니는 그들에게 늙은 슈바닝과 만나고 싶어 하는 내방객의 도착을 알려주도록 요청했다. 처음에 하인들은 머뭇거렸다. 나그네들이 아주 훌륭해 보이지는 않았다. 그래도 그들은 이 사실을 집주인에게 알렸다. 늙은 슈바닝이 방 밖으로 나왔다. 그는 그들을 곧바로 알아차리지 못하고 이름과 용건을 물어보았다. 하인리히의 어머니는 눈물을 흘리면서 그의 목을 껴안았다.

"아버님, 딸도 못 알아보세요?" 그녀는 울면서 소리쳤다. "제 아들놈도 같이 왔어요."

늙은 아버지는 부르르 떨었다. 그는 오랫동안 딸을 부둥켜안고 있었다. 하인리히는 무릎을 꿇고 외할아버지의 손에 부드럽게 키스했다. 그는 하인리히를 일으키더니 그들 모자를 감싸 안았다.

"빨리 들어가자." 슈바닝이 말했다. "나와 아주 절친한 친구들, 그리고 지기들이 모여 있단다. 그들은 나와 함께 아주 기뻐할 거다."

하인리히의 어머니는 몇 가지 의혹이 스쳤으나 생각할 시간은 없었다. 할아버지는 두 사람을 휘황찬란한, 천장이 높은 홀로 안내했다.

"여기 내 딸과 손자 놈이 아이제나흐에서 왔소이다."

슈바닝은 무리를 이루고 있는 멋진 옷을 입은 사람들을 향해 소리쳤다. 모든 사람의 눈이 문으로 쏠렸다. 모두 그쪽을 향했으며 음악은 멈추었다. 두 사람은 곤혹스러운 기분으로 눈을 감고 서 있었다. 알록달록한 옷을 입은 수많은 사람 한가운데에 먼지를 뒤집어쓴 옷을 입은 채. 즐거운 비명이 입에서 입으로 옮겨졌다. 한 늙은 여인이 어머니에게로 내달려왔다.

무수한 질문이 오갔다. 모두 먼저 알은체하고 환영하려고 했다. 나이가 든 사람들이 어머니에게 몰려드는 반면, 젊은 축들의 관심은 낯선 청년에게로 쏠리었는데, 젊은이는 시선을 아래로 떨구고 낯선 사람들의 얼굴을 쳐다볼 엄두도 못 내고 있었다. 그의 할아버지는 사람들에게 그를 소개하고 아버지의 안부와 여행에서 일어났던 일을 물어보았다.

어머니는 집 밖에서 말과 기다리고 있을 상인들을 생각했다. 그녀가 그 사실을 아버지에게 말하자, 그는 곧 사람을 내려보내 그들을 안으로 불러들이도록 했다. 말들은 마구간으로 보내졌고, 상인들이 나타났다.

슈바닝은 그들에게 자기의 딸을 친절하게 돌보아준 데 대하여 진심으로 감사의 말을 전했다. 그들은 거기 참석해 있던 많은 사람에게 소개되었으며 그들과 다정하게 인사를 나누었다. 어머니는 깨끗한 옷으로 갈아입고 싶어 했다. 슈바닝은 그녀를 자기 방으로 데려갔는데, 하인리히도 똑같은 생각으로 그들을 따라갔다.

수많은 사람 가운데 하인리히는 한 남자가 마음에 들었다. 그는 하인리히가 동굴에서 본 책 속에 자기 옆자리에 있었던 사람이었다. 그의 품위 있는 외관이 무엇보다 그를 돋보이게 했다. 그의 얼굴에는 엄숙한 빛이 떠돌았다. 아름답고 널찍하게 열린 이마, 쏘아보는 듯한 곧은 시선, 따사로운 입 주위로 갸름하게 빠진 얼굴, 그리고 무엇보다 맑고 남성적인 그 태도가 매력을 끌었다. 그는 몸도 단단해 보였는데, 거동은 침착하면서도 확연했다. 그는 일어서면 영원히 서 있으려고 하는 것처럼 보였다. 하인리히는 외할아버지에게 그에 관해서 물어보았다.

"네가 그를 금방 알아보았다니 기쁜 일이다." 그는 그렇게 대답했다. "그는 나와 마음이 맞는 친구 클링스오르라는 사람이란다. 시인이지. 그와 친하게 지내면 너는 황제를 알고 지내는 것보다 더 자랑일 수 있지. 하지만 네 마음은 어떠냐? 그에게는 아름다운 딸이 하나 있지. 어쩌면 자기 아버지보다 더 나을지도 모를 애야. 네가 그 애를 보지 못했다면 놀라운데."

하인리히는 얼굴을 붉혔다.

"정신이 없었어요, 할아버지. 사람들이 아주 많았어요. 나는 그저 할아버지 친구분들만 보았거든요."

"네가 북쪽에서 왔다는 걸 아니까." 슈바닝이 말했다. "우리는 벌써 여기서 너를 잘 구슬려 놓으려고 하고 있다. 너는 이제 예쁜 눈을 보는 법을 배워야 한단다."

그들은 다시 홀로 되돌아갔는데 거기에는 저녁 식사 준비가 완료되어 있었다. 늙은 슈바닝은 하인리히를 클링스오르에게 데리고 가더니 그가 클링스오르를 알아보고 열렬히 사귀고 싶어 한다는 것을 이야기했다.

하인리히는 부끄러웠다. 클링스오르는 그에게 그의 고향과 여행길에 대해서 물어보았다. 클링스오르의 목소리에는 무언가 믿음직스러워 보이는 것이 들어 있어서 하인리히는 곧 마음이 놓여 자유스럽게 그와 이야기를 나누었다. 얼마 후 슈바닝이 아름다운 마틸데를 데리고 그들에게 돌아왔다.

"수줍음 잘 타는 내 손자이니 따뜻하게 대해주고, 그가 너보다 네 아버지를 먼저 보았다니 용서해주렴. 네 빛나는 눈동자를 보면 저 아이의 청춘이 잠에서 깰 거다. 저 아이가 사는 곳에선 봄이 늦게 온단다."

하인리히와 마틸데는 얼굴이 빨개졌다. 그들은 서로 놀란 얼굴을 하고 바라보았다. 그녀는 그에게 들릴락 말락 하는 작은 소리로 춤을 추겠는지 물어보았다. 그가 그러겠다고 대답했을 때 흥겨운 춤곡이 시작되었다. 그는 말없이 그녀에게 손을 내밀었다. 그녀도 그에게 손을 주었다. 그들은 왈츠를 추고 있는 사람들 사이로 섞여 들어갔다. 슈바닝과 클링스오르는 그쪽을 쳐다보았다. 어머니와 상인들은 하인리히의 날렵한 움직임과 그의 사랑스러운 파트너를 보고 흐뭇해했다. 어머니는 젊었을 때의 친구들과 이야기를 나누느라고 정신이 없었는데, 친구들은 저렇듯 근사하고 장래가 기대되는 아들을 둔 것을 부러워했다. 클링스오르가 슈바닝에게 말했다.

"선생님 손자는 용모가 매력적이군요. 아주 맑고 너그러운 마음씨에다가, 목소리는 가슴 깊숙이에서 울려 나오는 것 같았소이다."

그러자 슈바닝이 대답했다.

"그 애가 당신의 제자가 되었으면 좋겠소. 내 생각으로는 저놈도 천성이 시인으로 태어난 것 같소. 당신의 정신으로 감화되기를 바라오. 그놈은 제 아버지 비슷하다오. 단지 제 아버지보다는 덜 격정적이며 덜 고집이 셀 뿐이죠. 제 아버지는 젊었을 때 온갖 소질이 가득했었다오. 단지 어떤 자유스러운 생각이 결핍되어 있었지. 부지런하고 유능한 예술가 이상의 것이 될 수 있는 사람이었는데……."

하인리히는 춤추기를 그칠 모양이 아니었다. 그의 눈망울은 마음속으로부터 우러나오는 호감 때문에 그의 장미 같은 파트너에 멎어 있었다. 마틸데의 순진한 눈도 그를 피하지 않았다. 그녀는 자기 아버지의 정신이 아주 사랑스럽게 변장한 듯이 보였다. 그녀의 크고 조용한 눈으로부터 영원한 젊음이 말하고 있는 것 같았다. 연한 하늘색 바탕 위에 갈색 별들의 부드러운 빛이 놓여 있었다. 이마와 코는 다소곳이 아래를 향하고 있었다. 막 뜨는 태양을 향해 고개를 숙이고 있는 한 떨기 백합이 그녀의 얼굴이었다. 날씬한 흰 목에서부터 부드러운 두 뺨 주위에 푸른 혈관이 고혹적으로 굽이치고 있었다. 그녀의 목소리는 멀리서 울리는 메아리 같았으며 갈색 머리카락은 부드러운 얼굴 위에서 떠도는 것 같았다.

음식 접시들이 들어왔고 춤은 끝났다. 나이 든 사람들이 한쪽을, 젊은 패들이 다른 한쪽을 차지하고 앉아 있었다.

하인리히는 마틸데 옆에 그대로 있었다. 젊은 친척 여인이 그의 왼쪽에 앉았으며, 클링스오르는 바로 건너편에 앉았다. 마틸데는 별로 말이 없었는데, 왼쪽의 여인 베로니카는 연신 떠들었다. 그녀는 곧 그와 친해졌고, 얼마 지나지 않아서 참석한 모든 사람에게 그를 소개해주었다. 하인리히는 많은 것을 알게 되었다. 그는 마틸데 옆에 여전히 남아서 기회만 있으면 자주 오른쪽을 바라보려고 했다. 클링스오르는 잡담을 그치게 했다. 그는 하인리히에게 연미복에 붙어 있는 진기한 부호들이 새겨진 고리에 대해서 질문했다. 하인리히는 상기된 어조로 그 동방의 포로 여인 이야기를 들려주었다. 마틸데는 눈물을 흘렸다. 하인리히도 눈물을 감출 수 없었다. 그는 마틸데와 그에 관한 이야기를 했다. 모든 사람이 다시 왁자지껄했다. 베로니카는 웃으면서 아는 사람들과 농담을 나누고 있었다. 마틸데는 자기 아버지가 이따금 머무르곤 하는 헝가리 이야기, 아우크스부르크에서의 생활을 이야기했다. 모두 흐뭇한 모습이었다. 음악이 나오자 다시 활달한 분위기가 되면서 하나의 경쾌한 놀이로 변했다. 꽃다발은 식탁 위에서 화사한 향기를 뿜고 있었고,

술이 음식 접시와 꽃 사이를 누비었다. 술은 금빛 날개를 퍼덕이며 이 세상과 손님들 사이에 오색영롱한 양탄자를 깔아주었다. 하인리히는 파티가 무엇인지 비로소 알게 되었다. 수천의 흥겨운 정령들이 테이블 둘레로 이리저리 날고 있는 것 같았으며, 즐거워하는 사람들과 연민을 나누면서 기쁘게 사는 것 같았다. 정령들은 그들의 흥겨움에 완전히 넋을 잃은 것 같았다. 삶의 즐거움이 마치 금빛 열매로 가득 차서 소리를 울리는 한 그루의 나무처럼 하인리히 앞에 서 있었다. 악이라곤 찾아볼 수 없었다. 이러한 나무에서 인식이라는 위험한 열매로 인간적 경사가 이루어지고 전쟁이라는 나무로 변하게 된다는 것이 그에게는 있을 수 없는 일처럼 생각되었다. 그는 이제 술맛과 음식 맛을 알게 되었다. 아주 맛이 있었다. 하늘의 기름이 양념으로 들어가 있는 듯했으며 술잔에서는 이 지상의 호화스러운 생활이 번쩍번쩍 빛을 내고 있었다. 처녀 몇이 늙은 슈바닝에게 신선한 꽃다발을 가져왔다. 그는 일어나 그들에게 키스를 보내고 나서 말했다.

"우리 친구 클링스오르에게도 하나 갖다 드려야지. 우리 둘이 감사하는 뜻에서 노래를 부를 테니 몇 개 배워보게나. 내 노래를 하리다."

그는 음악에 부호를 붙이면서 큰 소리로 노래했다.[1]

우리는 괴로움에 애타는 존재가 아닌가요?
우리의 운명은 쓰디쓴 게 아닐까요?
그저 어쩔 수 없는 곤경만 당하도록 선택되어
가식 속에서 살아나가며
우리의 한탄은 우리 가슴속을
뛰쳐나올 용기가 없어요.

금단의 열매를 따 먹고 나서
부모들이 말해준 모든 것과
우리의 가득한 마음은 엇갈리지요.
그리움이 고통이라면
소년을 감미롭게 우리 가슴에
꽉 부둥켜안으리.

이렇게 생각하는 것이 죄인가요?
우리 생각에도 세금을 없애주세요!
가련한 소녀에게
달콤한 꿈 이외에 무엇이 남겠는가요?
그것마저 금한다면
그 뒤부터 결코 꿈은 없어지리다.

저녁에 기도를 드릴 때
우리를 놀라게 하는 고독,
우리 베갯머리에
그리움과 따사로움이 스며드네요.
모든 것을 맡겨버리지 않게
우리가 거역할 수 있을까요?

우리 매력을 덮어두려고
엄한 어머니는 규정을 만드네요.
아! 좋은 뜻이 무슨 소용이며,
그것인들 용솟음치지 않을 것인가요?
그리움에 젖어 떨리는 가슴에
최상의 반지가 주어져야 하리.

모든 호기심을 막아버리고
돌처럼 굳고 차갑게 하며,
아름다운 눈동자가 인사를 못 하고,
홀로 부지런하며,
누구의 부탁에도 양보하지 않는 것,
정말 젊은이다운 생활일까요?

처녀의 괴로움은 크답니다.
그녀의 젖가슴은 병들어 있으며,
조용한 불만에 대한 대가로
파리한 입술이 키스를 한다오.

정말이지, 책장은 바뀌지 않을 것이며,
늙은이의 나라는 끝나지 않을 것인가요?

늙은이와 젊은이들이 모두 웃었다. 처녀들은 붉어진 얼굴
을 아래로 숙이면서 웃었다. 많은 사람의 놀림을 받으며 두
번째 꽃다발이 클링스오르에게 주어졌다. 그러나 처녀들은
그런 경박한 노래를 부르지는 말아 달라고 신신당부했다.
  "그런 건 안 부르리다." 클링스오르는 그렇게 말했다. "당
신들 비밀에 대해 그렇게 짓궂게 이야기하는 것은 삼가리
다. 그러면 무슨 노래를 원하는지 말해보시오."
  "사랑에 대한 것만 아니면 됩니다. 그 앞에 있는 술 노래
를 하시지요."
  처녀들이 소리쳤다.
  클링스오르는 노래를 시작했다.[2]

푸른 산 위에 신이 태어났다네.

그는 우리에게 하늘을 갖다주었지.
태양은 그를 뽑아서
빛과 함께 그를 보내셨네.

신은 봄의 즐거움을 만끽했지.
그 따사로운 꿈은 부드럽게 용솟음치니
가을의 열매들이 찬란히 빛날 땐
금빛 아이도 솟아 나왔네.

열매들은 그를 땅속 깊은
요람 속에 눕혔네.
그는 축제와 승리를 꿈꾸며
공중에 수많은 성을 세웠다네.

초조한 마음에 시달리고
온갖 구속과 갑갑한 걸쇠를
젊은 힘으로 뒤흔들 때도
아무도 그의 방에 가까이 오지 않았네.

눈에 보이지 않는 파수꾼이 있었기 때문이야,
꿈을 꿀 땐 그 주위를 맴도는.

그 신성한 문지방을 넘어서는 자는
공기로 휘감긴 창(槍)을 만나게 되지.

마치 날개를 펴듯
그는 밝은 눈을 뜨고
그의 사제(司祭)는 그를 다루면서
그를 달래어 끄집어내네.

어두운 땅속 요람에서부터
그는 수정 빛 옷을 입고 나타나는데
손에 가득 담고 있는
말 없는 장밋빛 융화(融和)의 뜻이 담겨 있다네.

그의 주위 곳곳에 그의 제자들이
기쁨에 들떠 몰려들며,
수천의 즐거운 혓바닥들이
그에게 뜨거운 감사의 말을 중얼거리지.

그는 무수한 빛을 뿜으며
이 세상에 그의 내부생활을 보여주니
사랑은 그 껍질부터 흘러나와

그 옆에서 영원한 벗으로 머무른다.

그는 황금시절의 정신으로서
옛날부터 시인의 벗이었나니,
시인은 언제나 그 취한 노랫가락에서
그의 사랑스러움을 깨워주었나니.

그는 시인에게 충직했으며
모든 아름다운 입에 관한 권리를 그에게 주었고,
아무도 그것을 그에게서 막을 수 없었으며
신은 그를 통해 모든 이에게 그것을 알렸나니.

"훌륭한 예언자시여!"
처녀들은 소리쳤다. 슈바닝은 진심으로 기쁨을 느꼈다.
사람들은 약간의 이의를 제기했으나, 소용없는 일이었다.
그들은 그의 감미로운 입술에 탄복할 수밖에 없었다. 하인
리히는 그 옆에 진지하게 앉아 있는 여인 앞에서 부끄러움
을 느꼈다. 그렇지 않았던들 시인의 특권에 대해서 소리 높
여 기뻐했을 것이다. 베로니카는 꽃다발을 가져온 처녀들
사이에 있었다. 그녀는 즐거운 모습으로 다가와서 하인리히
에게 말했다.

"그렇죠? 시인이라면서 얼마나 멋있겠어요?"

하인리히는 이 질문에 대꾸할 용기가 나지 않았다. 기쁨에 벅찬 마음과 첫사랑의 진지한 마음이 그의 마음속에서 싸움을 일으켰다. 매혹적인 베로니카는 딴 사람들과 농담을 주고받고 있었다. 하인리히는 벅찬 기쁨을 억누를 시간을 얻었다. 마틸데가 기타를 치겠다고 이야기한 것이다.

"아! 당신한테 그것을 배우고 싶군요. 오랫동안 나는 그걸 바라왔습니다." 하인리히가 말했다.

"우리 아버지가 가르쳐주셨어요. 아버지는 기타를 기막히게 잘 연주하신답니다." 그녀는 얼굴을 붉히며 말했다.

"당신에게서 더 빨리 배울 것 같은 생각이 드네요. 당신의 노래를 들을 수 있다면 얼마나 즐거울까요." 하인리히가 대답했다.

"너무 기대하지 말아주세요."

"오! 당신의 말소리가 이미 노래이며 당신의 모습이 이미 하늘나라의 음악을 들려주는 듯한데 어찌 내가 기대하지 않을 수 있겠나요?"

마틸데는 아무 말도 하지 않았다. 그녀의 아버지가 하인리히와 대화를 나누기 시작했는데, 그는 퍽 상기된 채 말을 했다. 옆에 있는 사람들은 이 젊은이의 달변, 그 교양 있는 생각에 놀라는 눈치였다. 마틸데는 그를 조용히 주시했다.

그녀는 그의 대화를 들으면서 기뻐했다. 그의 얼굴은 말 이
상으로 더 설득력이 있어 보였다. 그의 두 눈은 비범하게 빛
이 났다. 그는 이따금 그의 모습에 감탄하고 있는 마틸데를
돌아보았다. 열기에 차 대화를 하다가 그는 무심코 그녀의
손을 잡았다. 그녀는 어쩔 수 없었는데, 그의 많은 이야기
가 가벼운 압박으로 그녀의 손을 더욱 꽉 붙잡는 결과가 되
었다. 클링스오르는 하인리히의 정열을 느낄 수 있었으며,
점차 그의 정신을 부추겨 세워주었다. 마침내 사람들이 모
두 일어섰다. 모두 서성거렸다. 하인리히는 마틸데 옆에 그
대로 서 있었다. 그들은 눈에 띄지 않게 아래로 내려갔다.
그는 그녀의 손을 잡고 가볍게 키스했다. 그녀는 그의 손을
놓고서 이루 말할 수 없이 포근한 시선으로 그를 바라보았
다. 그는 참을 수 없어 그녀에게 고개를 숙이고 입술에 키스
했다.

　"귀여운 마틸데!"

　"사랑스러운 하인리히!"

　이것이 그들이 말할 수 있는 모든 것이었다. 그녀는 그의
손을 꼭 잡았다 놓고서 아래층에 있는 다른 사람들에게 갔
다. 하인리히는 하늘에 있는 것 같았다. 그의 어머니가 그에
게 왔다. 그는 어머니에게 부드러운 표정을 지어 보였다. 어
머니가 물어보았다.

"아우크스부르크로 여행 온 것이 좋지 않으냐? 그렇지?"

"어머니, 정말 이러리라곤 상상도 하지 못했어요. 정말 훌륭하군요." 하인리히가 말했다.

이날 저녁 사람들은 잠들 때까지 무한히 즐겁게 보내었다.

노인들은 악기 연주와 담소 그리고 춤 구경으로 시간을 보냈다. 음악은 바다처럼 홀 안에 물결쳤으며 이에 매료된 젊은이들을 흥분시켰다. 하인리히는 흥겨움과 사랑하는 마음이 주는 황홀한 예감을 동시에 느꼈다. 마틸데도 음악의 물결에 몸을 맡기고 부드럽게 들뜨오는 마음을 숨기었다. 하인리히에 대한 그녀의 싹터오는 감정은 엷은 베일 뒤에만 감추어져 있었다. 늙은 슈바닝은 사태가 돌아가는 것을 눈치채고는 두 사람을 놀려주었다.

클링스오르는 하인리히를 좋아했으며 무엇보다도 그의 온화한 성격을 기뻐했다. 다른 총각·처녀들은 이 사실을 곧 알아차렸다. 그들은 심각한 모습의 마틸데에게 튀링겐에서 온 총각을 데리고 나타났으며, 그들은 두 사람의 연애에 있어서 마틸데가 숨기지 않는 것이 두 사람에게 좋다는 사실을 분명히 했다. 사람들이 뿔뿔이 헤어진 것은 밤이 이슥해서였다.

"내 생전 처음이자 유일한 파티였구나."

하인리히는 혼자가 되자 중얼거렸다. 어머니는 피곤해서

누워 쉬고 있었다.

"꿈속에서 그 파란꽃을 보았을 때와 같은 기분이었나? 마틸데와 그 꽃 사이엔 어떤 특별한 관계가 있는 것일까? 꽃받침에서 나온, 내게 고개를 숙인 그 얼굴은 마틸데의 천상의 얼굴이었다. 그리고 또 그 책에서 본 기억도 나는군. 하지만 그때 왜 내 가슴은 울렁거리지 않았을까? 오! 그녀는 눈에 보이는 노래의 정신이며 그 아버지의 우아한 딸이다. 그녀는 나를 음악 속에서 녹여버릴 거야. 그녀는 내 마음속의 영혼, 내 성화(聖火)의 수호신이 될 거야. 어떤 영원한 성실성을 내 마음속에서 느끼고 있는 걸까! 나는 그녀를 사모하고, 영원히 그녀에게 봉사하고, 그녀를 생각하며 느끼기 위해 태어났구나. 한 사람의 존재 전부가 그녀를 바라보고 사모하기 위한 것이 아닐까? 그 본질이 그녀의 메아리이며, 거울인 행복을 나는 가져야 한단 말인가? 내가 그녀를 내여행의 끝에서 보게 되고, 그 행복했던 파티가 내 생애 지고(至高)의 순간을 만들었다는 것은 우연이 아닌가?"

그는 창가로 갔다. 별들의 합창이 어두운 하늘에 걸려 있었다. 동쪽에서는 흰빛이 새벽이 오는 것을 알리고 있었다. 황홀한 나머지 하인리히는 소리를 질렀다.

"영원한 별들, 조용한 방랑자여. 너희들을 내 성스러운 맹세의 증인으로 삼노라. 마틸데를 위하여 나는 살 것이며, 내 마음을 그녀의 마음에 충실로서 맺게 하리다. 영원한 태양의 동이 튼다. 밤은 지나간다. 나는 동터오는 태양에 나 자신을 식을 줄 모르는 제물로 불태우리라."

하인리히는 열이 올랐다. 아침이 다 되어서야 잠이 들었다. 갖가지 멋진 꿈들 속에서 그 영혼의 사념들이 함께 흘러내려갔다. 아주 깊고 푸른 강물이 푸른 평야에서 꾸물거리며 올라왔다. 잔잔한 물 위에 작은 배 한 척이 떠 있었다. 마틸데가 거기 앉아서 노를 젓고 있었다. 그녀는 꽃다발로 몸단장을 하고서 노래를 부르며 달콤한 애상에 젖어 그를 바라보고 있었다. 그의 가슴은 답답했다. 그는 그 이유를 알 수 없었다. 하늘은 청명했으며 물살은 조용했다. 그녀의 천사 같은 얼굴이 물결 위에 떠 있었다. 그때 갑자기 배가 옆으로 돌기 시작했다. 그는 불안해서 그녀를 불렀다. 그녀는 웃으면서 그동안 젓고 있던 노를 배에다 놓았다. 어떤 무서운 공포가 그를 사로잡았다. 그는 강물에 몸을 던졌다. 그러나 앞으로 나갈 수 없었다. 강물이 그를 떠올렸다. 그녀는 눈짓을 보냈는데, 무언가 그에게 말하고 싶어 하는 것 같았다. 배는 벌써 물이 새고 있었다. 그래도 그녀는 야릇한 사랑의 웃음을 지으면서 그 소용돌이 속을 유쾌한 모습으로 들여다보고 있었다. 그때 갑자기 소용돌이가 그녀를 아래로 끌어내렸다. 바람이 일순 조용히, 물결이 반짝이며 흐르고 있는 강물 위를 스쳤다. 불안한 생각이 그의 의식을 빼앗아 갔다. 가슴은 더 이상 맥박치지 않았다. 그는 자신이 마른 땅 위에 누워 있는 것을 알았을 때야 비로소 정신이 들었다. 그는 멀리 헤엄을 쳐 나아가려고 했다. 그곳은 낯선 지방이었다. 그는 어찌 된 영문인지 알 수 없었다. 그의 감정은 사라져버렸다. 아무 생각 없이 그는 그곳으로 걸어 들어갔다. 그는 외톨이가 된 것을 알았다. 작은 샘이 어느 언덕에서 솟아 나오고 있었는데, 그 물소리는 큰 총소리같이 울렸다. 물방울을 손에 대고 그의 마른 입술을 적셨다. 답답한 꿈처럼 무서운 사건이 그의 뒤에 놓여 있었다. 그는 계속 걸어갔는데, 나무와 꽃들이 그에게 말을 걸었다. 그는 그곳이 고향 같은 생각이 들었다. 그때 예의 그 단조로운 노랫소리가 들렸다. 그는 소리 나는 곳으로 달려갔다. 그때 갑자기 누가 그의 옷을 붙잡았다.

"사랑하는 하인리히……."

어디서 듣던 목소리였다. 그는 사방을 둘러보았는데, 마틸데가 두 팔로 그를 감싸고 있지 않은가.

"왜 그렇게 뛰어오세요. 사랑하는 당신이."

그녀는 깊은숨을 몰아쉬며 말했다.

"당신을 못 데리고 올 뻔했다오."

하인리히는 눈물을 흘렸다. 그는 그녀를 꼭 부둥켜안았다.

"강은 어디 있지?"

그는 눈물을 떨구며 소리쳤다.

"그 푸른 파도가 우리 머리 위를 덮치는 것을 못 보았소?"

그는 위를 조용히 올려다보았다. 푸른 강물이 그들의 머리 위로 조용히 흘러가고 있었다.

"여기가 어딘가요? 사랑하는 마틸데."

"우리 부모님 곁이에요."

"우리는 함께 머물러 있는가요?"

"영원히 그렇죠."

그녀는 자신의 입술을 그의 입술에 누르고 다시는 그와 떨어지지 않겠다는 듯 그를 포옹하면서 말했다. 그녀는 그에게 심신 전체에 울려 퍼지는 기막힌, 은밀한 말을 입 속에서 건네었다. 그는 그 말을 되뇌어보려고 했으나 할아버지의 부르는 소리에 잠이 깨었다. 그녀가 한 말을 알기 위해 그는 생명을 바쳐야 했을지 모를 일이었다.

제7장

클링스오르가 그의 침대 앞에 와서 다정한 아침 인사를 했다. 그는 기분이 좋아서 클링스오르의 목을 휘어 감았다.

"너는 그러는 게 아니야."

슈바닝이 말했다. 하인리히는 웃으면서 홍당무가 된 얼굴을 어머니 뺨 옆으로 감추었다.

"도시 근교에 있는 전망 좋은 언덕에 올라가 아침식사를 하고 싶은 생각은 없나?" 클링스오르가 물었다. "아침 풍경이 아주 신선할걸세. 옷을 입게. 마틸데는 벌써 우리를 기다리고 있다네."

하인리히는 이 초대를 뛸 듯이 기뻐하며 받아들였다. 단숨에 준비를 마친 그는 흥분한 나머지 클링스오르의 손에 키스했다.

그들은 마틸데에게 갔다. 그녀는 수수한 옷차림을 하고 있었지만 어여뻐 보였다. 그는 그녀에게 다정하게 인사를 했다. 그녀는 이미 싸둔 아침밥이 담긴 작은 바구니를 한쪽 팔에 걸고 있었으며 다른 팔은 스스럼없이 하인리히에게 뻗었다. 클링스오르는 그들의 뒤를 따랐다. 이렇게 그들은 생기가 가득 오른 도시를 지나서 강가의 작은 언덕에 다다랐는데 높은 나무들이 우거진 그곳에는 넓은 조망이 탁 트여 있었다.

하인리히가 입을 열었다.

"나는 자연의 다채로운 모습과 자연이 지닌 그 다양한 재산의 화평스러운 인교(隣交)에 감탄한 일이 있지요. 하지만 오늘처럼 창조의 힘이 솟아나며 순수하게 상쾌한 감정이 나를 충일(充溢)시켜준 적은 없었답니다. 먼 모습들이 내겐 아주 가깝군요. 이 풍성한 풍경이 내겐 하나의 내적 환상 같습니다. 그 표면은 아무리 변하지 않는 것처럼 보이더라도 자연이란 얼마나 변화무쌍한 것인가요. 고통을 받는 사람이 우리 앞에서 불평을 늘어놓는다거나 혹은 농부가 씨앗을 뿌리기에 날씨가 나쁘고 비가 필요하다는 따위의 이야기를 한다고 하더라도, 천사가 우리의 곁에, 힘 있는 정신이 우리 곁에 있다면 자연이란 얼마나 다양한 것입니까. 훌륭하신

선생님, 나는 이러한 만족에 빚지고 있는 느낌입니다. 그래요, 만족은 합니다만. 그럴 것이 내 마음의 상태를 더욱 진실하게 표현할 다른 말이 없기 때문이지요. 즐거움, 기쁨, 황홀함과 같은 말들은 더 훌륭한 삶으로 이어지는 이 만족감의 일부에 지나지 않아요."

그는 마틸데의 손을 자기 가슴에 갖다 대고 그녀의 따뜻하고 사랑스러운 눈망울에 불타는 시선을 던졌다.

클링스오르가 그의 말에 화답했다.

"자연은 우리의 정서에 있어 마치 물체와 빛과 같은 관계에 있다네. 물론 빛을 억제하고 있지. 물체는 그 자체의 빛으로 그것을 부숴버리거든. 물체는 그 표면에서, 혹은 내부에서 빛을 점화시킨다네. 빛이 어둠과 비견된다면, 빛이 어둠을 압도할 때 물체를 밝게 보이게 해주는 것이라면 그것은 그 물체에서 나와 다른 물체를 비추어주는 것일세. 그러나 아무리 어두운 물체라도 물과 불 그리고 공기를 통할 수 있으며 그리하여 밝아지고 빛이 날 수 있게 되는 것이지."

"무슨 말씀인지 알겠습니다, 선생님. 인간이란 우리 마음에 대해서 수정과 같은 존재입니다. 그들은 투명한 자연이지요. 사랑하는 마틸데, 나는 당신을 고귀한 사파이어라고 부르고 싶습니다. 당신은 하늘처럼 맑고 투명하며, 부드러운 빛처럼 빛나고 있습니다. 선생님, 제 말이 맞는 것인가 말씀해주십시오. 사람이 자연과 친숙해지면 그 자연에 대해 말할 수도 없고 말하고 싶지도 않게 되리라고 생각합니다."

"이런 것일 테지." 클링스오르가 대답했다. "어떤 경우에 있어서 자연은 우리의 향락 그리고 기분과 관계되어 있으며, 어떤 경우 자연은 우리의 이성, 우리 힘의 지배적인 능력과 관계되는 것이라네. 그 한 가지 때문에 다른 한 가지를 잊어버리지 않도록 자신을 잘 지켜야 할걸세. 세상엔 그 한쪽만을 알고 다른 한쪽을 우습게 아는 사람이 많거든. 하지만 이 둘은 통일될 수 있는 것이며, 그런 가운데 존재하게 되지. 자연의 내부에서 자유롭게, 그리고 민첩하게 움직일 수 있고 그 두 가지 측면을 잘 나눔으로써 자연이 지닌 감성력(感性力)을 목적에 맞게, 자연스럽게 사용하는 법을 확실히 아는 사람들이 얼마 되지 않는 것은 섭섭한 일이야. 보통 그 한쪽이 다른 한쪽을 방해하거든. 그래서 점점 대책 없는 타성이 생기고, 그리하여 그런 사람들이 한꺼번에 힘을 내려고 할 때는, 걷잡을 수 없는 혼란과 갈등이 시작되고 뭐가 뭔지 모르게 서로 얽혀 들어버리게 되는 것이라네. 나는 자네의 이성, 자네의 자연적인 충동을 높이 칭찬할 수만은 없네. 모든 사물이 일련의 법칙에 따라 서로 연관되어 있다는 사실을 부지런히 뒷받침하려는 줄은 알고 있지만 말일세. 시인에게 있어서는 모든 일이 지닌 본성, 그 방법, 목적의

터득에 도달하려는 통찰력, 그리고 시간과 환경에 따라서 정신을 가장 탁월하게 골라내는 능력보다 더 불가결한 것은 없다네. 이성의 뒷받침 없이 흥분하는 것은 쓸모없는 일이며 위험한 일이지. 시인은 그 놀라움을 보고 경탄할 때에도 경탄의 표정을 누를 수 있어야 할걸세."

"하지만 인간이 운명을 지배하는 문제에 대한 깊은 믿음은 시인에게 있어서 불가결한 요소가 아닌가요?"

"물론 불가결하지. 그가 그 문제에 대해서 성숙한 생각을 하게 될 때, 운명에 대해서 달리 어떻게 생각할 수 없기 때문이지. 하지만 확실히 그렇게 생각할 수 있다는 확실성은 불안한 불확실성, 미신적 맹목의 공포로부터 얼마나 떨어져 있을까. 시인의 감정의 그 서늘한 온기도 병든 가슴의 야성적인 열기와의 대립이지. 이러한 열기는 가련하게도 마취성을 띠며 일시적이라오. 하지만 그 서늘한 온기는 모든 형상을 맑게 해주면서, 다양한 현실을 아름답게 형성하고 그 스스로 영원한 모습이 된다네. 젊은 시인은 신중하거나 분수를 알기 힘들지. 폭넓고 신중하며, 조용한 마음은 참다운 음악적 대화에서 얻어진다오. 찢어질 듯한 폭풍이 가슴속에서 광란하고, 그 무분별하게 동요되는 생각 속에서 신중성이 풀어져버릴 때, 그것은 얼키설키 얽힌 요설이 되어버린다네. 다시 한번 반복하네만, 참된 감정이란 조용하고 민감한 빛과 같은 것일세. 탄력성 있게 사물을 꿰뚫는 빛. 모든 사물에 섬세하고 정확하게 나누어져 그들 모두를 여러모로 멋지게 비추어줄 수 있는 값진 요소로서의 힘을 발휘하는 빛과 같은 것일세. 시인은 금방 깨어질 듯한 유리와 같이 민감하며, 구부러지지 않는 차돌처럼 단단한, 순수한 빛이라네."

"나는 이따금 내 마음속 깊은 곳에서 생기를 얻는다기보다 자유롭게 거닐면서 여러 가지 일에 즐겁게 몰두할 수 있는 시간에 더 생기발랄했던 느낌을 체험했어요. 어떤 날카로운 본질이 나를 꿰뚫었어요. 나는 하고 싶은 대로 마음을 썼으며, 현실의 물체처럼 온갖 생각을 자유자재로 돌릴 수 있었어요. 사방으로 관찰했지요. 아버지가 하시는 일에 조용한 관심을 보내고 있었는데, 아버지를 도와서 무언가 능숙하게 할 수 있었을 때 아주 기뻤습니다. 능숙하다는 것은 대단히 매력적이지요. 그것을 의식하면, 지속적이면서도 확실한 즐거움을 불가사의한, 아주 황홀한 감정의 흐름으로 삼을 수 있다는 게 사실 같아요."

"내가 후자를 비난한다고 생각하지 말게." 클링스오르가 말을 받았다. "그러나 그것은 스스로 우러나와야 하는 것이지 결코 추구되어서는 안 되는 것이네. 그러한 현상은 아끼는 것이 유익하다네. 너무 잦으면 피곤해지고 약해지는 법이지. 사람은 그 감미로운 상태에서 빨리 벗어나 정상적인,

수고스러운 일로 되돌아오기가 힘들어. 그것은 마치 항상 피곤함에 짓눌리어 기진맥진한 상태에서 종일 끌려 다니는 졸린 상태에서 힘 있게 벗어날 수 있는 기분 좋은 아침 꿈과 같은 것이라니까. 시(詩)란 엄격한 기술로써 다져지게 되어 있다네."

클링스오르는 계속해서 말했다.

"단순한 즐거움으로는 시가 되다가 마는 것일세. 시인이란 온종일 피곤하게 방황할 필요는 없고, 영상과 감정을 사냥만 할 필요도 없다오. 그것은 완전히 뒤바뀐 길이야. 순수하게 열려 있는 감정, 깊은 생각과 유능한 관찰력, 그것을 서로 걸맞게 맺어주며 유지해주는 모든 능력, 그것들이 이 예술이 요구하는 것이라네. 자네가 나를 믿는다면, 자네 지식을 넓히고 필요한 통찰력에 도달하기 위해 하루도 헛되이 보낼 수 없을 것이네. 도시는 여러 가지로 예술가에게 좋은 곳일세. 경험 많은 공무원도 있고, 교양 있는 상인도 여기 살고 있다네. 별로 넓지 않은 범위 내에서 각계각층의 사람들과 사귈 수 있거든. 내 자네에게 기꺼이 우리 예술의 손 갈 만한 부분을 가르쳐줌세. 또 자네에게 그럴싸한 글들도 읽어주지. 마틸데의 공부 시간에 같이 있어도 좋네. 그 애는 자네에게 기타를 가르쳐줄걸세. 무슨 일이든지 하면 나머지 일도 할 수 있게 되지. 또 자네가 잘만 한다면 사람들과 저녁에 만나서 나누는 대화며 서로 사귀는 즐거움, 곳곳의 아름다운 풍경을 언제나 상쾌하게 즐길 수 있을 것이네."

"참으로 멋진 생활을 열어주시는군요, 선생님. 선생님의 지도 아래에서 저는 비로소 제 앞에 고상한 목적이 있다는 것, 그리고 그것을 선생님의 충고로써만 이룰 수 있으리라는 걸 알게 되었습니다."

클링스오르는 포근하게 그를 감쌌다. 마틸데가 그들에게 아침 식사를 가져왔다. 하인리히는 부드러운 목소리로 그녀가 자신을 공부의 동반자로, 또 제자로 삼아줄 의사가 있는지 물어보았다.

"나는 영원히 당신의 학생으로 남아 있을 겁니다."

그는 클링스오르가 다른 쪽을 보고 있는 동안에 말했다. 그녀는 눈에 띄지 않게 고개를 끄덕였다. 그는 그녀를 포옹하고 얼굴이 빨개진 처녀의 입술에 키스했다. 그녀는 살며시 빠져나갔으나 어린애같이 귀여운 모습으로 그녀 가슴에 있던 장미꽃을 그에게 건넸다. 마틸데는 그 작은 바구니에 장미꽃을 담아 갖고 있었다. 하인리히는 황홀한 모습으로 조용히 장미를 들여다보다가 마침내 그 꽃에 키스했다. 그러고 나서 그 꽃을 가슴에 안고서 도시를 내려다보고 있는 클링스오르의 곁으로 갔다.

"어디로 해서 아우크스부르크로 들어왔지?"

클링스오르가 물었다.

"저 아래 언덕 너머로 들어왔었죠."

하인리히는 대답했다.

"그런데 저 멀리로는 그 길이 안 보이네요."

"자넨 아름다운 마을을 보았군."

"거의 빠짐 없이 우리는 절경을 보면서 여행해왔어요."

"자네 아버지가 계신 도시도 아름다운가?"

"그곳은 변화무쌍하죠. 아직도 개발이 안 되어 있어요. 큰 강이 없답니다. 강이야말로 풍경의 눈(眼)이랄 수 있는데 말이에요."

"자네 여행 이야기를 듣고 나는 어제저녁 아주 즐거웠다네." 클링스오르가 말했다. "시의 정신이 자네의 다정한 반려라는 것을 잘 알고 있지. 자네 동반자들은 모르는 사이에 그 목소리가 되었지. 시인 가까이에선 어디서나 시가 나오는걸세. 시의 나라, 낭만적인 동방의 나라가 자네에게 달콤한 애상에 젖은 채 인사를 보낸 것일세. 전쟁은 그 거친 멋으로써 자네에게 이야기를 건 것이며, 자연과 역사는 어느 광부와 은둔자의 모습으로 자네와 만난 것이네."

"존경하는 선생님, 선생님은 가장 중요한 것을 잊으셨습니다. 천상과 같은 사랑의 출현 말입니다. 이 출현이 제게 영원히 계속되느냐는 오직 선생님에게 달려 있습니다."

"그게 무슨 소리인가?"

클링스오르는 마틸데를 돌아보면서 외쳤다. 그녀는 막 그들이 있는 곳으로 오고 있었다.

"너는 하인리히의 떨어질 수 없는 반려가 되고 싶으냐? 네가 하는 대로 나는 따르마."

마틸데는 자기 아버지의 팔을 향해 날듯이 뛰어들었다. 하인리히는 무한한 기쁨으로 몸을 떨었다.

"내가 영원히 그를 따르기를 그가 원한다면 어떡하지요, 아버지?"

"그에게 직접 물어보거라."

클링스오르는 감동적으로 말했다. 그녀의 마음속 깊은 정을 품고 하인리히는 불그레한 뺨에 눈물을 흘리며 부르짖었다. 그들은 동시에 서로 껴안았다. 클링스오르는 딸의 팔을 붙잡았다.

"내 딸아!" 그는 외쳤다. "죽을 때까지 서로 충실하거라! 사랑과 성실은 너희들의 인생을 영원한 시로 만들어줄 것이다."

제8장

오후에 클링스오르는 그의 새 아들을 자기 방에 안내하고 그에게 책들을 보여주었다. 이에 앞서 하인리히의 어머니와 외할아버지는 그의 행복에 따뜻한 관심을 베풀었으며, 마틸데를 하인리히의 수호신으로 섬겨주었다. 그들은 나중에 시에 관한 이야기를 나누었다.

"자연을 시인이라고 부르면서 왜 그것을 평범한 의미의 시라고 간주하는지 모르겠다네." 클링스오르는 말했다. "시가 어느 시대에나 모두 그런 것은 아니라네. 그것은 대립하는 본질, 사람에게서와 마찬가지로 자연 속에서 존재하는 거지. 후텁지근한 욕심과 무딘 감각, 태만은 시와 끝없는 충돌을 일으키는 요소라네. 그것은 시, 즉 이 힘찬 싸움을 위한 좋은 소재이기는 하겠지. 사람들 대부분이 그렇듯이, 많은 나라와 시간은 시의 적(敵)의 지배 아래에 있는 것 같지. 이와는 반대로 다른 곳에서는 시가 아주 편안하고 어디서나 노출되어 있기도 하다네. 역사 서술가에게 있어서 이러한 싸움의 시간은 아주 중요하거든. 그들의 표현은 그럴듯하지. 그때가 보통 시인이 탄생하는 시간이라네. 적수인 상대방에게는 그가 시의 맞은편에서 스스로 시를 쓰는 사람이 되어, 이따금 시와 무기를 바꾸고 그 음험한 총탄에 여지없이 맞게 된다는 사실밖에는 불편한 것이 아무것도 없지. 이에 반해서 그 자신의 무기에 의해 생긴 시의 상처는 가볍게 치유되며, 더욱 매력이 넘치는 것이 된다오."

"전쟁이란 시적인 것 같아요." 하인리히가 말했다. "사람들은 소유권을 때려 부숴야 하는 거로 생각하지만 그것이 낭만적인 정신을 흥분시켜 쓸데없는 것들을 전멸시킨다는 사실은 모르고 있어요. 사람들은 시를 위해서 무기를 나르는 것이며, 이 두 가지 군대는 눈에 보이지 않는 하나의 깃발을 따르고 있는 것이지요."

"전쟁에는 태고의 바다가 움직이고 있는 걸세." 클링스오르가 대답했다. "새로운 세계가 이루어져야 하며, 거대한 해체(解體)로부터 새로운 세대가 열려야 하는 거지. 진짜 전쟁은 종교전쟁이라네. 이 전쟁은 곧장 몰락으로 이어지며

175

인간의 망상이 그 노골적인 모습을 드러낸다네. 수많은 전쟁, 특히 국가 간의 증오가 유발하는 전쟁은 이런 유형에 속하는 것으로, 이것들이야말로 참된 시라고 할 수 있을걸세. 여기 참된 영웅들이 있다네. 그들은 시인의 짝이라고 할 수 있는 자들로서 저도 모르게 시에 의해 침투된 힘 이외에 아무것도 아닌 자들이지. 시인이 영웅일 수 있다면 그는 이미 신의 사자(使者)인 것이야. 하지만 그의 글에서 우리의 시가 자라나온 것은 아니네."

"그럼 어떻게 그것을 알 수 있나요? 아버님." 하인리히는 물었다.

"하나의 대상이 시에 있어서 광적일 수 있을까요?"

"물론이지. 단지 우리는 시에 대해서는 그렇게 말 못 하며, 그저 우리의 세속적인 방법, 그 도구에 대해서만 말할 수 있다네. 한 시인에게 그가 자세와 호흡을 모두 잃지 않기 위해 머무를 수밖에 없는 독자적인 분야가 있다면 인간의 모든 힘에서도 표현할 수 있는 것의 일정한 한계가 있을걸세. 필요한 시작(詩作) 기술과 형태를 고집하지 않고 공허한 자기 환상적 난센스 속에서 그 자신을 잃어버리는 표현이 아니라 말이야. 특히 배우는 사람으로서는 이러한 탈선 앞에서 자신을 지키기가 어려운 것이라네. 하나의 생기발랄한 환상은 한계까지 달려가기 일쑤인 데다가 무의미하고 지나친 것을 붙잡고, 이에 대해 말하려고 달려들기 때문이야. 경험이 성숙해지면 대상이 어떤 관련성을 지니지 않는 일을 피하고, 가장 단순하고 가장 높은 것을 좇는 일을 세상의 지혜에 맡겨 두게 되지. 나이 많은 시인은 쉽게 이해할 수 있는 질서 속에 그의 생각을 정리하는 것이 필요할 때, 흥분하지 않고 그에게 소재와 시에 필요한 비교점을 제공했던 다양함을 버려버린다네. 내가 말하고 싶은 것은, 혼돈은 어느 시에 있어서든지 규칙적인 질서의 베일 속에서 은밀하게 깜빡여야 한다는 것이지. 교묘한 편성(編成)만이 그 풍성한 발견을 이해시키는 것일세. 한편 단순한 조화도 숫자의 볼품없는 밋밋함으로 끝날 수 있지. 훌륭한 시는 아주 가까이에 있는 것일세. 일상적인 대상이 좋은 소재가 되는 일이 드물지 않지. 시인에게 있어서 시는 제한된 도구에 구속되어 있고 바로 그것을 통해서 시는 예술이 되는 거라네. 언어란 것은 일정한 범위를 가진 것이거든. 어떤 특수한 언어에서는 그 범위가 더욱 좁기도 하지. 연습하고 생각함으로써 시인은 그 말을 터득하게 되는 것이라네. 그는 언어와 더불어 무엇을 할 수 있는지 알고 있지. 그것을 넘어서 힘을 쏟아 넣는 어리석은 짓은 하지 않는단 말일세. 아주 드물게 시인은 한 점에 언어의 모든 힘을 집중시키기도 하지. 그렇지 않으면 그는 피곤해져서 훌륭한 힘을 가진 표현의 값진 성과조

차도 포기하기 때문이지. 너무 기이하게 튀면, 그것은 요술쟁이지, 시인이라고 할 수는 없어. 시인은 원래 음악가와 화가로부터 배울 수 있는 것만으로는 충분치 않단 말이야. 이들 예술에서는 필요하다면 생계의 보조가 되기도 하며, 또 능숙한 솜씨에 그대로 좌우되는 경향이 있다네. 한편 시인들은 우리에게서도 시적 독립성과 온갖 시의 기술 속에 포함된 그 내적 정신을 감사하는 마음으로 취해가는 것이 아닌가. 그들은 훨씬 시적이며, 우리는 훨씬 음악적·회화적이지. 소재는 예술의 목적이 아니라 그 실현이라네. 지극히 일시적이고 현재적인 대상들에 관해 노래하는 음악이 자네에게 아주 훌륭하게 느껴질 수 있지. 그래서 시란 체험에 기초를 두고 있다고 하는 거야. 젊었을 땐 내가 노래 부르지 않을 대상을 멀리하거나 모른 체하기가 쉽지 않았네. 그런데 어떻게 되었나? 그것은 참된 시의 불꽃이 없는 허황하고 가련한 말놀이였어. 그러므로 동화도 몹시 어려운 과제야. 젊은 시인은 그것을 잘 다루는 일이 드물다네."

"그중 하나쯤 듣고 싶군요." 하인리히가 말했다. "제가 들어본 몇 안 되는 것들은 말할 수 없으리만큼 훌륭했어요. 그것이 별로 대수롭지 않은 의미를 가졌는지는 모르겠습니다만."

"오늘 저녁에 자네를 만족시켜줌세. 꽤 젊었을 때 것이지만 지금도 기억이 뚜렷한 것이 하나 있지. 그걸 들으면 아마 자네는 상당한 것을 배우고, 내가 지금 자네에게 말한 것이 많이 생각날걸세."

"언어란 실상 그 부호와 음향으로 된 하나의 작은 세계이지요."

하인리히는 말했다. "사람은 언어를 지배하게 되면 더 큰 세계를 지배하고 싶어 하고 그 속에서 자유자재로 표현할 수 있기를 바랍니다. 우리 존재가 지닌 원초적 충동을 언어 속에서 나타낼 수 있는 이러한 즐거움에 시의 기원(起源)이 놓여 있겠지요."

"시가 하나의 특수한 이름을 갖고 시인이 하나의 특별한 미래를 설정한다는 것은 좋지 않은 일이야. 그것은 전혀 특수한 것이 아니네. 그것은 인간 정신의 독특한 행동방식이지. 누구나 언제든지 시를 지으려고 노력하는 것이 아닌가?"

클링스오르가 말을 계속하려는데 막 마틸데가 방으로 들어왔다.

"사람들은 사랑만을 관찰해왔지. 시의 필요성이 사랑에 있어서처럼 그렇게 맑게 인간성의 성분을 이룬 일이 없네. 사랑은 말 없는 것, 단지 시만이 사랑에 관해 이야기할 수 있을걸세. 혹은 사랑 그 자체가 최고의 자연시 이외에 아무

것도 아닐 거야. 자, 이제 나보다 자네가 더 잘 알고 있는 이
야기는 그만두지."

"선생님은 사랑의 아버지이십니다."

하인리히는 마틸데를 감싸면서 말했다. 두 사람은 클링스
오르의 손에 키스했다. 클링스오르는 딸을 껴안고 난 다음,
방을 나갔다.

"사랑하는 마틸데."

하인리히는 오랜 키스를 하고 나서 입을 열었다.

"당신이 내 것이라니 꿈만 같소. 하지만 당신이 죽 그렇지
않았다는 것은 더욱 기이하군요."

"저는 당신을 아주 옛날부터 알고 있었던 것 같아요."

"날 사랑할 수 있습니까?"

"사랑이 무엇인지 전 몰라요. 하지만 지금에서야 비로소
내가 살아 있는 것 같은 느낌이 든다는 것은 말할 수 있어
요. 또 당신을 좋아하고, 당신을 위해서라면 금방 죽고 싶은
느낌도."

"나의 마틸데여, 이제야 나는 불멸이라는 것이 무엇인지
알 수 있을 것 같구려."

"사랑하는 하인리히, 당신은 좋아요. 당신에게서는 참으
로 훌륭한 정신이 솟아납니다. 저는 가련한, 보잘것없는 소
녀예요."

"당신은 나를 아주 부끄럽게 하는군요! 나는 오직 당신이 있음으로써 이렇게 존재한다오. 당신이 없다면 나는 아무것도 아니리다. 하늘이 없는 정신이 무슨 쓸모가 있겠소. 당신은 나를 부추겨 부지시켜주는 하늘이라오."

"당신이 우리 아버지처럼 성실하다면, 나는 얼마나 행복할까요. 우리 어머니는 저를 낳고 곧 돌아가셨답니다. 아버지께서는 거의 매일같이 어머니 때문에 우셨답니다."

"나는 그렇게 안 하오. 아버지보다 훨씬 행복해지고 싶구려."

"당신 곁에서 오래오래 살았으면 좋겠어요. 사랑하는 하인리히, 나는 당신으로 해서 더욱 행복해질 거예요."

"아! 마틸데, 죽어도 우리는 헤어지지 않으리다."

"그래요, 하인리히, 제가 있는 곳에 당신이 있어줘요."

"당신이 있는 곳에 말이오. 마틸데, 나는 영원히 있을 거예요."

"영원이 무엇인지 전 잘 모르겠어요. 하지만 당신을 생각할 때 느끼는 것이 틀림없이 영원일 거예요."

"그렇소, 마틸데. 우리는 서로 사랑하니까 영원한 것이오."

"당신은 제가 오늘 아침 일찍부터 얼마나 기쁜 마음이었는지 모르실 거예요. 성모 마리아상 앞에서 무릎을 꿇고 얼마나 열심히 기도를 올렸는지 모르실 거예요. 눈물이 줄줄 흘러내렸지요. 마리아상이 나를 보고 웃는 것 같더군요. 이제 나는 감사라는 것이 무엇인지 알았어요."

"오, 사랑하는 이여, 하나님은 당신이 나를 사모하도록 보내셨구려. 나는 당신을 사모하오. 당신은 나의 소망을 신에게 전해주는 성자요. 그 소망을 통해 신이 나타나고, 신이 내게 사랑을 채워주신다오. 끝없는 이해, 사랑하는 마음의 영원한 합일을 빼놓으면, 대체 종교란 무엇이겠소? 두 사람이 모인 곳에 신은 그들 사이에 있는 것이오. 나는 영원히 당신 옆에서 숨 쉬리다. 내 가슴은 당신을 끊임없이 잡아당기리다. 당신은 훌륭한 신이며, 최고로 사랑스러운 몸에 담긴 영원한 삶이오."

"아! 하인리히, 당신은 장미꽃의 운명을 아시죠. 하늘하늘한 입술, 창백한 뺨을 부드럽게 당신의 입술로 누르지는 않으실까요? 나이의 궤적이 스러져 지나가 버리는 사랑의 궤적은 아닐까요?"

"오! 당신은 내 눈을 보면 내 마음을 볼 수 있지 않소. 당신이 나를 사랑한다면 나를 믿어주시오. 매력이란 덧없이 스러져간다는 따위의 이야기를 나는 모른다오. 오! 그것은 시들지 않을 것이오. 나를 당신에게서 떼어놓지 않게 하는 것, 영원한 내 동경을 일깨워준 것은 지금 이 시간에 생긴 것이 아니라오. 당신이 내 앞에 나타났을 때 당신의 인상이 어떻게 내 몸에 스며들었으며, 나를 향해 얼마나 빛나고 있었는지 당신이 알 수 있다면 나이를 먹었을 때의 걱정쯤은 하지 않으리다. 당신의 지상에서의 모습은 그러한 이미지의 그림자에 불과하다오. 지상의 힘은 그림자를 붙들기 위해 애를 쓰고 있다오. 하지만 자연은 아직 성숙하지 못하며, 그 모습은 영원한 원초상(原初像), 미지의 성스러운 세계의 한 부분이라오."

"알겠어요. 사랑하는 하인리히. 저도 당신을 보았을 때 마찬가지의 감정이었으니까요."

"그렇소, 마틸데. 우리가 생각하는 것보다 높은 세계가 우리 가까이에 있소. 벌써 우리는 그 세계 속에 있는 것이오. 우리는 그 세계가 지상의 자연 형태로 아주 충실히 얽혀져 있는 것을 바라보고 있는 것이오."

"당신은 내게 아주 멋진 것을 보여주시는군요. 사랑하는 애인이여!"

"오! 마틸데, 당신에게서만 나는 예지의 힘을 얻을 수 있다오. 내가 가진 모든 것은 당신의 것이오. 그렇소, 당신의 사랑은 나를 성전(聖殿), 감정의 가장 지고한 상태로 이끄는구려. 당신은 나를 최고의 직관으로 올려놓는구려. 우리의 사랑이 우리를 지양(止揚)시키고, 노쇠와 죽음이 닿기 이전에 하늘나라 고향으로 우리를 인도해주는 빛의 날개가 되지 않으리라고 누가 생각하겠는가. 당신이 나의 것이고, 당신을 내 눈 속에 담고 있는 것이, 또 당신이 나를 사랑하여 영원히 나의 것이 되려고 한다는 것이 이미 놀라운 일이 아니란 말인가?"

"이제 나도 모든 것을 믿을 수 있어요. 또 내 속에서 조용한 불꽃이 뚜렷이 타오르는 것을 느낀답니다. 그 불꽃이 우리를 맑게 해주고 이 지상적 구속을 점차 녹여주지 않는다고 누가 생각하겠어요. 내가 당신에게 그렇듯이 당신도 내게 무한한 신뢰를 가졌는지나 말해보세요, 하인리히. 이렇듯 무한한 사랑은 결코 느껴보지 못했어요. 심지어는 아버님에게까지도 말이에요."

"사랑하는 마틸데, 내가 당신에게 모든 것을 한꺼번에 말할 수 없는 것이, 당신에게 내 마음 모두를 한꺼번에 바칠 수 없는 것이 정말 괴롭소. 내 이토록 완전히 마음을 열어놓기는 내 생애에선 처음이라오. 어떤 생각, 어떤 느낌도 당신 앞에서 비밀로 할 수 없다오. 당신은 모든 것을 알고 있어야 하오. 나의 모든 것은 당신의 것과 합해져야 한다오. 무한한 헌신만이 내 사랑을 만족시킬 수 있다오. 그 속에 사랑이 있는 것이지요. 그것은 가장 은밀한, 본래부터 지닌 우리 존재의 신비스러운 흐름이라오."

"하인리히, 지금껏 두 사람을 사랑해본 일은 없지요."

"생각해볼 수도 없는 일이오. 어떤 마틸데도 없었소."

"어떤 하인리히도 없었어요."

"아! 당신이 내 것이라고 다시 한번 약속해주오. 사랑은 끝없는 반복이라오."

"그럼요, 하인리히. 영원히 당신의 것임을 맹세하지요. 볼 수 없는 내 어머니 앞에서 맹세해요."

"나도 영원히 당신의 것임을 맹세하오. 마틸데. 우리 곁에 있는 신 앞에서 참된 사랑을!"

오랜 포옹, 무수한 키스가 이 복된 한 쌍의 영원한 결합을 다짐해주었다.

제9장

저녁때가 되자 손님 몇이 왔다. 외할아버지는 젊은 신혼
내외의 건강을 위해 술을 마셨으며, 곧 멋진 결혼잔치를 베
풀겠노라 약속했다.

"오랫동안 끌어봐야 무슨 소용 있나." 할아버지는 말했다.

"결혼식은 빨리하고, 사랑이 오래가야지. 나는 일찍 결혼
한 사람들이 제일 행복한 것을 항상 봐왔지. 늦게 결혼하면
젊었을 때보다 결혼생활에 있어서 경건한 맛이 없단다. 함
께 즐긴 젊음은 파괴될 수 없는 끈이란다. 추억은 사랑의 가
장 확실한 바탕이야."

식탁으로 많은 사람이 왔다. 하인리히는 그의 새 아버지
에게 그의 약속을 지켜주도록 부탁했다. 클링스오르는 모여

있는 사람들에게 말했다.

"나는 하인리히에게 동화 한 편을 들려주겠다고 약속했습니다. 여러분이 좋으시다면, 오늘 그렇게 하겠습니다."

"그거 하인리히의 영리한 발상인데." 슈바닝이 말했다.

"오랫동안 이야기를 듣지 못했지요."

사람들은 타오르는 난로의 불가에 자리 잡고 앉았다. 하인리히는 마틸데 옆에 바싹 붙어 앉아 팔로 그녀의 허리를 감싸고 있었다. 클링스오르가 이야기를 시작했다.

길고 긴 밤이 막 시작되었습니다. 늙은 기사는 그의 방패를 때렸습니다. 그 소리는 도시의 황량한 골목을 멀리 울려 나갔습니다. 그는 똑같은 신호를 세 번 반복했어요. 그러자 궁전의 높고 울긋불긋한 창문이 그 안에서 환해지기 시작했습니다. 창문이 흔들렸어요. 골목을 비추기 시작한 붉은빛이 밝아질수록 창문은 더욱 힘 있게 움직였답니다. 점점 그 커다란 기둥과 벽까지 밝게 드러났어요. 마침내 아주 맑은 우윳빛이 되더니 부드러운 색깔이 흐느적거리게 되었어요. 그 일대는 모두 밝아졌는데, 사람들의 투영된 모습, 창·칼·방패 그리고 투구가 여기저기 뿔뿔이 흩어진 채 걸려 있었어요. 그러더니 이것들은 사라지고 한 수수한, 푸른 꽃다발이 자리를 차지했고, 이어서 이 꽃다발 둘레에 넓은 원이 형성되었습니다. 이 모든 것이 잔잔한 바다 위에 그대로 비쳤는데, 그 바다는 도시가 놓여 있는 산을 둘러싸고 있었어요. 바다 주위로 둥글게 산악지대를 이루고 있는 높은 산은 바다 가운데까지 반사되고 있었고요. 아무것도 뚜렷이 구별되는 것은 없었습니다. 그저 먼 작업장에서 들리듯 이상한 아우성이 들려올 뿐이었지요. 도시는 이와는 달리 양명(陽明)해 보였습니다. 그 반드르르하고 투명한 성벽들이 아름다운 빛을 반사하고 있었으며, 꽉 잡힌 조화, 우아한 양식의 건물들, 그 아름다운 배열이 드러났습니다. 모든 창문마다 그 앞에는 예쁜 오지그릇들이 놓여 있었는데, 그 속에선 갖가지 성에들이 가득 끼어, 그윽한 빛을 내고 있었어요. 궁전 앞 대광장에 아주 멋진 공원이 있었는데, 그 공원은 금속의 나무와 수정의 식물들로 이루어진 데다가 울긋불긋한 보석의 꽃과 열매들로 가득했어요. 그 모습들은 어찌나 기기묘묘하고 생생했던지, 공원 한가운데 있는 얼어붙은 높은 분수에 이르기까지 장관이었답니다. 늙은 기사는 궁전 문 앞을 천천히 지나갔습니다. 어떤 목소리가 안에서 그의 이름을 불렀어요. 그가 문에 몸을 기대자, 문은 부드러운 소리를 내며 열렸고, 그는 홀로 들어섰어요. 그는 방패를 눈앞에 놓았습니다.

"아직도 발견하지 못하셨어요?"

왕의 아름다운 딸 아르크투루스가 한탄 조로 물었어요. 그녀는 커다란 유황수정으로 만들어진 왕좌 옆에 있는 비단 방석에 누워 있었습니다. 시녀들이 우윳빛과 자줏빛이 함께 흐르는 듯한 그녀의 부드러운 사지를 열심히 주무르고 있었지요. 시녀들의 손 밑에서 그녀의 매혹적인 살갗은 사방으로 흘러내리는 듯했고, 그 빛이 궁전을 현란하게 비추고 있는 것 같았어요. 향긋한 바람이 홀 안을 스쳤습니다. 기사는 아무 말도 하지 않았습니다.

"어디 방패 좀 만져보아요."

그녀는 조용히 말했죠. 그는 왕좌 가까이 가서, 값진 양탄자에 발을 들여놓았답니다. 그녀는 그의 손을 잡고서 자기의 가슴에 부드럽게 가져갔으며 그의 방패를 만져보았습니다. 그의 무장한 옷차림이 소리를 냈습니다. 그의 육체에는 터질 듯한 힘이 숨어 있었어요. 그의 눈은 이글거렸으며, 철갑 속의 가슴은 두근거리는 소리가 났지요. 아름다운 프라이아*는 기분이 좋아진 듯했으며, 거기서 쏟아져 나오는 빛은 자꾸 타올랐습니다.

"왕이 오십니다."

---

* 북구 신화에서 사랑의 여신.

이때 왕좌 뒤에 앉아 있던 화려한 새 한 마리가 말했습니다. 시녀들은 공주가 가슴까지 덮고 있던 하늘색 이불을 그녀 위에 덮어씌웠습니다. 기사는 방패를 내리고 홀의 양쪽에 있는 두 개의 넓은 계단으로 이어지는 천장을 올려다보았죠. 나지막한 음악이, 수많은 신하를 이끌고 곧 천장 아래 나타날 왕의 행차를 미리 알렸어요. 아름다운 그 새는 파닥파닥 빛을 내고 날면서 갖가지 목소리로 왕을 향해 노래를 불렀답니다.

> 낯선 미남은 오래 머뭇거리지 못하리.
> 열기는 가까이 있고, 영원은 시작되었네.
> 바다와 땅이 사랑의 불꽃 속에서 갈라지니
> 여왕은 오랜 꿈에서 깨어나네.
> 파벨[*]이 비로소 옛 권리를 가질 때,
> 차가운 밤은 이 영지(領地)를 정리하리.
> 프라이아의 꿈속에서 세계는 불이 붙고
> 모든 그리움은 자기 그리움을 찾게 되리.
> 왕은 딸을 부드럽게 포옹했어요. 별들의 정령이 왕좌 둘

---

[*] Fabel. '우화'라는 뜻.

레에 앉아 있었으며 그 기사도 자리에 따라 앉아 있었고요. 무수한 별들이 귀여운 떼를 지어 홀 안을 가득 채우고 있었답니다. 시녀들은 테이블 하나와 꽃잎들이 가득한 작은 상자 하나를 가져왔는데, 그 꽃잎들에는 커다란 별 모양으로 이루어진 성스럽고, 의미 깊은 부호가 새겨져 있었다는군요. 왕은 그 꽃잎들에 아주 경건한 모습으로 키스를 한 다음, 조심조심 그것들을 섞어서 자기 딸에게 몇 개 건네주었어요. 나머지 꽃들은 자기가 그대로 가졌답니다. 그 꽃을 공주는 열을 지어 테이블 위에 늘어놓았지요. 그러자 왕은 자기 것을 세세히 들여다보고, 한참을 고르다가 마침내 한 개를 뽑아 들었습니다. 이따금 그는 이것을 고를까, 저것을 고를까 고심하는 것 같았지요. 그러나 그가 잘 맞는 꽃잎을 가지고 부호와 그 모습의 아름다운 조화를 발견했을 때의 표정은 즐거워 보였지요. 놀이가 시작되었을 때 거기 둘러서 있는 모든 사람은 열성적인 관심과 신기한 표정을 보여주었다오. 그러니까 마치 그것만 있으면 열심히 일할 듯한 눈에 보이지 않는 연장을 손에 들고 있는 것 같은 모습이었죠. 이와 동시에 나지막한, 그러나 깊은 심금을 울리는 음악이 허공에서 들렸는데, 그 음악은 홀 안에서 서로 헝클어져 있는 별들과 그 밖의 이상한 움직임에 의해서 생겨난 것처럼 보였습니다. 별들은 떠돌고 있었는데, 때로는 천천히, 때로는 빨리 곧은 선을 바꾸지 않고 이리저리 음악에 맞추어서 꽃 잎들의 모습을 아주 예술적으로 그려내고 있었다는구려. 테 이블 위의 그 모습들처럼 음악도 끊임없이 바뀌었습니다. 또 그 바뀌는 과정이 기막히다거나 딱딱한 일이 드물지는 않았지만 아주 간단한 테마가 전체를 연결하는 것 같았습니 다. 별들은 믿기 힘들 정도로 사뿐사뿐 그 꽃잎의 모습들을 따라갔다오. 그들은 모두 한데 엉키는가 하면, 또다시 개개 의 무리를 아름답게 이루기도 했으며, 어느새 그 긴 행렬이 빛처럼 무수하게 흩어져버리기도 했고, 이어서 작은 무리가 자꾸 커가면서 아주 놀라운, 거대한 모습으로 나타나기도 했습니다. 창문에 비친 여러 가지 모습은 이러는 사이에 조 용히 서 있었습니다. 새는 그 예쁜 날개를 퍼덕이며 갖가지 방법으로 끊임없이 날고 있었답니다. 늙은 기사는 그때까지 눈에 보이지 않는 일에 골몰해 있었지요. 그때 갑자기 왕이 즐거움을 참을 수 없다는 듯 소리쳤습니다.

"모든 것이 좋구나 아이젠*. 자네 칼을 버리고 평화란 어 떤 것인지 체험해보게."

기사는 옆구리에서 칼을 뽑아 하늘을 향해 똑바로 세웠습

---

* Isen. '강철'이라는 뜻.

니다. 그러고 나서 그것을 잡아 열린 창을 통해 도시와 얼음 바다 너머로 던져버렸지요. 칼은 흡사 혜성처럼 허공을 날아 맑은 소리를 울리며 산악지대에 떨어져 부서진 것 같았습니다. 큰 빛을 내며 아래로 떨어졌으니까요.

그때 아름다운 소년 에로스*는 요람 속에 누워서 살며시 졸고 있었어요. 그의 유모 기니스탄은 요람을 흔들며 젖먹이 누이동생 파벨에겐 젖을 주었지요. 울긋불긋한 목도리를 요람 위에 널어놓아, 슈라이버†가 그 앞에 놓는 램프의 빛 때문에 아이가 깨지 않도록 하고 있었습니다. 슈라이버는 계속해서 글을 쓰고 있었으며, 이따금 무표정하게 아이를 돌아보았다오. 유모는 찌푸린 얼굴이었으나 그를 보고 웃음을 보낼 뿐 아무 말도 하지 않았어요.

아이들의 아버지는 매번 아이들을 돌아보고 기니스탄에게 다정하게 인사를 하면서 들락날락했습니다. 그는 끊임없이 슈라이버에게 무언가 말을 했답니다. 이 사람은 그를 잘 알고 있었어요. 슈라이버는 글씨를 쓰고 나서, 성찬대 옆에 기대 서 있는 기품 있는 여인에게 검은 접시에 맑은 물이 든

---

* Eros. 그리스 신화에서 사랑의 신.
† Schreiber. '글 쓰는 사람'이라는 뜻, 여기에서는 '계몽주의자'라는 의미가 되기도 한다.

꽃잎을 건네주었다오. 그녀는 명랑하게 웃으면서 그 속을 들여다보았답니다. 그녀는 꽃잎을 물속에 담갔습니다. 그러고 나서 다시 꺼낼 때 글씨 몇 자가 그대로 남아서 반짝이는 것을 보면 도로 그것을 슈라이버에게 돌려주었다는군요. 그는 그것을 큰 책에 넣었는데 이따금 그의 수고가 헛일이 되고 글자가 모두 사라져버릴 때는 짜증이 난 듯 보이기도 했지요. 부인은 가끔 기니스탄과 아이들 쪽을 돌아보고 손가락을 접시에 담그고 물 몇 방울을 그녀에게 튕기기도 했는데, 물방울은 유모나 아이, 혹은 요람에 닿자마자 푸른 연기를 뿌렸습니다. 그 연기는 수천 가지의 신기한 모습이었는데, 그들 주위를 일정하게 돌면서 계속 변했답니다. 그중 한 방울이 우연히 슈라이버에게 닿으면 한 떼의 숫자와 부호가 떨어졌는데, 그는 그것들을 부지런히 실에 꿰어 야윈 목에 장신구로 걸었답니다. 기품 있고 자애로워 보이는 소년의 어머니가 자주 방에 들어왔어요. 그녀는 늘 바빠 보였으며 항상 가구 한 점을 들고 나갔어요. 그녀가 시기하는 듯 곁눈질로 자신을 쳐다보는 것을 눈치채면 슈라이버는 아무도 주목하지 않는 장황한 훈시를 시작했다오. 모두 그의 쓸데없는 말에 익숙해 있는 것 같았지요. 어머니는 얼마쯤 꼬마 파벨에게 젖을 주었습니다만, 곧 다시 불려 나가곤 했답니다. 그러면 기니스탄이 그녀에게서 그 아이를 되돌려 받았지요.

이때 갑자기 아버지가 마당에서 발견한 쇠막대기를 가지고 들어왔어요. 슈라이버는 그것을 눈여겨보더니 신이 나서 빙 빙 돌리다가 곧 빼 들었는데 그 중간에 실이 매달려 있으면 북쪽을 향해 돌아가게 되어 있었습니다. 기니스탄도 그것을 손에 잡고 구부려도 보고 눌러도 보았으며, 입김을 쏘기도 하더니 드디어 꼬리를 물고 있는 뱀의 모양으로 만들어놓았어요. 슈라이버는 곧 그 구경에 싫증을 느꼈습니다. 그는 그 것을 잘 그려서 이 발견물의 용도에 대해서 글을 썼지요. 그러나 그의 글로 된 작품이 시험을 통과하지 못하고 종이가 접시에서 흰색으로 나오자, 그는 질겁을 했다는구려. 유모는 일을 계속했지요. 그녀는 그것을 요람에 댔는데, 그때 에로스가 눈을 뜨더니 이불을 걷어차고 한 손으로 이불로 빛을 가리면서, 다른 한 손으론 뱀 모양의 막대기를 잡으려고 했어요. 그가 그것을 잡고 벌떡 일어나자 기니스탄은 기겁을 했으며 슈라이버는 놀란 나머지 자리에서 떨어질 뻔했답니다.

소년은 요람에서 뛰어내려 긴 금발로 뒤덮인 모습으로 방 안에 서서 말할 수 없이 기쁘다는 듯 그의 손안에서 북극성을 향해 뻗어 있는 그 보물을 바라보고 있었습니다. 그 보물은 그의 마음을 심하게 동요시키고 있는 듯했답니다. 그는 눈에 띄게 커졌지요.

"소피, 그 접시에 있는 물을 내가 조금 마시도록 해주세요."

그는 감동적인 목소리로 여인에게 말했답니다. 그녀는 주저하지 않고 접시를 그에게 건네주었는데, 그는 그칠 줄 모르고 접시에 가득 차 있던 물을 들이 마셔버렸어요. 그러고 나서 그 우아한 여인을 다정하게 껴안으면서 접시를 되돌려주었지요. 그는 기니스탄을 꼭 껴안고서 그가 옆구리에 찰 수 있도록 그 울긋불긋한 수건을 자기에게 달라고 부탁을 했다오. 그는 조그만 파벨을 팔에 안았습니다. 그 여자애는 기분이 좋은 듯 재잘거리기 시작했지요. 기니스탄은 그의 옆에서 부산을 떨었고요. 그녀는 겉보기에 매력은 있으나 경박해 보였어요. 그녀는 그를 신부처럼 다정하게 쿡쿡 찌르기도 했답니다. 그녀는 은밀한 말을 속삭여가며 그를 방문이 있는 곳으로 잡아당겼고 엄숙한 표정으로 눈짓을 하면서 뱀 모양의 막대기를 가리켰지요. 그때 어머니가 들어왔는데, 그녀를 향해 그는 날 듯이 달려가면서 뜨거운 눈물로 맞이했답니다.

슈라이버는 원통한 모습으로 나갔습니다. 이때 아버지가 들어오더니 어머니와 아들을 포옹하면서 바라보고 난 다음, 그들 뒤에 서 있는 매력적인 기니스탄에게로 걸어가 그녀를 쓰다듬어주었어요. 그러자 소피는 계단을 올라갔습니다. 자그마한 파벨은 슈라이버의 펜을 뺏어 글을 쓰기 시작했습니다. 어머니와 아들은 나지막한 소리로 이야기를 나누고 있었으며, 아버지는 기니스탄과 함께 방으로 들어가서 하루의 일과에서 벗어나 그녀 팔에 기대어 쉬었습니다. 얼마 후 소피가 돌아왔어요. 슈라이버도 들어왔습니다. 아버지는 방에서 나가 자기 일로 돌아갔고요. 기니스탄은 두 뺨이 빨개져서 돌아왔습니다. 슈라이버는 마구 욕을 퍼부으면서 자기 자리에 앉아 있는 작은 파벨을 쫓아냈습니다. 그의 일을 정리하는 데는 시간이 좀 걸렸지요. 그는 깨끗하게 정돈하려고 파벨이 하나 가득히 글을 써놓은 꽃잎들은 소피에게 주어버렸답니다. 하지만 그는 아주 불쾌했는데, 그럴 것이 소피가 그 글을 접시에서 조금도 손상되지 않은 채로 반듯이 꺼내어 그 앞에 놓아두었으니까요. 파벨은 어머니 곁으로 바싹 다가갔는데, 어머니는 그녀를 가슴에 안고 방을 치우고, 창문을 열어 맑은 공기를 들어오게 했어요. 신선한 공기의 공급이었죠. 창문으로 멋진 풍경이 보였으며 청명한 하늘이 땅 위에 쫙 깔렸었답니다. 마당에선 아버지가 부지런히 일하고 있었습니다. 피곤해지자 그는 창문 쪽을 바라보았는데, 거기엔 기니스탄이 서서 먹을 것을 아래로 던져주었어요. 어머니와 아들은 여러 가지 일을 돕고 냉정한 결정을 하기 위해 밖으로 나갔습니다. 슈라이버는 일어나는 일을 모두 기억하고 있는 기니스탄에게 무언가 물어볼 일이 필요해지면, 펜을 잡고 얼굴을 찡그렸지요. 에로스는 울긋 불긋한 수건을 마치 견장처럼 두르고 멋진 차림을 한 모습 으로 돌아와서 언제, 어떻게 그가 여행에 나서야 할지 조언 을 구했답니다. 슈라이버는 주제넘게 행동했죠. 그는 곧 자 세한 여행 플랜을 내놓았으나 그의 제안은 별 주목을 못 받 았습니다.

"곧 떠나지. 기니스탄이 함께 따라갈 수 있을 테니까."

소피가 말했다오.

"기니스탄은 길에 밝을 뿐 아니라 곳곳에 아는 사람이 많 거든. 그녀가 어머니 노릇을 하고 너를 유혹에 빠지지 않게 할 거야. 왕을 만나면 내 생각을 하라고. 그러면 너를 도우 러 내가 가지."

기니스탄은 그녀의 모습을 그의 어머니처럼 꾸몄는데 그 걸 보고 아버지는 대단히 만족해했지요. 슈라이버는 두 사 람이 떠나는 것을 기뻐했습니다. 특히 기니스탄이 집의 내 력이 자세히 쓰여 있는 그녀의 손수건을 그에게 작별 기념 으로 주었을 때 그에게 남은 눈엣가시는 작은 파벨뿐이었 죠. 그는 자기가 만족하기 위해서는 파벨도 길을 떠나는 사 람들 축에 끼이는 것밖에 더 바랄 것이 없었겠지요. 소피는 무릎을 꿇고 앉아 있는 그들을 축복하면서 그들에게 접시로 한 단지 물을 가득히 주었습니다. 어머니는 매우 괴로워하셨죠. 작은 파벨은 자꾸 그들을 따라가려고 했답니다. 아버지는 바깥일에 너무 골몰한 나머지 관심을 쏟지 못했었던가 봅니다. 그들이 길을 떠난 것은 밤이어서 달이 하늘 높이 걸려 있었습니다.

"사랑하는 에로스." 기니스탄이 말했지요. "우리는 우리 아버지 있는 곳으로 서둘러 가야겠어요. 아버지는 오랫동안 나를 못 보시고 그리움에 애타 지구 곳곳을 쏘다니셨답니다. 그의 창백하고 수척한 얼굴이 당신은 보이나요? 당신의 증언을 들으면 그는 나의 낯선 모습을 알 수 있을 것 같군요."

사랑은 어두운 길 위를 걷는 것,
달빛만이 비추네.
그림자의 나라가 열리며
이상한 몸차림을 했네.

금빛 무리를 거느린
푸른 연기가 떠돌며,
강물과 대지 너머로
사랑은 서둘러 환상을 끌고 가네.

한껏 부푼 가슴은

기막힌 기분이 되며,
장래의 즐거움을 미리 생각하니
벅찬 정열이 솟아나네.

그리운 마음은 한탄을 하지만,
사랑이 가까이 오는 것은 모르네.
사랑의 얼굴 속으로
희망 없는 원망은 깊이 묻힌다.

작은 뱀 막대기는 충실히 남아서
북극성을 가리키니
두 사람은 시름에서 벗어나
그 아름다운 안내자를 따르네.

사랑은 황야를 지나고
구름의 나라를 지나서
달의 뜨락에 들어서
그 딸을 손안에 넣네.

그는 은빛 왕좌에 앉았으나
비통할 뿐

그때 자기 자식의 소리가 들리며

그녀 팔에 쓰러지네.

　에로스는 부드러운 포옹을 하면서 감동한 듯 서 있었어
요. 마침내 부들부들 떠는 노인이 정신을 가다듬더니 그의
손님을 맞았습니다. 그는 큰 뿔피리를 움켜잡더니 힘껏 불
었죠. 힘찬 부르짖음이 태고시대의 성을 꽝꽝 울려대었답니
다. 구슬 모양의 장식이 번쩍번쩍 빛나는 탑이며 진한 검은
색의 지붕이 비틀거렸지요. 성은 바다 저쪽 산 위에 있었던
탓인지 조용했습니다. 사방에서 그의 신하들이 몰려들었는
데, 그들의 모습과 옷은 기니스탄을 무한히 기쁘게 해주었
지요. 하지만 용감한 에로스는 조금도 놀라지 않았답니다.
기니스탄은 옛날에 알던 사람들에게 인사를 했는데, 모든
사람이 힘찬 모습으로 아주 위풍당당하게 그녀 앞에 나타났
어요. 세찬 밀물이 잔잔한 썰물의 뒤를 이었습니다. 대폭풍
이 뜨겁고 정열적인 지진의 두근거리는 가슴 옆에 놓여 있
었고요. 부드러운 소나기는 갖가지 색깔의 무지개를 이루고
있었는데, 그 무지개는 태양에서 멀리 떨어져 있었다는군
요. 거친 천둥은 무수한 구름 뒤에 숨어서 바보 같은 번개를
욕하고 있었지요. 사랑스러운 자매, '아침'과 '저녁'은 새로
온 두 사람을 보고 즐거워했다오. 둘은 포옹을 하면서 따사

로운 눈물을 흘렸답니다. 그 기막힌 궁성의 광경은 말로 표현할 수 없었죠. 늙은 왕은 딸을 아무리 바라보아도 충분하지 않았답니다. 그녀는 아버지의 성에 오자 열 배나 행복한 모습이었으며 유명한 진기품들을 보느라고 피곤한 줄도 몰랐다는구려. 왕이 그녀에게 보물창고 열쇠를 주고서 그만해도 좋을 때까지 에로스를 오랫동안 즐겁게 할 수 있는 놀이를 해도 좋다고 허락했을 때, 그녀의 기쁨은 이루 말할 수 없었습니다. 보물창고는 그 다양함과 풍성함을 말로 형용할 수 없으리만큼 큰 공원이었다오. 어마어마한 나무들 사이로 하나하나가 모두 놀라운 건축양식으로 된 수많은 성이 있었어요. 양의 무리가 은처럼 흰빛·금빛·장밋빛 털을 뽐내며 이리저리 길을 잘못 들어 헤매고 있었으며, 이상야릇한 괴수들이 숲에서 살고 있었답니다. 볼만한 광경이 여기저기 있었어요. 축제의 행렬, 신기한 차들이 곳곳에서 나타나 끊임없이 주의를 끌게 했죠. 화단에는 아름다운 꽃이 가득했습니다. 건물들에는 아름다운 양탄자·커튼·그릇 그리고 별의별 도구와 가구들이 바라보기 힘들 정도로 가득가득 늘어서 있었다오. 어떤 언덕 위에는 도시와 성, 사원과 무덤이 빽빽이 들어차 섬뜩한 인상의 황무지, 가파른 암벽지대와 함께 매력을 끄는 낭만적인 마을도 있었습니다. 산꼭대기는 얼음과 눈 속에 덮인 꽃불처럼 빛나고 있었고요. 평원은 아주 신선한 푸르름을 자랑하듯 웃고 있었죠. 먼 곳에는 푸른 빛이 시간에 따라 변하고 있었으며 컴컴한 바다에서는 수많은 선박의 울긋불긋한 깃발이 무수히 나부끼고 있었습니다. 먼 배경에는 난파된 배 한 척이 있었으며, 앞으로는 시골 사람들의 즐거운 모임이 보였습니다. 거기엔 화산의 꽃밭이 아름다운 모습으로 펼쳐져 있었고, 지진으로 인한 폐허의 모습도 보였다오. 맨 앞에서는 사랑하는 한 쌍의 남녀가 나무 그늘에서 달콤한 애무를 하고 있었답니다. 저 아래에서는 무서운 전쟁이 벌어지고 있었는데, 그 한쪽에는 온통 웃기는 어릿광대들로 가득했죠. 전경(前景) 다른 쪽으로는 마음을 가눌 길 없는 그의 애인과 젊은 시체의 관이 놓여 있었으며, 그 옆에서 부모들이 울고 서 있는 모습이 보였고요. 저 뒤쪽에선 자애로운 어머니가 가슴에 아기를 안고 있었어요. 천사의 발치에 앉았는데, 천사는 두 팔로 그들의 머리를 감싸며 내려다보고 있었지요. 이런 장면들은 수시로 뒤바뀌면서 무한히 신비한 공상의 세계를 보여주고 있었답니다. 하늘과 땅은 공공연하게 반란을 일으켰습니다. 온갖 놀라운 일들이 벌어졌어요. 힘찬 소리가 나면서 무기들을 들고 일어났어요. 끔찍한 해골의 무리가 검은 깃발을 펄럭이며 검은 산이 밀려오듯이 내려왔습니다. 이들은 맑은 들에서 기분 좋은 잔치를 벌이고 싸울 준비라고는 아무것도 되어 있지 않은 젊은이들을 습격했습니다. 땅을 뒤흔드는 소리가 일어났지요. 광풍이 일고 번쩍이는 공중의 빛으로 밤은 대낮같이 밝아졌어요. 해골 무리는 끔찍하게도 살아 있는 사람들의 부드러운 사지를 갈기갈기 찢어놓았어요. 패잔병이 탑처럼 쌓여갔으며 처참한 아우성을 지르며 살아 있는 어린아이들이 화염에 삼켜졌습니다. 이때 갑자기 시커먼 잿더미에서 뿌연 강물이 사방으로 터져 나왔다는군요. 해골들은 도망가려고 했으나 물은 점점 불어나면서 그 끔찍한 악당들을 삼켜버렸지요. 다시금 모든 공포는 사라졌습니다. 하늘과 땅은 감미로운 음악 속에서 나란히 흘러갔습니다. 기막히게 아름다운 꽃 한 송이가 잔잔한 물 위에서 반짝이며 헤엄치고 있었습니다. 찬란한 왕좌에는 신의 모습을 한 사람들이 앉아 있었고, 반짝이는 무지개가 물 위에서 양쪽으로 오므라들었습니다. 소피가 거기 제일 높은 곳에 접시를 손에 들고 어떤 멋진 남자 옆에 앉아 있는 게 아니겠습니까. 머리에는 참나무 왕관을 쓰고, 오른손에는 왕권(王權) 대신에 평화의 종려수를 들고 말입니다. 한 송이 백합 꽃잎이 거기 떠도는 꽃받침 너머로 몸을 숙이고 있었어요. 어린 파벨이 거기 앉아서 하프로 달콤한 노래를 부르고 있었다오. 꽃받침에는 에로스 자신이 앉아서 그를 꼭 껴안고 졸고 있는 예쁜 소녀에게 허리를 굽히고 있었어요. 작은 꽃이 두 사람

주위로 오므라들자 그들은 허리 부분부터 꽃으로 변하는 것 같이 보였다는군요. 에로스는 매우 황홀한 마음으로 기니스탄에게 감사했습니다. 그는 그녀를 부드럽게 껴안았습니다. 그녀는 그의 애무를 받아들였지요. 길을 걷느라고, 또 여러 가지를 구경하느라고 피곤해진 그는 그저 편히 쉬고만 싶었답니다. 아름다운 소년에게 매력을 느끼던 기니스탄은 정신을 차리고, 소피가 그에게 준 물이 있다고 말했다오. 그녀는 한적한 목욕물이 있는 곳으로 그를 데리고 가서 그의 옷을 벗겨주었어요. 그녀 자신도 잠옷으로 갈아입었는데, 그 모습은 다른 사람 같아 보였으며, 유혹적으로 보였습니다. 에로스는 물살 속에 몸을 담그며 기분이 흡족해져서 다시 나왔습니다. 기니스탄은 그의 몸을 말려주고 그의 탄탄한, 젊음의 힘이 넘치는 사지를 문질러주었답니다. 그는 자기의 애인에 대해 애타는 그리움에 달콤한 공상을 하면서 매혹적인 기니스탄을 포옹해버렸어요. 아무 생각도 없이 그는 용솟음치는 욕망에 자신을 내던져버리고 그녀의 탐스러운 가슴을 만끽하고 난 다음에 마침내 잠에 떨어졌습니다. 그사이 집에서는 슬픈 일이 벌어졌습니다. 슈라이버가 위험한 결탁에 하인을 옭아맨 것입니다. 그의 사악한 마음은 벌써 이 집의 주도권을 잡고 그의 구속을 떨구어버릴 기회를 찾고 있었거든요. 먼저 그의 패거리들은 쇠고리로 어머니를 묶어 놓았습니다. 아버지는 물과 빵을 먹다 마찬가지로 붙잡혔습니다. 어린 파벨은 방 안이 시끄러운 것을 듣고 있답니다. 그 애는 성찬대 뒤로 기어갔어요. 그리고는 문이 뒤쪽으로 닫혀 있는 것을 알아차리고 교묘히 그것을 열어젖혔다는구려. 그러자 아래로 내려가는 계단이 나타났지요. 소녀는 문을 다시 잡아당겨 놓고 어두운 그 계단을 내려갔습니다. 슈라이버가 이때 어린 파벨에게 복수하고 소피를 잡아 가두려고 불쑥 방 안으로 들어왔습니다. 그러나 두 사람은 없었지요. 접시도 없었습니다. 화가 치민 그는 성찬대를 산산조각으로 부숴버렸어요. 그 비밀 계단은 찾지도 못했답니다. 어린 파벨은 얼마를 그렇게 내려갔습니다. 그러자 드디어 확 트인 마당이 나타났지요. 그곳은 화려한 기둥이 빙 둘러 서 있고 커다란 문으로 출입구가 닫혀 있었지요. 모든 것이 여기서는 어두워 보였습니다. 공기도 음울한 그림자 같았어요. 하늘에는 검은빛이 나는 물체가 있었습니다. 모든 물체는 다른 빛깔과 검은색으로 갈라지면서 배면(背面)에 가벼운 빛을 떨구고 있어서 무엇이든 확연히 구별될 수 있었습니다. 빛과 그림자는 여기서 그 역할을 바꿔 하는 것으로 보였지요. 파벨은 새로운 세상에 온 것이 무척 기뻤습니다. 소녀는 어린애다운 호기심으로 모든 것을 기웃거렸습니다. 마침내 그녀는 육중한 기둥 바닥에 스핑크스가 누워 있는 문 앞에 왔지요.

"무얼 찾지?" 스핑크스가 물었죠.

"내 거요." 파벨은 대답했습니다.

"어디서 온 아이냐?"

"옛날 나라에서."

"넌 아직 아인데."

"영원히 아이일 거예요."

"누가 널 돌보지?"

"나 혼자서요. 언니들은 어디 있지요?" 파벨은 물었습니다.

"어느 곳에든지 있고, 아무 곳에도 없기도 하지." 스핑크스의 대답이었죠.

"넌 나를 아느냐?"

"아직 몰라요."

"에로스는 어디 있지?"

"상상 속에 있지요."

"소피는 어디?"

스핑크스는 혼자서 중얼거리더니 날개를 퍼덕였습니다.

"소피와 에로스!"

파벨은 신이 나서 외쳤습니다. 그리고 나서 문을 지나 나갔습니다. 소녀는 무시무시한 동굴로 들어가 옛날 언니들이 있는 곳으로 신나게 걸어갔답니다. 그들은 검은 램프 불이 이글거리는 짧은 밤을 멋진 일에 몰두하고 있었어요. 그들은 주위에 얌전히 들어서는 작은 손님을 보지 못한 듯 행동하고 있었습니다. 이윽고 한 여자가 까마귀 짖듯 까욱거리며 눈을 흘겨 쳐다보았죠.

"여기서 무엇을 하려고 하느냐, 이 빈둥대는 계집애야? 누가 너 보고 여기 들어오랬어? 네가 껑충껑충 뛰어다니니까 조용한 불꽃이 흔들리지 않느냐. 기름이 쓸데없이 탄단 말이다. 거기 앉아서 무얼 하지 않으련?"

"아주머니" 파벨이 입을 열었지요. "피곤해서 무얼 할 수가 없군요. 정말이지, 당신네 문지기는 웃기더군요. 나를 자꾸 가슴으로 끌어안으려고 하던데요. 하지만 너무 음식을 많이 먹었는지 일어서지를 못하더군요. 문간에 나를 앉혀주고 무언가 실을 뜨는 일을 좀 주세요. 하지만 눈이 통 보이지를 않는군요. 천을 짤 때면 나는 노래를 부르고 잡담을 나누어야 한답니다. 그러면 당신네가 진지하게 생각하는 것을 방해하겠지요."

"여기서 나가지 않겠다면, 저 방에 가면 윗세계의 빛이 바위틈으로 새어드니 거기 가서 천을 짜도 좋단다. 네가 그럴 재주가 있으면 말이야. 여기에 천을 꼴 낡은 실 더미가 수북하단다. 하지만 조심해라. 네가 태만하게 짜거나 실을 끊으면 실들은 너를 감아버리고 질식시킬 것이야."

나이 든 여자는 음산하게 웃으면서 천을 짜고 있었어요. 파벨은 한 아름 가득히 실을 끌어당겼습니다. 그리고 실패와 물레를 들고 노래를 하면서 방으로 깡충 뛰어 들어갔답니다. 그녀는 문밖을 내다보았는데, 피닉스(不死鳥)의 별이 보였습니다. 길조라고 생각한 그녀는 즐거운 나머지 신이 나서 천을 짜기 시작했지요. 문을 조금 열어놓고 나지막한 소리로 노래를 부르며.

당신네 작은 방에
옛 시대의 아이가 깨어 앉아 있네.
당신네 쉴 곳을 주세요.
아침이 멀지 않았답니다.

나는 당신네 실들을
하나의 실로 돌리네.
반목의 시대는 가고
하나의 삶이 존재하리.

한 사람 한 사람은 모든 사람 속에 있고
모든 사람은 한 사람 한 사람으로 되는 것이라오.
당신네 마음속에 삶의 입김으로

하나의 마음이 파도처럼 일 것이네.

아직 당신들은 망령일 뿐,
꿈과 마술일 뿐이라오.
동굴 옆에 잘 가보세요.
동방박사 세 사람이 놀리고 있어요.

소녀가 두 손으로 부드러운 실을 감고 있는 동안 조그마
한 두 발 사이에선 놀랄 만치 빠르게 물레가 돌아가고 있었
습니다. 노래와 뒤섞여서 무수한 불빛이 문틈 사이로 새어
들어 왔는데, 동굴을 지나온 무시무시한 괴수가 그 속에 보
였답니다. 나이 든 여자들은 투덜거리며 물레를 돌리면서
어린 파벨의 비명을 기다리고 있었지요. 갑자기 무시무시한
코가 그들의 어깨를 넘보면서 그들을 감싸 안았을 때, 동굴
전체가 끔찍한 모습으로 꽉 찼을 때, 갖가지 횡포가 자행되
었을 때, 그들은 얼마나 놀랐는지 모른답니다. 그들은 이리
저리 날뛰며 울부짖었지요. 순간 슈라이버가 동굴로 들어오
면서 알라우너* 나무뿌리를 갖고 오지 않았다면 놀란 나머

_____

* 작은 요마(妖魔).

지 돌이 될 뻔했습니다. 불빛이 바위 틈바구니로 들어와서 동굴이 아주 환해졌어요. 소동이 벌어지는 바람에 검은 램 프 불이 꺼졌기 때문이지요.슈라이버가 오는 소리가 들리자 그 나이 든 여인들은 기뻐했어요. 하지만 어린 파벨에 대해 서는 적의가 가득했습니다. 그들은 그녀를 밖으로 불러내어 겁을 주고 그녀가 물레 감기를 계속하지 못하게 했습니다. 슈라이버는 이제 그 작은 파벨을 제 손아귀에 쥐었다고 생 각하고 헤죽거리며 말했지요.

"네가 여기 있다니 좋은 일이다. 일도 그만큼 할 수 있다 니. 벌이가 없어서는 안 될 일이지. 너의 똑똑한 머리로 예 까지 왔구나. 제발 오래 잘 살기 바란다."

"당신의 그 고마운 뜻에 감사해요."

파벨의 말이었죠.

"마침 잘 오셨어요. 모래시계와 낫을 안 갖고 계시네요. 그게 있다면 당신은 정말이지 이 아주머니들의 형제 같아 보일 거예요. 실이 필요하면 저 선반 위에 있는 푹신한 솜 한 다발에서 뽑아내세요."

슈라이버는 그녀를 덮칠 듯한 태도를 보였습니다. 그녀는 웃으면서 이렇게 말했습니다.

"당신의 아름다운 머리카락과 총명한 눈을 사랑하신다 면, 주의하세요. 내 손톱을 보세요. 당신은 잃어버릴 것이 그리 많지 않답니다."

그는 화가 잔뜩 나서 나이 든 여인들 쪽을 바라보았습니다. 그들은 눈을 씻고 실패를 돌리고 있었습니다. 그들은 램프 불이 꺼져서 아무것도 볼 수 없었고, 파벨을 향해 그저 욕설을 퍼부어 댔습니다.

"기름을 마련하기 위한 거미나 잡으라고 저 애를 내보내시오."

그가 퉁명스럽게 말했습니다.

"내 당신네를 위해 말하리다. 에로스가 쉼 없이 주위를 배회하며 날고 있었는데, 당신네 암벽도 열심히 관찰되고 있다오. 당신들 보고 실을 길게 감으라고 족쳐대었던 그의 어머니는 내일이면 불의 제물이 될 것이오."

그는 키득키득 웃어댔는데, 이 소식을 들은 파벨은 눈물을 몇 방울 흘렸어요. 그는 가져온 그 나무뿌리 한 조각을 여인들에게 주고 코를 실룩거리며 거기서 떠나갔다오. 그 누이들은 파벨이 기름을 준비했음에도 불구하고 화난 목소리로 그녀에게 거미를 찾으라고 했답니다. 그녀는 그래서 서둘렀지요. 그녀는 문을 열었다는 듯이 뛰어나가다가 다시 닫고 동굴 뒤쪽으로 살며시 빠져나갔는데, 거기엔 위에서 내려온 사다리가 하나 있었어요. 그녀는 재빨리 기어 올라갔습니다. 그러자 곧 아르크투르의 방으로 이어지는 미닫이 앞에 이르렀습니다. 파벨이 거기 나타났을 때 왕은 그의 신하들에 둘러싸인 채 앉아 있었습니다. 북방(北方)의 왕관이 그의 머리를 장식하고 있었지요. 왼손에는 백합꽃을, 오른손엔 저울을 들고 있었고요. 독수리와 사자가 그의 발치에 앉아 있었습니다.

"폐하!"

파벨은 아주 경건히 왕 앞에 서서 고개를 숙였지요.

"그 굳건한 왕좌를 바로잡으세요! 당신의 상처 난 가슴에 기쁜 사자(使者)를 맞으세요! 빨리 현명함을 되찾으세요! 평화를 영원히 지속시키세요! 쉼 없는 사랑에 안식을 취하세요! 마음을 깨끗이 하세요! 고대에서도 생명을 끌어내고 미래엔 형상을 주세요!"

왕은 그의 넓은 이마에 백합꽃을 대었답니다.

"무엇을 원하는 거냐, 내 들어주마."

"저에게 칠현금(七絃琴)을 가져다주세요."

"에리다누스*야! 칠현금을 가져와라."

왕은 소리쳤습니다. 에리다누스는 지붕 위에서 좔좔 소리를 내며 도도히 흘러내려 왔는데, 파벨은 그 빛이 번쩍거리

---

* 희랍 신화에서 성좌를 가리킴.

는 흐름 속에서 칠현금을 끄집어내었답니다. 파벨은 요술쟁이 같은 행동에 취했지요. 왕은 그녀에게 접시를 갖다주게끔 했는데, 그녀는 그 물을 홀짝홀짝 마시면서 여러 번 고맙다는 말을 하고서 자리에서 일어섰습니다. 그녀는 아주 멋진 활 모양의 포즈를 취하며 얼음 바다를 미끄러져 나가면서 칠현금으로 아름다운 음악을 켰답니다. 얼음은 그녀의 발밑에서 근사한 소리를 냈지요. 슬픈 바위는 그 소리를 돌아오는 아이를 찾는 목소리로 받아들이면서 수천 곱절의 메아리로 그에 대답하는 게 아니었겠소. 파벨은 곧 물가에 다다랐습니다. 그녀는 거기서 초췌하고 창백한 모습의 어머니를 만났지요. 어머니는 마른 데다가 심각한 모습이 되어 있었으며, 그 기품 있는 얼굴에는 낙망과 비통, 회한의 자취가 역력히 엿보였어요.

"어떻게 된 거예요? 어머니." 파벨은 물어보았죠. "아주 달라진 거 같아요. 자세히 보지 않으면 몰라뵙겠는걸요. 어머니 마음을 다시 위로해드리고 싶어요. 전 오랫동안 어머니를 그리워해왔답니다."

기니스탄은 그녀를 부드럽게 쓰다듬었는데, 아주 명랑하고 친절해 보였지요.

"저는 슈라이버가 당신은 잡아 가두지 않을 줄로 생각했어요." 기니스탄의 말이었습니다. "당신의 얼굴을 보니 저도 기운이 납니다. 저도 고생을 하고, 갑갑했지만 곧 자신을 달랬답니다. 아마 한순간 쉬었던 모양이에요. 에로스가 옆에 있었죠. 그가 당신을 보고, 당신도 그와 함께 말을 나누게 된다면 아마 얼마쯤 세월이 흘러가겠지요. 그러는 사이 당신은 저와 흉금을 터놓을 수 있을 거예요. 제가 가진 걸 모두 드리겠어요."

그러면서 그녀는 작은 파벨을 품속에 끌어 잡아당겼습니다. 그녀는 웃으면서 어린 파벨을 내려다보았는데, 소녀는 기분이 좋은 듯 가만히 있었지요.

"에로스가 그렇게 거칠어지고 불안해진 건 저 때문이에요. 하지만 후회하지는 않아요. 왜냐하면 제가 그의 팔에 안겨 보낸 시간 동안 저는 불멸을 느꼈으니까요. 그의 불타는 애무를 받노라면 녹아버릴 것 같았어요. 하늘에서 내려온 도둑인 양 그는 저를 무참히 없애버리는 것 같으며 떨고 있는 그의 제물 위에서 의기양양한 듯했지요. 우리는 금지된 황홀경, 이상하게 잘못 빠진 상태에서 뒤늦게 깨어났답니다. 그의 흰 어깨에는 은빛의 날개가 돋아 있었으며 그의 모습에는 매력이 넘쳐흘렀어요. 소년의 상태에서 청년으로 그를 갑자기 밀어 올린 그 힘이 빛을 내면서 약동하고 있는 것 같았는데, 그는 다시 소년이 되어버렸답니다. 그의 얼굴에 떠도는 열정은 사람을 현혹하는 빛을 띠고 있었으며 사악함

속의 거룩함, 어린애 같은 곁눈질 속의 의미 있는 휴식, 그리고 품위 있는 자세는 민첩한 가운데 익살을 떠는 모습으로 바뀌어 갔습니다. 나는 진지한 정열에 못 이겨 이 용감한 소년에게 어쩔 수 없이 이끌리는 느낌을 받고 나의 애타는 요청에 대한 그의 조소, 그의 무관심에 괴로움마저 느꼈어요. 저는 제 모습이 달라진 것을 보았어요. 걱정을 모르는 명랑함은 사라져버리고, 슬픔, 괴로움, 부드러운 수치감이 자리를 잡게 되었지요. 에로스와 함께 모든 사람의 눈앞에서 숨어버렸으면 했어요. 그의 눈이 모욕적으로 보일 때 나는 그걸 바라볼 만한 사람이 못 되었습니다. 아주 창피하고 비굴한 느낌이 들었어요. 그이밖에는 다른 생각도 없었을뿐더러 그의 무례함에서 벗어나기 위해 차라리 죽었으면 싶었어요. 그가 내 감정을 그렇듯 심하게 괴롭혔지만, 그를 사모하는 것은 틀림없었답니다.

그가 떠날 작정을 하고 나에게서 벗어난 그 시간 이후, 내가 그렇게도 간절하게 내 옆에 있어줄 것을 뜨거운 눈물을 흘리며 호소한 이후, 나는 줄곧 그가 가는 곳마다 따라다녔어요. 그는 나를 놀리는 일을 아주 당연한 듯이 여기는 것 같았죠. 제가 그에게 가자마자 그는 교묘히 다시 날아가버린답니다. 그의 활은 곳곳에 불행을 야기시켰어요. 저는 불행한 사람들을 위로하는 것밖에는 할 일이 없습니다. 저 자신에게 위로가 필요했지만요. 나를 부르는 당신네 목소리는 내게 그의 길을 보여주고 당신네의 슬픈 한탄을 보여주었답니다. 제가 그걸 다시 버릴 때면 제 가슴의 상처는 깊어졌지요. 슈라이버는 펄펄 뛰면서 우리를 따라왔지요. 그는 공연히 만나는 사람들에게 복수합디다. 그 신비스러운 밤의 소득은 근사한 아이들이었죠. 그들의 할아버지가 함 직한, 그 할아버지를 따라서 똑같은 이름이 붙은 아이들 말이지요. 할아버지처럼 날개를 퍼덕이며 아이들은 그를 늘 쫓아다니면서 그의 화살이 꽂히는 불쌍한 사람을 못살게 굴었답니다. 그래도 즐거운 일은 있어요. 저는 계속 가야겠어요. 잘 있어요, 예쁜 아이. 그가 옆에 있으면 난 정열이 생긴답니다. 앞날의 행복을 빕니다."

에로스는 기니스탄을 떨구고 계속 앞으로 나갔습니다. 그녀는 따뜻한 시선을 던지며 허겁지겁 그를 쫓아갔지요. 그러나 파벨을 향해서 에로스는 다정하게 고개를 돌렸는데, 그의 어린 동반자들은 즐거운 모습으로 춤추면서 소녀를 에워쌌습니다. 파벨은 그의 젖형제를 다시 만나게 되어 기뻤습니다. 그리고 칠현금으로 명랑한 노래를 불렀습니다. 에로스는 곰곰이 생각해보는 눈치더니 활을 떨구어버리더군요. 아이들은 풀밭 위에서 잠에 떨어져버렸어요. 기니스탄은 그를 붙잡을 수 있었습니다. 그는 그녀의 부드러운 애무를 받았지요. 마침내 에로스도 수그러지기 시작하더니 그녀의 품에 파고들더랍니다. 그리고 나서 그녀 몸에 날개를 펴고서 졸기 시작했지요. 기니스탄은 피곤했으나 한없이 기뻤으며 그 귀여운 잠꾸러기에게서 한시도 눈을 돌리지 않았답니다. 노래하는 동안, 곳곳에서 거미들이 몰려들었어요. 거미들은 풀줄기 위에 거미줄을 치고 박자에 맞추어 실을 신나게 뽑고 있었다고 합니다. 파벨은 이제 그녀의 어머니를 위로했지요. 어머니를 돕겠노라고 약속했지요. 바위에서는 음악의 산울림이 은은하게 울려 나왔으며, 그 소리는 에로스를 깊은 잠에 빠뜨렸습니다, 기니스탄은 잘 간수하고 있던 그릇에서 물 몇 방울을 튕겨냈어요. 그러자 그녀는 아주 근사한 꿈나라로 갔습니다. 이때 파벨이 그 그릇을 갖고 길을 떠나버렸답니다. 하지만 그녀의 칠현금은 움직이지를 않았답니다. 거미들은 무서운 속도로 실을 뽑으면서 이상한 소리를 계속 내고 있었고요. 얼마 안 가서 그녀는 멀리 푸른 숲 위에 높이 솟은 장작더미에서 불길이 솟는 것을 보았습니다. 비감에 젖어 하늘을 바라보던 그녀는 땅 위에서 펄럭이며 섬뜩한 무덤을 영원히 덮고 있던 소피의 푸른 베일을 발견하고 즐거워했습니다. 태양은 화가 난 듯 하늘가에서 작열하고 있었죠. 그 엄청난 불꽃은 모든 빛을 빨아먹을 듯이 넘실거리고 있었어요. 그 빛은 그렇게 강력하게 비추면

비출수록 더욱더 창백한 반점이 되는 것 같았답니다. 태양
빛이 흐릿해갈수록 그 불꽃은 흰색이 되면서 더욱 강력해졌
지요. 태양은 점점 더 강력하게 그 빛을 자기에게로 빨아들
이더니 이윽고 대낮의 별들 주위로 흡수되어버렸답니다. 이
제 생기 없이 빛나고 있는 둥근 하나의 형태로서 거기에 남
아 있게 되었지요. 새로운 부러움과 분노가 달아나버린 광
파(光波)의 폭발을 더욱 돋보이게 할 따름이 있었다는군요.
결국 태양은 검게 타버린 죽 모양의 것 이외에는 아무것도
아닌 것이 되어 바다로 떨어졌어요. 그러나 그 불꽃은 말할
수 없는 광채가 되었지요. 장작더미는 없어졌습니다. 파벨
은 높은 산 위에 올라서 북쪽으로 향했습니다. 그녀는 황폐
한 땅이 되어버린 듯한 어느 마당에 들어섰어요. 집은 그사
이에 무너져 있더군요. 가시덤불이 자라나 창틈에 끼어 있
었으며 갖가지 벌레들이 무너진 계단을 기어오르고 있었습
니다. 소녀는 방 안에서 끔찍한 소음이 나는 것을 들었습니
다. 슈라이버와 그의 한 패거리가 어머니를 불꽃에 태워 죽
이려고 하고 있었는데 태양이 지는 것을 알고 몹시 놀란 모
양이었습니다. 그들은 불꽃을 꺼버리려고 애썼지만 허사였
습니다. 그리고 그때 그들도 아무 상처 없이 남아 있을 수는
없는 노릇이었죠. 고통과 불안이 그들에게 저주와 한탄을
짜내게 했죠. 이때 파벨이 방으로 들어서자 그들의 놀라움

은 한층 더했답니다. 그래서 분노에 차 큰소리를 지르며 그녀에게 내달려와 크게 성을 냈습니다. 파벨은 요람 뒤로 미끄러져 들어갔지요. 그러자 쫓아오던 놈들은 느닷없이 거미줄에 걸려들었는데, 거미들은 사정없이 놈들을 물어뜯어 복수했다는군요. 파벨이 즐겁게 연주하는 가운데 모두 미친 듯이 춤추기 시작했습니다. 그들의 우스꽝스러운 우행(愚行)에 대해 낄낄거리며 그녀는 성찬대가 놓인 자리로 가서 그것을 치워버렸죠. 그 자리엔 비밀 계단이 숨어 있었는데, 그녀를 뒤따라오는 거미 떼를 데리고 내려갔습니다. 거기 있던 스핑크스가 이때 물어보았어요.

"번개보다도 더 빨리 무슨 일이 일어났느냐?"

"복수를 했죠." 파벨의 대답이었습니다.

"가장 덧없는 것은 무엇이지?"

"부당한 소유죠."

"누가 이 세상을 알지?"

"자기 자신이 아는 거죠."

"영원한 신비는 무엇일까?"

"사랑이죠."

"그건 누구에게 있지?"

"소피에게 있죠."

스핑크스는 가련하게 몸을 구부려주었습니다. 파벨은 동

굴로 들어갔지요.

"여기 거미들을 데려왔습니다."

그녀는 램프 불을 다시 켜고 열심히 일하고 있는 여자들에게 말했습니다. 그들은 놀랐죠. 그중 한 여자는 그녀를 찔러 죽이려고 가위를 들고 달려 나왔습니다. 뜻밖에도 그녀는 거미 한 놈에게로 갔는데, 이때 거미가 발로 그 여자를 찔러버렸어요. 그 여자는 애처롭게도 외마디 비명을 질렀어요. 다른 여인들이 그녀를 도우러 달려왔지만 마찬가지로 성난 거미에게 찔렸답니다. 이제 그들은 파벨을 붙잡을 수 없어 성이 난 채 서성거리기만 했지요.

"자, 가벼운 무도복을 짜자."

그들은 어린 파벨에게 심술궂은 소리로 외쳤습니다.

"우리는 빳빳한 웃옷을 만들 줄 몰라 애만 태우며 시간을 보냈단다. 하지만 너는 거미에게서 나오는 물로 실을 부드럽게 해서 찢어지지 않고 불에서도 견디는 꽃을 넣은 옷을 만들어야 한다. 그렇지 않으면 죽을 줄 알거라."

"그러지요."

파벨은 그렇게 대답하고 옆방으로 갔습니다.

"나는 너희들에게 커다란 파리 세 마리를 구해주마."

그녀는 지붕과 옆방으로 거미줄을 치고 있던 왕거미들에게 말했습니다.

"하지만 너희들은 내게 세 벌의 아름다운, 가벼운 옷을 짜 주어야 해. 그 안에 비치는 작용을 할 꽃들은 내가 곧 갖다 줄 테니까."

왕거미들은 준비를 마치고 옷을 짜기 시작했습니다. 파벨은 사다리 있는 곳으로 미끄러져 아르크투르에게 내달렸습니다.

"폐하, 악이 판을 치고 선이 잠잠합니다. 불꽃은 도착했나요?"

그녀는 물어보았지요.

"도착했지." 왕은 대답했어요. "밤은 지나가고 얼음은 녹았다. 내 아내가 멀리서 보인다. 내 적은 잠겨버렸다. 모든 것이 생기를 되찾기 시작했다. 하지만 아직 보여줄 수는 없어. 왜냐하면 나 혼자만 왕은 아니거든. 그런데 대관절 무얼 하려고 그러지."

"필요해서요." 파벨은 말했습니다. "불 속에서 자라난 꽃이 필요해요. 당신은 거기서 꽃을 따올 수 있는 멋진 공원을 갖고 계시지요."

"징크*야, 꽃을 가져오너라."

* Zink, '아연'이라는 뜻.

왕이 소리쳤습니다. 정원사는 사람들 사이에서 걸어 나와 한 단지 가득 꽃을 뽑아왔지요. 한 접시 가득한 불과 반짝이는 꽃가루도 가지고 왔습니다. 꽃은 오래 그대로 둘 수는 없어, 날아가버린다는 것이었어요. 파벨은 그녀의 앞치마에 꼭 안고서 돌아왔습니다. 거미들은 열심히 일하고 있었다는 구려. 그런데 꽃을 붙잡아 맬 것이 없어서 그녀는 곧 날쌔게 움직이기 시작했답니다. 파벨은 정신을 똑바로 차리고 아직도 그 천 짜는 거미들에 매달려 있는 그 끄트머리를 잘라냈답니다. 파벨은 춤추느라고 피곤해진 그 여인들에게 다 만든 옷을 가져다주었습니다. 그들은 땀에 흠뻑 잠겨 잠시 그 황홀한 흥분상태에서 휴식을 취하고 있었습니다. 그녀는 그 작은 시녀(파벨)에게 욕설을 그치지 않는 바짝 마른 미녀들의 옷을 날렵하게 벗기고 새 옷을 입혀주었답니다. 그 옷은 그녀들을 아주 산뜻하게 해주었으며, 또 잘 맞았습니다. 파벨은 그러면서 그들 여인네의 매력과 사랑스러운 특징들을 칭찬해주었지요. 그들은 그저 그 새 옷의 맵시에 기뻐했다오. 여인네들은 휴식을 취하고 나자 다시 한번 춤을 추고 싶어져서 어린 파벨에게는 오래 살게 해줄 것과, 큰 보답을 해줄 것을 약속하고 다시 신나게 돌아가기 시작했답니다. 파벨은 방으로 돌아와서 왕거미에게 이렇게 말했습니다.

"이제 너희들은 내가 너희들이 옷을 짤 때 가져온 파리를 마음 놓고 가질 수 있단다."

거미들은 벌써 이리저리 날며 기쁨에 들떠 있었어요. 그럴 것이 그 끄트머리는 여인들에게 매여 있었는데, 그들이 미친 듯이 춤을 추고 있었으니까요. 거미들은 이윽고 그곳을 빠져나와 춤추고 있는 여인들을 덮쳤습니다. 여인들은 가위로 방어하려고 했지만, 파벨은 조용히 가위를 가지고 갔습니다. 그들은 오랫동안 달콤한 냄새를 못 맡아본 배고픈 그들의 동료들 아래 깔렸지요. 그들은 동료들을 뼛속까지 빨아 먹었어요. 파벨이 이때 바위 틈바구니로 내다보니 페르세우스*가 커다란 방패를 들고 오는 것이 보였습니다. 가위란 놈이 저 혼자 방패로 날아가 부딪혔습니다. 파벨은 그에게 에로스의 날개를 그걸로 잘라버려달라고 부탁했지요. 그리고 그의 방패로 여기 누이들이 큰일을 완성해서 영원히 이름을 남기게 해달라고 당부했습니다. 그녀는 이제 지하의 세계를 떠나 아르크투르의 궁전으로 즐겁게 올라갔습니다.

"아마(亞麻)는 다 짜였어요. 무생물은 다시 영혼을 잃어버렸죠. 생물은 힘을 가질 것이며 무생물은 이용될 것이죠. 깊

---

* 희랍 신화에 등장하는 주피터와 다이아나의 아들로, 여괴 메두사를 죽인 영웅이다.

은 내부는 밝혀지며 외부는 숨겨집니다. 막은 걷히고 연극이 시작될 거예요. 다시 한번 저는 청합니다. 그러면 저는 영원의 날들을 천 짜듯 짜겠어요."

"행복한 아이야." 마음이 감동된 왕은 말했습니다. "너는 우리의 구원자야."

"저는 소피의 대자녀에 지나지 않는걸요." 작은 파벨이 말했어요. "징크, 정원사 그리고 골트를 데리고 가게 해주십시오. 제 양어머니의 재를 모아야겠어요. 이 지상이 다시 흔들리거나 혼란에 빠지지 않도록 늙은 위정자가 다시 일어나야 합니다."

왕은 그들 세 사람을 모두 불러, 이 작은 소녀를 따라가도록 했습니다. 도시는 청명했으며, 거리는 사람들로 붐볐어요. 바닷물은 동공(洞空)을 이루고 있는 암벽에 부딪혀 파도를 일으키며 부서졌어요. 파벨은 왕의 마차를 타고 일행과 함께 길을 떠났습니다. 징크는 타버린 재를 조심스럽게 모았어요. 그들은 땅 위를 정처 없이 걷다가 늙은 거인이 있는 곳에 이르렀지요. 그들은 거인의 어깨를 기어오르기 시작했습니다. 그는 얻어맞아서 반신불수가 된 듯, 사지를 움직이지 못했답니다. 골트는 그 거인의 입에 동전 하나를 놓아주었으며 정원사는 그의 허리 아래에 접시 한 개를 슬쩍 밀어넣어주었지요. 파벨은 그의 눈을 만지면서 이마에 물을 부었습니다. 물이 눈을 지나 입으로 흘러내려가고 접시에 이르자, 그의 모든 근육이 순간 얼핏 움직였습니다. 늙은 거인은 눈을 뜨면서 벌떡 일어났답니다. 파벨은 높은 땅 위에 있는 그에게 뛰어가서 아침 인사를 했습니다.

"너 거기 있었구나, 얘야." 노인은 그렇게 말했지요. "난 언제나 네 꿈을 꾸어왔단다. 이 지구가 그리고 내 눈이 어두워지기 전에 네가 나타나리라 생각했었지. 참 오랫동안 내가 잠을 잤구나."

"이 세상은 착한 사람에게 언제나 그렇듯이 부드러워졌어요." 파벨이 말했지요. "옛날이 다시 돌아옵니다. 얼마 안 가서 당신은 옛날에 알던 사람들을 다시 보게 됩니다. 저는 즐거운 날들을 실을 짜듯 짤 것이에요. 저를 도와주는 사람만 있다면 때때로 우리 즐거움에 당신도 참여하여 애인의 팔 안에서 청춘과 정력을 숨 쉴 수도 있지요. 우리 옛날의 여자 친구들, 헤스페리덴*들은 어디 있을까요?"

"소피의 곁에 있지. 곧 그녀의 정원엔 다시 꽃이 필 것이며 황금빛 과일 향기가 퍼지리라. 당신네는 이리저리 돌아다니며 마른 식물들을 수집할 수 있다오."

---

* 헤스페루스의 딸들로 헤라의 황금 사과를 지킨다는 희랍 신화가 있다.

파벨은 물러나 집으로 달려갔습니다. 집은 완전히 폐허가 되어 있었답니다. 댕댕이나무의 덩굴이 담벼락을 쫙 둘러싸고 있었어요. 키 큰 관목 덤불이 그전의 마당에 그림자를 드리우고 있었으며, 빛깔이 연한 이끼가 낡은 계단에 끼어 있었고요. 소녀는 방으로 들어갔지요. 소피가 새로 세워진 성찬대 옆에 서 있었답니다. 그녀의 발밑에는 옷을 완전히 갖추어 입은 에로스가 그 어느 때보다 진지하고 기품 있는 모습으로 누워 있었습니다. 마룻바닥에는 울긋불긋한 돌들이 깔렸었으며, 그것은 아주 의미 있는 커다란 원을 성찬대 주위에 그려놓고 있었어요. 기니스탄은 아버지가 깊은 잠을 잘 때 누웠을 듯한 휴식 침대에 몸을 숙이고 울고 있었답니다. 한창 꽃피는 그녀의 아름다움은 경건함과 사랑의 표정 때문인지 한없이 드높아 보였어요. 파벨은 재, 즉 유골이 담긴 항아리를, 그녀를 부드럽게 껴안는 거룩한 소피에게 건네주었어요.

"사랑스러운 소녀야." 소피가 입을 열었지요. "너의 열의와 성실성은 영원한 상좌 가운데 네 자리를 만들어놓게 했단다. 너는 네 가슴속에 불멸을 골라잡았다. 피닉스는 너의 것이지. 너는 우리 생명의 영혼이 될 거다. 이제 신랑감을 깨워라. 에로스도 프라이아를 찾아 깨워야 할 것이야."

파벨은 이 말을 듣자 말할 수 없이 기뻤답니다. 그녀는 곧 트와 징크를 불러 침대 가까이 갔습니다. 기니스탄은 기대에 가득 차서 그녀의 행동을 바라보았어요. 골트는 동전을 녹이더니 아버지가 들어 있던 통을 번쩍이는 쇳물로 가득 채우지 않겠습니까. 징크는 기니스탄의 가슴둘레로 사슬을 감았어요. 몸뚱이는 일렁거리는 물결처럼 흔들렸습니다.

"몸을 구부리세요, 어머니. 그리고 당신 애인의 가슴으로 손을 가져가세요."

파벨의 말이었지요. 기니스탄은 몸을 수그렸습니다. 그녀는 자신의 여러 가지 모습을 보았습니다. 사슬이 쇳물에 닿았고, 그녀의 손은 에로스의 가슴을 잡았어요. 그는 눈을 뜨더니 황홀한 듯, 자기의 애인을 가슴에 끌어 잡아당겼지요. 쇳물은 응고되어 맑은 거울이 되었습니다. 이때 아버지가 일어났어요. 그의 눈에서는 빛이 났습니다. 그 모습도 매우 수려하고 무언가 깊은 의미를 띤 듯 보였지요. 또 그의 몸 전체도 아주 섬세하고 유연하게 움직이는 것으로 보였습니다. 모든 인상이 아주 매력적이었단 말입니다. 그 행복한 한 쌍의 남녀는 소피에게 가까이 가서, 그녀로부터 축하의 말과 함께 그 거울을 열심히 들여다보고 충고로 삼으라는 부탁의 말을 들었습니다. 그 거울은 모든 것을 진실한 모습으로 반영하고, 모든 환영을 없애주며, 영원히 그 원래의 모습을 펼쳐 보여준답니다. 소피는 이제 항아리를 붙잡고 성찬대 위에 있는 접시에 재를 따라 부어버렸습니다. 그러자 부드러운 바람을 펄럭이며 재는 그 둘레에 서 있는 사람들의 옷과 머리칼로 날아갔지요. 소피는 그 접시를 에로스에게 건네주었으며, 에로스는 다시 그것을 다른 사람에게 건네주었어요. 모든 사람이 그 신의 음료수를 맛보았죠. 그리고 말할 수 없는 즐거움으로 그들 마음속 깊이 어머니의 다정한 인사를 받아들였습니다. 소피는 모든 사람 앞에 나타난 것이며 그녀의 신비스러운 출현은 모든 사람을 밝게 비추어주는 듯했지요. 기대는 충족되었으며, 넘쳐흘렀어요. 모든 사람은 그들에게 부족했던 것이 무엇인지 알았으며, 방 안은 복 받은 사람들의 장소가 되었지요. 소피는 이렇게 말했답니다.

"위대한 신비가 모든 사람에게 밝혀졌으며 그것은 영원히 무한량하게 그대로 남을 겁니다. 새로운 세계는 고통에서 생겨나는 것이며, 눈물에서 재는 영원한 생명수로 녹아버리는 것이에요. 누구든지 그 마음속에는 어떤 아이든지 영원히 낳을 수 있는 천상의 어머니가 사는 것입니다. 당신들은 가슴이 두근거릴 때 그 감미로운 출생의 느낌이 듭니까?"

그녀는 성찬대의 접시에 남은 나머지 물을 따라 부었습니다. 땅이 깊이 흔들렸습니다. 소피가 이때 말했지요.

"에로스, 누이동생과 함께 애인에게 빨리 가봐요. 곧 나를 다시 보게 될 겁니다."

파벨과 에로스는 그들의 일행과 함께 서둘러 떠났습니다. 땅 위에는 봄이 완연했습니다. 모든 사람이 일어나 움직이고 있었어요. 땅은 베일 아래에서 가깝게 너울거리고 있었지요. 달과 구름은 북쪽으로 앞서거니 뒤서거니 즐겁게 무리 지어 가고 있었답니다. 왕성(王城)은 그 위용을 빛내며 바다 위에 비치고 있었고, 그 성벽 위에서 왕은 으리으리한 차림새로 그의 부하들과 함께 서 있었지요. 사방에서 먼지가 일더니 아는 모습들이 나타나는 것 같았습니다. 그들은 성으로 몰려오면서 그들을 환호하며 맞이하는 무수한 젊은 남녀의 무리를 만났습니다. 곳곳의 언덕 위에 행복한, 막 깨어난 한 쌍의 남녀가 긴 포옹을 하면서 앉아서 새로운 세계를 꿈처럼 바라보고 있었지요. 그들은 아름다운 진실을 끊임없이 확인하고 있었던 것이죠. 나무와 꽃들은 자라나면서 세차게 푸르러 갔습니다. 모두 생기가 넘치는 것 같았어요. 동물들은 다정한 인사를 보내면서 잠에서 깨어난 인간들에게 가까이 다가왔습니다. 식물들은 그들을 열매와 향기로써 맞이하면서 아주 다정하게 치장해주었죠. 어떤 돌이라도 이제는 인간의 가슴에 놓이지 않았고, 짊어져야 했던 온갖 짐은 단단한 땅바닥에 가라앉아버렸습니다. 그들은 바닷가로 갔습니다. 강철 덩이가 매달린 배 한 척이 강가에 매여 있었어요. 그들은 배 안으로 들어가서 밧줄을 풀었답니다. 선수를 북쪽으로 향하고 날 듯이 물살을 헤치고 달렸어요. 샷샷 하는 쇳소리를 내며 쏜살같이 달린 끝에 강가에 사뿐히 닿았죠. 그들은 넓은 계단이 있는 곳으로 성급히 달렸답니다. 왕도(王都)와 그 호화찬란한 모습에 사랑하는 사람들은 깜짝 놀랄 지경이었어요. 궁정에서는 샘이 그대로 솟아나고 있었고 숲은 아주 달콤한 소리를 내며 흔들리고 있었다는구려. 뜨거운 나무줄기와 잎에 담긴 생명의 신비로움과 꽃과 열매를 솟게 하는 그 경이로움이란! 늙은 기사는 궁성 문 앞에서 그들을 맞이해주었습니다.

"존경하는 어른이시여." 파벨이 입을 열었답니다. "에로스는 당신의 칼이 필요하답니다. 골트는 그에게 한쪽 끝이 바다에 닿고 다른 쪽 끝은 그의 가슴에 감기는 사슬 하나를 주었지요. 저와 함께 그것을 잡고 우리를 공주가 쉬고 있는 방으로 안내해주십시오."

에로스는 늙은 기사의 손에서 칼을 뽑아서 자기 가슴에 있는 단추에 대고 칼끝을 앞으로 세웠답니다. 열어젖히는 식으로 된 방문이 열리자 에로스는 졸고 있는 사랑의 여신 프라이아에게 황홀에 취한 듯 가까이 갔죠. 이때 갑자기 세찬 소리가 일어났어요. 밝은 불꽃이 공주에게서 칼이 있는 곳으로 번쩍이며 날아갔던 겁니다. 칼과 사슬이 빛을 냈으며 이때 주저앉을 뻔했던 어린 파벨을 기사가 붙잡아주었어요. 에로스의 투구 앞에 박힌 장식물이 위로 솟았습니다.

"칼을 던져요. 그리고 당신 애인을 깨우세요."

파벨이 소리쳤습니다. 에로스는 칼을 떨구고 공주에게로 달려가 그녀의 감미로운 입술에 불같은 키스를 퍼부었습니다. 공주는 그 크고 검은 눈망울을 뜨더니 사랑하는 남자를 알아보았답니다. 길고 긴 키스가 영원한 결합을 약속해주었지요. 둥근 탑 위에서 왕이 소피의 손을 잡고 내려왔습니다. 별들과 자연의 정령들이 빛을 반짝이며 그들의 뒤를 따랐습니다. 말할 수 없이 고조된 분위기가 방을, 궁성을, 도시를 그리고 하늘을 가득 채웠지요. 수많은 사람이 넓은 왕실로 몰려들어, 아주 조용히, 그러나 경건한 모습으로 왕과 왕비 앞에 무릎을 꿇고 앉아 있는 사랑하는 사람들을 바라보았답니다. 사람들은 그들을 흥겨운 마음으로 축복해주었지요. 왕은 그의 머리에서 왕관을 벗어 에로스의 금발 위에 씌워주었습니다. 늙은 기사는 그의 옷을 벗기었고, 왕은 그의 망토를 에로스에게 덮어주었어요. 그러고 나서 왕은 그의 왼손에 백합꽃을 쥐여주었답니다. 소피는 프라이아의 갈색 머리에 그녀의 관을 동시에 씌워주면서 이 사랑하는 이들의 맞잡은 손에 값진 팔찌를 걸어주었지요.

"우리의 선왕(先王) 만세!"

백성들은 소리쳤습니다.

"그들은 언제나 우리 속에서 사셨도다. 우리는 그것을 몰랐네! 만세! 그들은 우리를 영원히 다스리리! 우리에게도 축복 있을지어다!"

소피는 새 왕비에게 말했습니다.

"너희들 사이의 팔찌를 공중에 던져라. 그러면 백성과 세상 사람들이 너희들과 맺어질 것이다."

팔찌는 공중으로 날아갔습니다. 그러자 곧 흰 팔찌가 사람들 머리 위에 떠도는 것이 보였지요. 그 팔찌는 반짝이는 빛을 내면서 봄의 영원한 축제를 즐기고 있는 도시와 바다 그리고 지구 너머로 날아갔어요. 그때 페르세우스가 들어왔는데, 그는 물레 하나와 작은 바구니 하나를 들고 있었어요. 그는 새 왕에게 그 작은 바구니를 주었어요.

"여기 당신의 나머지 적들이 있습니다."

그는 그렇게 말했답니다. 그 속에는 검고 흰 천이 달린 평평한 돌 하나가 들어 있었으며, 그 옆에는 석고와 검은 대리석으로 된 한 무더기의 형체가 놓여 있었답니다.

"그건 장기놀이지." 소피의 말이었습니다. "모든 전쟁이 이 돌 같은 벌판과 이런 모습에 사로잡혀 있는 것이지. 이것은 그 옛날 혼탁한 시절의 한 기념이라오."

페르세우스는 파벨을 돌아보더니 그녀에게 물레를 주었

습니다.

"네 손에서 이 물레는 우리를 영원히 기쁘게 해줄 것이네. 너 자신으로부터 너는 우리에게, 찢어지지 않는 금과 같은 실을 짜낼 것일세."

피닉스가 음악적인 잡음을 내면서 그들에게 날아오더니 날개를 퍼덕이며 앉았답니다. 그러더니 왕좌 위를 떠돌았어요. 파벨은 천상의 노래를 부르면서 물레를 돌리기 시작했어요. 가슴에서 실을 뽑아내는 것 같았습니다. 백성들은 새로운 흥분에 휩싸였고 모든 사람의 눈은 이 사랑스러운 소녀에 매달려 있었지요. 그때 새로운 탄성이 문에서 새어 나왔어요. 옛날의 달이 근사하게 생긴 신하들과 함께 들어왔으며 그 뒤로 백성들이 기니스탄과 그녀의 신랑을 의기양양하게 데리고 들어왔지요. 그들은 꽃다발을 들고 있었어요. 왕의 가족들은 그들을 따뜻하게 맞아주었으며 새로 탄생한 왕 부부는 그들을 이 지상에서의 왕궁 관리인으로 선언했었습니다.

"이 지상의 궁성에서 그 멋진 건물들이 솟아오른 파르처* 왕국을 제게 허락해주십시오. 저는 이 작은 파벨이 제게 도

---

* 희랍 신화에서 운명의 여신.

움이 되도록 연극 놀이로 기쁨을 느끼겠습니다."

왕은 그 청을 기꺼이 받아들였으며 어린 파벨은 다정하게 고개를 끄덕였습니다. 백성들은 이 신나는 놀이가 무척 즐거웠지요. 헤스페리덴들은 왕위 등극에 즈음하여 소원을 내어놓았는데, 그것은 정원을 지키게 해달라는 것이었어요. 왕은 그것을 받아들였고, 즐거운 사자(使者)들이 수없이 그 뒤를 따랐답니다. 그 사이 왕좌의 장면은 저도 모르게 바뀌고 호화로운 신혼 침대가 되었답니다. 그 하늘 위로는 피닉스가 어린 파벨과 같이 떠돌고 있었고요. 검은 암석으로 된 세 개의 여상주(女像株)가 뒤를 받치고 있었으며 앞에는 현무암으로 된 스핑크스 위에 그것이 놓여 있었어요. 왕은 얼굴이 빨개진 그의 신부를 포옹했습니다. 백성들은 왕이 본보기라도 되듯 서로서로 애무했답니다. 이름을 부르는 다정한 말소리와 키스 소리밖에 들리는 것이 없었지요. 드디어 소피가 말했어요.

"어머니는 우리 가운데에 있답니다. 그녀의 존재는 우리를 영원히 행복하게 해줄 거예요. 우리 집으로 따라오세요. 그곳 사원에서 우리는 살 것이며 세상의 비밀을 간직할 것입니다."

파벨은 열심히 물레를 돌리면서 큰 소리로 노래를 불렀습니다.

영원의 나라는 세워졌어요.
사랑과 평화 속에 싸움은 끝나고
오랜 슬픔의 꿈은 지나갔지요.
소피는 마음의 영원한 사제(司祭)랍니다.

수도원 혹은 앞뜰

어느 여름날 아침 난 젊어졌네.
그때 나의 삶이 맥박 뛰는 걸
처음 느꼈지. 깊은 황홀감 속으로
사랑이 녹아날 때, 나는 깨어났지요.
마음속의 완전한 융합을 향한 갈망은
그때마다 더욱 절박해졌다오.
환희는 내 존재의 생식력이요,
나는 모든 그리움이 솟구쳐 흘러나오는
중점(中點), 거룩한 샘이라네.
그곳을 향해 모든 그리움은
여러 가지로 쪼개진 채 다시 조용히 모인다오.

너희들은 나를 모르는 채 내가 되어가는 걸 보았네.

너희들은 내가 이제껏 몽유병자로

처음 그 즐거운 저녁에 나타났던 사실의

증인이 되지 않았는가요?

불붙는 것을 구경하는 즐거운 참관자의

생각은 들지 않는가요?

정말이지 난 꿀단지 속에 깊이 빠져 있다오.

나에게선 향내가 나지요. 꽃은 금 같은

아침 공기 속으로 조용히 흔들거리네.

나는 깊은 마음속의 샘, 부드러운 노력이었지.

그 모든 것은 나를 통하고,

나를 넘어 흐르며 나를 나지막이 올려주었지.

그때 첫 번째 작은 먼지가 상처에 앉았어요.

밀어 올린 테이블 가로 향하는 키스를 생각해보구려.

나는 나의 물로 되돌아왔지요.

번개가 쳤어요. ─ 이제 나는 비를 내릴 수 있답니다.

부드러운 실과 꽃받침도 움직일 수 있어요.

나 자신 시작했듯이 이 지상의 의미에

빨리빨리 생각을 쏟으세요.

아직 나는 눈이 멀었으며

밝은 별들은 내 존재의 아득한 신비를 통해 흔들거려요.

가까운 것도 아직 아무것도 없이
나는 멀리서나 나를 본다오.
미래와 더불어 옛날의 화음(和音),
비감, 사랑 그리고 예감에서 튀어나와
자의식은 날개를 달고 성장하며,
환희가 내 마음속에서 불꽃을 일으킬 때
동시에 나는 슬픔의 절정에 다다르지요.
이 세상은 밝은 언덕 둘레에서 꽃을 피우며 놓여 있고,
예언자의 말들은 날개가 되었습니다.
한 사람씩 모두 그렇게 된 것은 아니고,
하인리히와 마틸데만이 하나의 모습으로 합해졌네요.
나는 하늘을 향해 이제 새로 태어났으니
이 속세의 운명은 복된 정화의 순간에 완성되었고,
세월에 그 권리를 이제 잃어버렸지요.

새 세계가 열리면서
가장 밝은 태양 빛이 어두워집니다.
이끼 낀 폐허에서 이제
신비한 미래가 꿈틀거리며,
지금까지 일상적이었던 것이
이제 점점 낯설고 신기해 보이네요.[3]

사랑의 나라가 열렸어요.

파벨은 물레 감기를 시작하네요.

자연의 온갖 태곳적 놀이가 시작되고,

모든 힘 있는 언어에 의미가 붙고,

위대한 세계 감정이 곳곳에서 일어나며 무한히 꽃을 피웁니다.

모든 사물은 서로서로 붙잡아야 하며

하나의 사물은 다른 사물을 통해 성숙해지네.

무엇이든 전체와 어울리면서

하나씩 그 모습을 드러낸다오.

그리고 그들 깊숙이 떨어져

그 원래의 본질을 새롭게 하고

수천의 새로운 생각을 한다오.

이 세계가 꿈이 되고 꿈이 세계가 되며,

믿는 일은, 멀리서나 겨우 볼 수 있을 정도로 일어나리다.

환상은 자유롭게 조종되어야 하며

그 즐거움으로 실을 짜야 하리.

여기서 어떤 것들은 은폐되고 어떤 것들은 전개되며

마법의 연기 속으로 결국 사라지네.

슬픔과 기쁨, 죽음과 삶은

여기서 아주 다정하게 어울린다네.

최고의 사랑에 몸을 바친 자

그 사랑의 상처로 절대 낫지 않으리.

그 결합은 틀림없이 고통스럽게 찢어질 것이며

다정한 눈길을 끌던 것은

혼탁한 세상으로 달아나기 전에

언젠가 그 충직한 마음이 버림받으리.

육체는 눈물 속에서 녹고,

이 세계는 넓은 묘지가 되며

그 속에서 가슴은 답답한 그리움에 메어

재가 되어 떨어진다오.

　산으로 올라가는 좁은 길로 한 나그네가 깊은 생각에 잠겨 걷고 있었다. 정오가 지난 때였는데, 강한 바람이 푸른 하늘에서 불고 있었다.[4] 그의 탁한 목소리는 나오는 대로 사라져버렸다. 그는 여러 곳을 지나 소년 시절로 날아간 것일까? 아니면 말을 건네는 다른 나라들을 지나서 날아간 것일까? 그것은 메아리가 가슴속에 울리는 그러한 음성이었다. 그럼에도 불구하고 나그네는 그것을 모르는 것 같았다. 그는 자기 여행의 목적지가 그곳이 되기를 바라며 한 산에 이르렀다. 바랐다고? 그는 아무것도 더 바라는 것이 없었다. 끔찍스러운 불안감과 극도로 무관심한 절망의 마른 냉기가 그를 이 거칠고 무서운 산을 찾게끔 했다. 수고스러운 그 길이 그 내부 힘의 파괴되어가는 요소를 진정시켜주었다. 그는 지쳐 힘이 없었으나 조용했다. 그는 돌멩이 위에 앉아서 뒤를 바라보았지만 자신의 주위에 쌓이기 시작한 것을 아무것도 보지 못했다. 그는 지금 꿈을 꾸고 있든지, 아니면 막 꿈을 꾸고 난 듯한 느낌이었다. 그대로 지나칠 수 없는 황홀한 풍경이 그 앞에 벌어지고 있는 듯했다. 그러자 그의 감정이 갑자기 터지면서 곧 눈물이 쏟아졌다. 그는 멀리 눈물을 날려버림으로써 자기 존재의 어떤 자취도 남기고 싶지 않았다. 크게 흐느끼는 가운데 그는 정신이 돌아온 듯했다. 부드럽고 상쾌한 공기가 그의 몸을 꿰뚫고 지나갔다. 그리고 옛 생각들이 아스라이 떠오르기 시작했다.

거기에 아우크스부르크는 도시의 탑들과 함께 놓여 있었다. 시계(視界) 멀리 아주 신비스러운 강의 수면이 거울처럼 반짝이고 있었다. 어마어마한 규모의 숲은 다정하게 방랑자 쪽으로 고개를 숙이고 있었다. 그 뾰족한 산은 평원 위에 무슨 의미라도 있는 것처럼 누워있었다. 산은 마치 강과 나그네에게 이렇게 말하고 있는 것 같았다.

"여보게 강, 서두르게. 자넨 우리에게서 달아나지 못한다네. 나는 날개 달린 배로 자네를 좇아갈 것이야. 나는 자넬 내 품속으로 삼켜버리겠다니까! 우리를 믿게. 여보시오, 나그네, 그는 우리가 낳은 우리의 적이기도 합니다. 약탈물을 갖고 달리라고 내버려두십쇼. 우리에게서는 달아나지 못한다니까요."

불쌍한 나그네는 옛날을 생각하고, 그 말할 수 없는 황홀경을 생각해보았다. 그러나 이 값진 추억은 얼마나 초췌하게 지나가버린 이야기랴. 넓은 모자가 젊은이의 얼굴을 덮고 있었다. 그 모습은 밤꽃처럼 파리했다. 젊은 삶이 풍기는 향유(香油)는 눈물이 되었으며 깊은 한숨은 내쉬는 가운데 그 입김이 되었다. 그의 모든 빛깔은 흐린 잿빛으로 바래있었다.

옆 비탈에 수도사 한 사람이 늙은 참나무 아래 무릎 꿇고 앉아 있는 모습이 보였다.

"저 사람이 그 늙은 궁정 목사란 말인가?"

그는 몹시 놀라지는 않았으나, 혼자서 그렇게 생각했다. 수도사는 가까이 갈수록 아주 몸집이 크고 흉측했다. 그는 곧 자신이 잘못 봤다는 사실을 알아차렸다. 그것은 휘어진 나무 아래의 바윗덩어리였다. 그는 팔로 그 돌을 조용히 붙잡고 눈물을 뚝뚝 흘리면서 그것을 가슴에 껴안았다.

"아, 지금 당신의 이야기를 간직할 수 있고 성모가 내게 성호를 그어준다면! 나는 완전히 비참하게 버려졌구나. 나의 황폐한 가슴에는 기도를 올려줄 어떤 성자도 살고 있지 않은걸까? 기도해주세요, 사랑하는 아버지. 나를 위한 지금 이 순간에 말이에요."

그가 그렇게 혼자 생각하고 있을 때, 나무가 흔들리기 시작했다. 바위는 아주 희미하게 울렸다. 깊은, 저 먼 지하에서 나는 듯 작은 목소리가 맑게 올라오면서 노랫소리가 들렸다.

그녀의 가슴은 즐거움으로 가득하네.
그저 즐거움만 알고 있을 뿐
그녀는 고통이라곤 모르지,
그녀 가슴에 갓난아이를 껴안네.

그녀는 아이의 뺨에 키스하네.
여러 가지로 키스를 퍼붓네.
갓난아이의 예쁜 모습에 의해
그녀는 사랑에 파묻혀 있네.

그 작은 목소리는 무한한 기쁨에 겨워 노래를 부르는 것 같았다. 그 목소리는 노래를 몇 번 되풀이했다. 그러자 모든 것이 조용해졌으며, 나그네는 누군가 나무에서 말하는 것을 듣고서 깜짝 놀랐다.

"당신이 나를 위하여 라우테로 노래 한 곡을 불러준다면, 한 불쌍한 소녀가 이리 올 것이에요. 그녀를 당신에게서 떨어뜨리지 마세요. 당신이 황제가 된다면 날 생각해주세요. 나는 내 갓난아이와 살기 위해서 이곳을 골랐답니다. 여기에 단단하고 따뜻한 집을 세워주세요. 이 아이는 죽음을 이겨냈지요. 슬퍼하지 마세요. 나는 당신 곁에 있으니까요. 당신은 더 이 지상에 머물러 있을 것이에요. 소녀는 당신이 죽어 이 즐거운 곳으로 올 때까지 당신을 위로해 드릴 거예요."

"마틸데 목소리다!"

나그네는 소리쳤다. 그는 무릎을 꿇고서 기도했다. 이때 나뭇가지 사이로 긴 광선이 그의 눈을 비췄는데, 그는 그 빛을 통해서 신기한 황홀경 속을 들여다보았다. 그것은 어떻게 형용할 수 없는, 예술적인 기교를 갖고 색깔로도 흉내 낼 수 없는, 참으로 섬세한 모습이었다. 참된 기쁨, 열락(悅樂)이었다. 그렇다. 천상의 행복이 그 속에 모두 들어 있는 것을 볼 수 있었는데, 심지어는 생명 없는 그릇·기둥·양탄자·장식품, 그리고 볼 수 있는 모든 것들이 수액(樹液)이 가득한 채소처럼 점점 자라나더니 한꺼번에 모두 놓인 것같이 보였다. 그 사이를 왔다 갔다 하며 다정하고 상냥하게 마주 보고 있는 것은 아름다운 인간들의 모습이었다. 그 맨 앞에 나그네의 애인이 서 있었으며, 그녀는 그와 무언가 말하려고 하는 것 같았다. 그러나 소리는 들리지 않아서 나그네는 그리운 나머지 그저 그녀의 아름다운 모습을 바라보았다. 그녀는 다정하게 웃으면서 그에게 눈짓을 보내고는 왼편 가슴에 자기 손을 가져갔다. 그 모습은 무한히 다사롭고 생기 있어 보였다. 나그네는 그 현상이 다시 없어질 때까지 행복한 무아경 속에 오랫동안 사로잡혀 있었다. 그 성스러운 빛은 그의 가슴에서 모든 슬픔과 괴로움을 빨아가서 그의 감정은 다시 순수해지고 가벼워졌으며 그의 정신은 이전처럼 다시 자유스럽고 즐거워졌다. 가슴속 깊이 조용한 그리움과 비감스러운 음향밖에는 아무것도 남지 않았다. 그러나 황량한 고독의 고통, 말할 수 없는 상실감이 주는 떫은 아픔, 헤아릴 수 없는 흐릿한 공백감, 이 지상에서의 무력감은 씻기어졌다. 나그네는 의미 있는 세계로 되돌아온 자기를 발견했다. 소리와 말은 그에게서 다시 생기 있는 것이 되었으며 그는 이제 그전보다 모든 것을 더 잘 알고 또 알 것 같은 생각이 들었다. 그리하여 죽음은 삶의 높은 단계에서 열려 있는 것으로 나타났으며, 빨리 지나가버린 자신의 존재를 유치한 감동에 젖어 바라보았다. 미래와 과거가 그의 마음속에서 꿈틀거리는 감정을 일으켰고, 가슴속 깊이 통일을 가져왔다. 그는 현재에서 뚝 떨어진 곳에 있었다. 이 세계는 그가 잃어버렸던 것보다 훨씬 값진 것이 되었고, 잠시 배회하여야 했던 낯선 이방인으로서 그는 그 세계의 넓고 다채로운 모습을 바라보았다. 저녁이 되었다. 이 지상은 그 앞에 사랑스러운 옛집처럼 놓여 있었다. 오랫동안 떨어져 있다가 다시 찾아간 집처럼, 수천 가지의 추억이 그 앞에 되살아났다. 모든 돌, 모든 나무, 모든 언덕이 다시 알게 된 물건들 같았다. 모든 것은 옛 역사의 기념비였다. 나그네는 그의 라우테를 붙잡고 노래를 불렀다.

사랑의 눈물, 사랑의 불꽃이
함께 흐르오.
이 신비한 곳,
하늘이 내게 나타난 곳을 성스럽게 하네.
무수한 기도를 올리며
꿀벌처럼 이 나무 둘레에 모여드네.

그들이 오자
그는 즐겁게 맞이했네.
폭풍우 앞에서 그를 보호하며
그녀는 이제 어느 때 정원에서
그에게 물을 뿌릴 것이며, 그를 기다리며
그 물보라와 더불어 기적이 일어나리.

바위는 행복한 어머니 발밑으로
기쁨에 취해
가라앉네.
경건한 마음도 돌 속에 있고,
거기서 인간은 그 마음을 위해 눈물을 흘리고
피를 쏟아서는 안 된다는 것일까?

고난받는 자들이 와
여기서 무릎을 조아려야 하리.
모두 여기서 치유되네.
어떤 사람도 이제 더 불평하지 않으며
모두 즐겁게 말하리.
언젠가 우리 혼탁한 때가 있었노라고.

엄숙한 담벼락들이
높은 산 위에 섰고,
가장 어두운 시간이 되면
계곡에선 사람 부르는 소리 나네.
"누구의 가슴도 답답하지 않으리
이제 그 계단 앞으로!"

신의 어머니와 애인이여,
혼탁한 자는
여기서 이제 맑게 정화됩니다.
영원한 선(善), 영원한 부드러움이여,
오! 나는 당신이 마틸데라는 것을 알고 있다오.
내 정신의 목적이라는 것을.

내 당신에게 가야 한다면,
내 뻔뻔스럽게 묻기 전에
내게 말하여주오.
수천 가지 방법으로 나는
이 지상의 이적(異蹟)을 기꺼이 찬양하리다,
나를 안으러 당신이 올 때까지.

옛날의 이적, 미래
신기한 것들
내 가슴에서 절대 사라지지 않네.
빛의 성스러운 샘이
슬픔의 꿈을 씻어버리는 곳
잊지 못할 지어니.

노래를 부르는 동안 그는 아무런 생각도 일지 않았다. 그러나 그가 앞을 보았을 때, 바위 근처 바로 옆에 젊은 처녀 한 사람이 서서 마치 전부터 아는 사람처럼 그에게 다정하게 인사를 보내고 그를 자신의 집으로 초대했다. 그녀의 집에는 이미 저녁 식사가 준비되어 있었다. 그녀의 모든 생김새와 행동은 그에게 친밀감을 주었다. 그녀는 그에게 잠깐만 실례하겠다고 한 다음, 나무 아래로 내려가더니 아주 신비한 미소를 올려보내며 허리에서 많은 장미꽃을 꺼내어 풀밭 위에서 흔들었다. 그녀는 그 옆에 조용히 무릎 꿇고 앉았다가 다시 벌떡 일어나 나그네에게로 와서 그를 안내했다.

"누가 내게 당신 이야기를 해주었소?" 나그네가 물었다.

"우리 어머니가요."

"당신 어머니는 누구요?"

"신(神)의 어머니죠."

"언제부터 당신은 여기 살고 있소?"

"무덤에서 나온 다음부터입니다."

"벌써 한번 죽은 적이 있단 말이오?"

"그럼 내가 어떻게 살 수 있었겠어요?"

"여기선 혼자 살고 있소?"

"노인 한 분이 집에 계시죠. 또 살고 있었던 많은 사람을 압니다."

"내 곁에 있고 싶소?"

"네, 당신이 좋아요."

"어디서 나를 알았소?"

"아! 옛날부터죠. 그전의 우리 어머니가 당신에 관한 이야기를 항상 했답니다."

"또 딴 어머니가 있소?"

"네, 하지만 원래는 같은 분이에요."

"이름이 무어신데?"

"마리아라고 해요."

"아버지는 누구신가요?"

"호엔촐러른가의 백작이랍니다."

"그분은 나도 압니다."

"당신도 그분을 알고 있을 테지요. 당신의 아버지이기도 하니까요."

"그렇소. 우리 아버지는 아이제나흐에 계시다오."

"당신에게 또 부모가 있답니다."

"그런데 우린 어디로 가는 것이오?"

"집으로 가는 거죠."

그들은 이제 나무가 깔린 평평한 공터에 다다랐다. 거기엔 무덤 뒤에 탑 몇 개가 쓰러진 채 놓여 있었다. 흡사 노인의 백발을 싱싱한 꽃다발이 휘감고 있듯 어린 관목 덤불이 낡은 담벼락을 둘러싸고 있었다. 거기에 나타난 세월은 헤아릴 길이 없는 것이었다. 광대한 역사가 눈 깜짝할 시간에 응축된 것이 번개처럼 찢어진 균열, 높고 어마어마한 모습의 바위에서 역력히 드러나고 있었다. 하늘은 무한한 공간에 담청색 옷을 입히고 있었으며, 우윳빛을 띠고 어린아이의 뺨처럼 순진한 모습이었다. 그러나 먼 하늘은 어둡고 무서운 무리를 짓고 있었다. 두 사람은 문으로 통하는 옛길을 지나갔는데, 나그네는 자신이 아주 이상한 식물들에 둘러싸여 있으며, 이 폐허 가운데에 멋진 공원의 매력이 숨어 있다는 것을 발견하고 무척 놀랐다. 커다란 밝은 창이 달린 새로운 건축 양식의 작은 석조 가옥이 그 뒤에 있었다. 거기에 잎이 넓은 다년생 초목 위로 한 늙은 사내가 서서 흔들리는 나뭇가지에 막대기를 괴어주고 있었다. 그녀는 나그네를 노인에게 안내하면서 말했다.

"여기 당신께서 제게 자주 물어보시던 하인리히가 왔습니다."

노인이 그를 향해 고개를 돌렸을 때, 하인리히는 그 앞에 광부가 서 있는 것 같았다.

"의사 실베스터입니다."

처녀의 말이었다. 실베스터는 그를 보자 매우 기뻐하면서 입을 열었다.

"당신 아버지가 젊었을 때 내 곁에 있는 것을 보았으니 아득한 세월이오. 생각해보건대 나는 그를 태고시대의 보물로, 일찍 없어져버린 세계가 남겨준 값진 유물로 알고 지냈다오. 나는 그에게서 위대한 화가의 조짐을 보았다오. 그의 눈은 진실한 눈, 창조적인 도구가 되겠다는 열망으로 가득 찼었소. 그의 얼굴에는 깊은 의지와 그칠 줄 모르는 근면성이 깃들어 있었다오. 하지만 그때의 세계는 그를 깊은 뿌리에서부터 타격을 주었던 것이오. 자연에 대한 자신의 소명에 주의를 기울이지 않았으며, 그 완강한 조국 하늘 때문에 고귀한 식물의 부드러운 우듬지는 시들어버리고 말았던 것이오. 그는 재주 있는 일꾼이 되어버렸으며 걱정은 그를 바보로 만들었다오."

"그가 이따금 고통스러운 불쾌감을 감수하는 걸 저도 알고 있었지요." 하인리히는 대답했다. "그는 습관적으로 쉬지 않고 일했지만, 그게 좋아서 한 일은 아니었습니다. 아버지에게는 조용한 평화, 그 생계의 안락함이 결여되어 있었고 마을 사람들의 존경과 사랑, 온갖 생활사에 조언할 의무가 그에게 있다고 생각했다오. 그를 아는 사람들은 그를 행복한 사람으로 여겼으나 그들은 막상 그가 얼마나 삶에 지쳐 있는지, 이 세상이 그에게 얼마나 공허하게 느껴지는지, 그가 얼마나 일선에서 물러나기를 원하고 있는지, 그리고 비록 일은 부지런히 한다고 하더라도 그가 직업에 즐거움을 느끼지 못하고 그 분위기를 얼마나 싫어하고 있는지 몰랐습니다."

"내가 가장 놀란 것은 말일세." 실베스터가 말을 받았다. "자네 교육을 온통 자네 어머니 손에 맡겨버렸다는 점이야. 그러고선 자네의 발전을 조심스럽게 지켜보면서 자네가 특정한 상태에 이르는 것을 보았지. 자네는 부모들로부터 아무런 제약을 받지 않고 클 수 있었으니 행복한 일일세. 사람들 대부분은 서로 다른 식성과 취미를 빼앗긴 채 이루어진 성찬의 찌꺼기일 뿐이니까 말이오."

"저 자신도 부모의 생활과 사고방식이나 선생님, 즉 궁정 목사의 가르침이 아니었으면, 교육이 무엇인지 알 수 없지요. 우리 아버지는 온갖 현실을 한 조각의 금속과 예술적인 노동으로 보려 드는 차갑고 단단한 사고방식을 갖고 계셨지만, 자신도 모르게 불가사의한 높은 단계의 현상에 대해서는 조용한 외경심을 품고 있었어요. 그러므로 아이의 커가는 모습도 겸손한 자기 부정으로 관찰하셨던 것이죠. 무한한 샘 속에서 신선하게 올라오는 정신은 여기서 일을 합니다. 가장 높은 단계의 사물인 어린아이의 사고(思考), 순진무구한 본질을 친밀하게 인도하는 거역할 수 없는 생각이 움직이기 시작하지요. 지상의 어떤 조류도 아직 알지 못하는 놀라운 세계의 각인을 지으며, 뜻있는 인생행로에 발을 디디는 것이죠. 그리하여 마침내 이 세상 사람들이 아주 밝고 따뜻하고 신기한 것으로 생각하는 우화시대(寓話時代)에 대한 회상을 하게 되었어요. 그 시대에는 예언자적 정신이 명백하게 우리를 따라다니니까요. 이러한 모든 요소가 우리 아버지를 매우 경건하고 겸손하게 했던 것이 확실합니다."

"여기 이 꽃 아래 잔디 의자 위에 앉읍시다."

노인이 그의 말을 중단시켰다.

"저녁 식사가 준비되면 시엔느가 우리를 부를 겁니다. 그리고 괜찮다면 당신의 어린 시절에 관해 이야기를 계속해보구려. 우리 늙은이들은 어린 시절에 관한 이야기를 듣는 것을 가장 좋아한다오. 내 어린 시절이 지나간 뒤 한 번도 맡아보지 못한 꽃향내를 당신이 내게 뿌려주는 것 같구려. 이 은자(隱者)의 암자와 정원이 마음에 드는지나 말해보시오. 이 꽃들은 내 친구들이라오. 내 마음은 이 정원에 있어요. 그대는 나를 사랑하지 않는 것이 무엇이며, 또 내가 사랑하지 않는 것이 무엇인지 알지 못하오. 나는 나 자신이 여기 내 아이들 한가운데서, 그 뿌리에서 어린싹이 솟아나는 한 그루의 늙은 나무 같다는 생각이 든다오."

"행복한 아버지입니다." 하인리히가 말했다. "당신네 정원은 하나의 세계예요. 폐허는 이 꽃을 피우는 아이들의 어머니지요. 그 울긋불긋하고 생기 있는 창조는 과거의 폐허에서부터 양분을 끌어냈군요. 하지만 그 어머니는 죽어서 아이들에게 봉사하며, 아버지는 그 무덤 곁에서 영원히 눈물만 흘리며 앉아 있어야 하나요?"

실베스터는 흐느끼는 젊은이에게 손을 내밀고 일어서서 막 꽃을 피운 물망초 한 송이를 그를 위해 꺾었다. 노인은 그 꽃을 실측백나무 가지에 붙여서 그에게 주었다. 저녁 바람이 기막히게 불면서 저쪽 폐허에 서 있는 소나무 가지를 흔들었다. 나무에 스치는 바람 소리가 흐릿하게 지나쳤다. 하인리히는 착한 실베스터의 목에 기대어 울면서 얼굴을 감추었다. 그가 다시 고개를 들었을 때는 저녁별이 막 숲 위에서 광채를 빛내며 나오고 있을 때였다.

잠시 가만히 있다가 실베스터는 말하기 시작했다.

"자네가 아이제나흐에서 놀 때의 모습이 보고 싶군. 자네의 양친, 자네 부친의 정직한 이웃, 그리고 늙은 궁정목사는 아주 아름다운 모임을 이루고 있었지. 그들의 대화는 일찍부터 자네에게 영향을 끼쳤음이 틀림없네. 특히 자네는 하나뿐인 아이였으니까. 또 난 그 지방이 바깥으로도 그윽하고 그럴듯했었다는 생각이 드는군."

"제 고향을 이제야 겨우 배우는 것 같습니다. 그곳을 떠나서 수많은 지방을 구경한 이래로요. 온갖 식물, 온갖 나무,

온갖 언덕과 산이 모두 독특한 시야와 독자적인 영역을 갖더군요. 그 시야와 영역을 통해서 모든 구조와 창조형태가 설명될 수 있어요. 그런데 동물과 인간만은 모든 지방에 편재해있으며, 또 모든 곳이 그들의 곳이더군요. 이런 식으로 모든 것이 거대한 세계, 무한한 시야를 구성하고 있는 것이지요. 인간과 동물에 대한 그 영향은 식물에 대한 좁은 환경의 영향과 마찬가지로 눈에 보일 수 있습니다. 따라서 여행을 많이 한 사람, 철새, 야수는 다른 것들 속에서 특수한 이해력과 남다른 재주를 지니고 있답니다. 그들에게는 이 세계와 그 다양한 내용, 질서에 의해 감응되고 형성되는 다소간의 능력이 있는 것이 확실합니다. 한편 많은 사람에 있어서는 대상과 그 관계의 변화에 즈음하여 그것을 관찰하고, 이를 곰곰이 생각해보며 필요한 비교를 해볼 줄 아는 주의력과 의연한 태도가 결여되어 있답니다. 이즈음 저는 내 고향이 내 어릴 적의 생각에 어떤 지나칠 수 없는 채색을 했던 것일까, 그리고 그 모습은 내 감정의 어떤 의미가 되었을까 종종 느껴봅니다. 운명과 감정이 하나의 개념이라는 것을 깊이 느낄수록 자꾸만 생각되지요."

　"나에게는……" 실베스터가 말했다. "살아 있는 자연, 지방 풍토가 항상 가장 중요한 작용을 했다오. 나는 특히 갖가지 식물을 조심스럽게 관찰하는 일에 피곤한 줄 몰랐으니까 말일세. 식물들이란 땅의 직접적인 언어야. 새로 돋아나는 모든 꽃잎, 기이한 꽃들은 무언가 솟아나는 비밀이라오. 사랑과 기쁨 앞에서도 움직일 줄 모르고 한마디의 말도 못 한 채 조용한 식물이 되는 것이지. 고독할 때 그런 꽃을 보면, 마치 주위의 모든 것이 맑아지며 날개 달린 작은 소리가 그 근처에서 가장 가깝게 머물러 있는 듯할 뿐, 거기엔 아무것도 없지. 사람들은 기쁨에 겨워 울고 싶어진다네. 또 이 세상과 격리된 채 손과 발을 땅속에 묻어 뿌리를 따라가고 싶어지지. 그 행복한 이웃을 놓치지 않기 위해서. 이 메마른 세상 너머로 그 사랑의 푸른, 신비에 찬 양탄자가 깔리는 것이라오. 그것은 해가 바뀔 때마다 이른 봄이면 다시 새로워지며 그 신기한 글씨는 동방의 꽃다발이나 읽을 수 있듯이, 그를 사랑하는 애인이나 읽을 수 있네. 그 자연의 애인은 그것을 영원히 읽는다오. 읽어도 읽어도 지치지 않지. 매일같이 사랑하는 자연의 새로운 의미, 새롭고 황홀한 열림(開示)을 알게 된다오. 이 무한한 즐거움은 모든 지방이 서로 다른 수수께끼를 풀어주면서, 또 그 길이 어디서 와서 어디로 가는지 추측할 수 있게끔 하면서 지각(地殼)의 축제를 베풀어주는 은밀한 매력이기도 하다오."

"네." 하인리히는 대답했다. "우리는 어린 시절에 관한 이야기로 시작해서, 교육에 관한 이야기를 했지요. 당신의 정원에 있는 탓이에요. 어린 시절을 툭 터놓고 말하고, 순수한 꽃의 세계를 말하니까 저도 모르게 기억 속에 잠겨서 옛 꽃에 대한 추억이 입에 올랐지 뭡니까. 저희 아버님은 정원 생활을 매우 즐기는 분이었지요. 일상의 가장 행복한 시간을 꽃과 함께 보냈습니다. 꽃 역시 어린아이의 교육자이므로 아이들을 위해 꽃의 충분한 의미를 탁 터놓았던 것입니다. 무한한 생활의 풍요로움, 나중에 생길 세찬 힘, 황홀 무비한 모습, 모든 사물의 황금빛 미래가 여기서 서로 친밀하게 엉켜 있는 것을 우리는 보았습니다. 그러나 그것은 분명히 맑은 모습으로 아직 어린 생명이었죠. 하지만 벌써 전능(全能)한 사랑은 움직이고 있었으나 불붙지는 않은 상태죠. 그것은 타버린 불꽃이 아니라 날아가는 향기지요. 또 그 부드러운 영혼이 아무리 다정하게 합쳐진다고 하더라도, 그것은 동물처럼 격렬한 운동과 분노를 동반하지는 않지요. 이렇듯 어린 시절이란 우선 그 땅에 깊숙이 들어 있는 것입니다. 이에 비해 구름은 어쩌면 그다음 단계의 더 높은 어린 시절인지도 모르죠. 거기서 다시 발견된 그 낙원은 첫 번째 낙원 위로 이슬이 되어 내리는."

"구름 속에는 확실히 신비한 구석이 있지." 실베스터가 말했다. "어떤 구름이 덮일 땐 이따금 우리에게 아주 이상한 영향을 주거든. 그 서늘한 그림자를 우리에게 덮어씌우지. 그것 말고 또 그 모습이 우리 마음속에 피어오르는 소망처럼 사랑스럽고, 또 갖가지 모양을 취할 때 이 땅을 지배하는 그 명료성, 그 밝은 빛은 미지의, 뭐라고 말할 수 없는 황홀경의 전조(前兆) 같다네. 하지만 그 옛날의 가공스러운 밤이 그랬듯이 아주 심각하고 음울한, 무서운 구름도 있다오. 하늘은 다시 청명해질 듯하지 않고, 청명했던 푸르름은 쫓겨간 상태에 있지. 어스름한 땅 위에 비친 흐릿한 붉은색은 모든 사람의 가슴에 섬뜩한 불안을 일으켜준다네. 그때 바랜 광선이 내리쬐며 짓궂은 비웃음과 함께 천둥이 칠 때, 우리는 뼛속 깊이 불안에 떨게 되지 않는가. 그때 우리의 윤리적 힘이 지닌 고상한 감정이 일어나지 않는다면, 우리는 악령의 힘에 인도되며 지옥을 생각하게 되지. 그것은 옛날, 비인간적인 자연의 반향들이라오. 그러나 우리 마음속에 더 높은 자연, 하늘의 양심을 일깨워주는 소리이기도 하다네. 덧없는 것은 그 기본 바탕이 흔들리지만 불멸의 것은 밝게 빛나기 시작하면서 자기 자신을 알게 된다네."

"언제쯤 놀라움·슬픔·고통·악과 같은 것들이 세상에서 필요 없게 될까요?"

하인리히가 물었다.

"오직 하나의 힘이 존재하게 될 때, 곧 양심의 힘이 존재할 때이지. 자연이 윤리적인 것이 될 때라오. 악의 원인은 단 한 가지뿐이오. 그것은 허약성이라오. 즉 이 허약성이란 사소한 윤리적 감수성이나 자유의 결핍 이외의 아무것도 아니라오."

"양심에 대해 더 이해시켜주십시오."

"그렇게 할 수 있다면 나는 신이게? 그럴 것이, 양심이란 그것이 이해될 때 생기는 것이니까 말일세. 내게 시의 본질을 이해시켜줄 수 있겠는가?"

"개인적인 문제는 특정한 방식으로 질문될 수 없지요."

"그건 결코 풀리지 않는 신비감보다야 얼마나 덜한 것일까. 음악이 귀머거리에게 들릴 수 있을까?"

"그러니까 그 정신이란 그것을 통해 열린 새로운 세계 자체에 관한 관심일까요? 사람들은 직접 관련 있는 것만을 이해하는 걸까요?"

"삼라만상은 끝없이 항상 더 큰 세계에 의해 파악된 세계로 파괴되어간다네. 모든 의미는 결국 하나의 의미이지. 하나의 의미는 마치 하나의 세계처럼 점점 모든 세계로 나가는 것이야. 그러나 모든 것은 그 시간과 방법이 있는 것, 이 우주에 있어 인간만이 우리 세계의 관계를 통찰할 수 있는 능력이 있다오. 우리가 육체라는 감각적인 장롱 속에서 우리의 세계를 새로운 세계로, 우리의 의미를 새로운 의미로 발전시킬 수 있는지 어떤지는 말하기 힘든 것이네. 그렇잖

으면 우리가 지닌 인식의 온갖 성장, 새로 얻어진 온갖 능력
이 단지 지금 존재하는 세계의 의미 형성을 위해서만 고려
될 수 있는 것인지도 말하기 어렵구려."

"아마 그들은 한가지이겠죠." 하인리히가 대답했다. "제
게 있어서 우화란 지금 존재하는 제 세계의 전체적인 도구
라는 것만은 확실합니다. 심지어는 양심이나 힘의 의미와
모든 개인의 발생과 같은 것도 제게는 시의 정신같이 느껴
집니다. 마치 끝없이 변화하는 모든 삶의 영원한 낭만적 공
생(共生)이 지니는 우연성처럼 느껴져요."

"여보게." 실베스터는 말을 받았다. "양심이란 무엇이든
지 진지하게 완수하는 순간에 나타나는 것이야. 무엇이든지
진실이 이루어지는 순간에 말일세. 곰곰이 생각해보는 과정
을 거쳐 하나의 모습으로 고쳐진 모든 경향과 능력이 양심
의 한 현상, 변형된 모양이지. 그 모든 모습이 자유라고 할
수 있지. 그렇다고 그렇게 단순히 그 개념이 규정되는 것은
아니고, 모든 존재의 바탕이 규정될 수 있을 뿐이지. 이 자
유는 장인성(匠人性)이라네. 장인, 즉 대가는 그 마음대로 자
유로운 힘을 일정한 방향, 생각한 방향으로 구사하거든. 그
예술의 대상들을 마음대로 좌지우지하며, 그것들에 의해 사
로잡히거나 방해받지 않는다오. 바로 이러한 폭넓은 자유·
장인성 혹은 지배력이 양심의 본질, 그 추진력이지. 거기서

성스러운 독창성, 개인의 직접적인 창조가 열리는 것이며, 대가의 모든 행동은 동시에 높고 소박한, 얽혀 있지 않은 세계의 알림, 즉 신의 언어가 되오."

"말하자면 이전엔 덕목이라는 이름으로 불리던 것이 학문으로서, 이른바 가장 원래적 의미의 신학으로서 종교일 뿐입니까? 신과 자연의 관계처럼 시를 숭배하는 것은 법질서뿐입니까? 이 세상을 규정하고 그 형성의 일정한 단계에서 세상을 대변해주는 것이 한마디 말의 구절, 일련의 사상은 아닌가요? 통찰과 판단의 능력에 대한 것이 종교입니까? 판결, 즉 한 개인의 본질이 지닌 모든 관계를 풀어버리고 규정하는 법칙이 그것입니까?"

"물론 양심이란 모든 인간이 타고난 중재자라오." 실베스터는 말했다. "양심은 이 지상에서 신의 자리를 대변하므로 지고의 그것, 마지막 것이오. 그러나 지금까지 덕목, 혹은 윤리라는 이름으로 불려온 학문은 이와 거리가 멀었던 것이었소. 이 고상하면서도 포괄적이며 개인적인 생각의 순수한 모습과는 거리가 있었단 말이오. 양심은 완전한 정화, 천상의 태곳적 인간이 지닌 그 본래의 본질이라오. 보통의 언어로 이루어지는 것이 아니라, 개개인의 덕으로 이루어지는 것이지. 덕이란 이 세상에 단 한 가지가 존재할 뿐이네. 결정의 순간에 직접 결정하고 선택하는 순수하고 진지한 의지가 그것이지. 그것은 절대로 둘로 나누어질 수 없는 상태에서 그 특유한 생기를 갖고 사는 의지인데, 인간의 육체에 따사로운 생명을 불어넣어주고 모든 정신적 요소를 참된 행동으로 바꾸어놓을 힘을 가지는 것이네."

"오, 놀라운 아버지."

하인리히가 이때 감탄을 하자, 그의 말은 중단되었다. 하인리히는 입을 열었다.

"당신의 말에서 튀어나오는 그 빛이 즐겁게 나를 채워줄 수 있다면! 그러니까 그 우화의 참된 정신은 덕(德)의 정신을 변장시키는 것이군요. 또 그보다 부차적인 시·예술의 원래 목적이기도 합니다. 그리고 가장 높고 독특한 존재의 민활성을 말씀하신 것이었죠. 놀라운 자기 확신은 진실한 노래와 꿈이 있는 행동 사이에 존재하는 것입니다. 평탄한, 모순되지 않은 세계 속의 한가한 양심은 매혹적인 대화가 되며, 모든 것을 이야기해주는 우화가 됩니다. 이러한 태곳적 세계의 평야와 길에 시인은 살고 있지요. 그리고 이때 그 덕은 그의 지상에서의 움직임과 영향력의 정신이랍니다. 이 덕이 사람들 사이에 존재하는 직접적인 신성(神性)이 되고 더 높은 세계의 신비한 투영이 될 때, 그것 또한 우화이지요. 시인이 높은 단계의, 초지상적인 의미를 지녔다 하더라도 그가 격앙된 영감을 얼마나 확실히 가질 수 있는 것인가요. 혹은 높은 본질을 좇거나 그의 직업에 몸을 바칠 수 있는 일이 얼마나 확실한 것인지. 시인에게 있어서도 이 우주의 고상한 목소리가 들리며, 마력적인 언어로써 더욱 즐겁고 다정한 세계를 부르는 것이지요. 종교가 덕의 태도를 지니고 감동이 우화가 될 때, 성서에 계시의 역사가 기록되어 있다고는 하지만, 더 높은 세계의 삶은 우화에서 신비하게 생겨난 문학으로 여러 가지 방법으로 묘사되는 것이죠. 우화와 역사는 서로 뒤엉킨 길 위를 아주 친숙하게 동반하고 있는 것입니다. 이상한 변장을 하고서 말입니다. 성서와 우화는 같이 운행하는 성좌들이랍니다."

"자네 말은 전부 옳네." 실베스터는 말했다. "이제 자네는 모든 자연이 덕의 정신으로써만 이루어진 것으로서 점점 더 고정되어가야 한다는 것을 이해하게 될 것이네. 그 정신은 이 지상의 울타리 안에 있는 가장 황홀하고 생명 있는 빛이라오. 천공, 곧 별나라의 고귀한 천장으로부터 울긋불긋한 초원의 곱슬곱슬한 양탄자에 이르기까지 모든 것은 그 정신을 통해서 유지되며, 그 정신을 통해서 우리와 이어지며 우리를 이해시켜주는 것이라오. 무한한 자연의 역사가 지닌 알지 못할 궤적도 바로 그 정신을 통해서 정화(淨化)에까지 이르는 것이라네."

"그렇죠. 그런데 당신은 아까 저에 대해서 그 덕을 종교에

결부시키셨지요. 체험과 지상의 효력이 파악할 수 있는 모든 것이 이 세계와 더 높은 세계를 잇는 양심을 구획 짓지요. 아주 높은 의미에서 종교는 생겨나는 것입니다. 이전에는 불가사의했던 우리 가슴속 자연의 필요성, 일정한 내용 없는 모든 법칙은 이제 신비하고 은밀한, 무한히 다양하며 아주 철저하게 만족시켜주는 세계가 됩니다. 신 속에 있는 모든 복자(福者)의 다정한 공동사회가 됩니다. 아주 개인적인 본질의 신적 현현(顯現), 혹은 우리 깊은 자아 속에 있는 그 의지, 그 사랑의 신적 현현이 됩니다."

"자네 가슴속의 순수함이 자네를 예언자로 만들고 있네." 실베스터가 응답을 보냈다. "자네는 모든 것을 이해하게 될 거야. 성서가 그렇듯이, 이 세계는 그 역사에 간단한 말로 삼라만상을 계시하고 있네. 비록 그것이 더 높은 의미의 자극과 각성을 통해서 간접적으로 기술되어 있기는 해도 말일세. 자연에 대한 몰두는 나를 언어의 기쁨과 흥분이 주어지는 곳으로 이끌어가네. 예술과 역사는 나를 자연과 사귀게 했지. 우리 양친은 시칠리아섬, 세계적으로 유명한 에트나산에서 그리 멀지 않은 곳에 사셨다네. 옛날 건축양식으로 된 안락한 집이었지. 태곳적 상수리나무가 바닷가 암벽 곁에 빽빽이 들어서서 집을 덮고 있었으며 갖가지 식물들로 된 장식물이 가득한 정원이 그들의 집이었소. 부근에는 많은 움막이 있었는데, 거기서 어부·목자·포도 재배인들이 머무르곤 했다오. 우리 방과 지하실은 생활을 유지해주고 향상해주는 온갖 물건들로 가득했지. 가구는 잘 고안을 해서 세세한 곳까지 아주 편안했다오. 그 밖에도 갖가지 물건들이 없는 게 없었다오. 그것을 구경하고 사용하면 일상생활이나 그 필요성에 대한 감정이 높아져 적당한 상태로 달래놓아야 할 형편이었으니까. 그 완전한, 특유한 자연을 충분히 즐기겠다고 약속하고 또 허락하는 것처럼 보였다오. 돌로 된 사람의 상(像), 역사가 칠해진 그릇, 아주 분명한 부호가 찍힌 작은 돌들, 그리고 다른 용구들을 더 볼 수 있는데, 그것들은 서로 다른 시대의 유물로 남아 있었다오. 밤에는 여기저기 고문서 두루마리가 놓여 있었는데, 거기엔 긴 글씨들로 과거의 지식과 학설, 역사와 시들이 예술적 표현으로 보관되어 있었다네. 우리 아버지가 재주 있는 점성가로서 성취한 직업은 그에게 무수한 질의와 방문을 받게 했지. 심지어는 벽지에서도 사람이 찾아왔으니까. 미래를 미리 안다는 것은 사람들에게 매우 희귀한, 값진 재주처럼 생각되었으므로 그들은 그에 대해서 후한 대가를 치렀지. 그래서 우리 아버지는 거기서 얻는 보수를 통하여 자신의 편안한 생활방식에 충분한 비용을 지출할 수 있는 형편에 이른 것이었네."

소설 계속에 대한
루트비히 티크의 보고[5]

저자는 제2부를 완성하지 못했다. 그는 제1부가 모든 것이 예감되는 단계였음에 비해 제2부에서는 모든 것이 해결되고 성취되는 것으로 했기 때문에 제1부를 '기대'라고 이름 붙이고, 제2부를 '실현'이라고 이름 붙였다. 『파란꽃』을 완성한 다음 6편의 소설을 더 쓰려는 것이 작가의 의도였다. 즉 물리적 세계·시민 생활·행동·역사·정치 그리고 사랑의 문제들을 마치 이 작품에서 시(詩)의 문제를 다루듯이 다루려는 구상이었다. 내가 다시 상기하지 않더라도, 올바로 이 작품을 이해한 독자라면 여기 나오는 것이 그 유명한 중세 독일의 궁정가인(宮庭歌人)과 그 시대를 환기할 만한 것이라 할지라도, 작가는 그 작품에서 그 시대, 인물과 아주 밀

착된 관계로만 있지는 않는다는 사실을 알게 될 것이다. 이 작가의 친구들만을 위해서가 아니라, 예술 자체를 위해서 그 독창성과 위대한 작가적 의도가 1부에서보다는 2부에 더 나와 있어 보이는 이 소설을 그가 끝내지 못했다는 사실은 대단한 손실이다. 왜냐하면 그에게 있어서는 이러저러한 사건을 표현하거나 시의 일면을 파악하고 그것을 인물과 이야기들을 통해서 설명하는 것이 중요한 일이 아니었기 때문이다. 그는 제1부의 마지막 부분에서 결정적으로 암시되었듯이 시의 본원적인 본질을 말하고 가장 내적인 의도를 해명하려고 했다. 따라서 자연·역사·전쟁 그리고 시민생활은 그 평범한 사건과 더불어 시로 바뀐다. 시는 이 모든 것들에 생명을 불어넣는 정신이기 때문이다.

나는 내 친구와의 대화에서 기억되는 것을 되도록 많이, 그리고 그가 남겨놓은 종이에서 되도록 많은 것을 모아서 이 책 제2부의 계획과 내용에 대한 생각을 독자에게 전달해 보고자 한다.

예술의 본질을 그 중심에서 파악한 이 작가에게 있어서 더 모순되는 것, 낯선 것은 없어 보인다. 수수께끼는 풀렸다. 마적(魔的) 환상을 통해서 모든 시대와 세계를 연결할 수 있으며, 또 모든 것은 놀라운 이적(異蹟)으로 변화한다. 이 책은 이런 식으로 꾸며져 있으며 독자는 제1부에서 아주 대담한 동화를 만나게 된다. 시대들이 서로 떨어져 있는 듯이 보이고, 한 세계와 다른 세계가 적대적으로 만나는 구별은 여기서 지양되고 있다. 이런 동화를 통해서 작가는 그 전이(轉移)를 제2부로 넘기려고 했는데, 여기서는 아주 평범한 것에서 가장 놀라운 것이 생기는 이야기가 그침 없이 펼쳐지면서 이 두 가지 요소를 서로 비교해서 설명, 보완하고 있다. 서시(序詩)에 담긴 정신은 한 장(章) 한 장이 끝날 때마다 되돌아오며 이러한 분위기, 그 사물에 대한 견해는 계속된다. 이런 방법을 통해서 그 보이지 않는 세계는 이 보이는 세계와 영원한 결합을 한 채 남아 있다. 이것을 말하는 정신이 시 그 자체이다. 그러나 동시에 그것은 하인리히와 마틸데의 포옹과 함께 탄생한 별(星)의 인간이기도 하다. 틀림없이 이 작품에 들어갈 것으로 보이는 다음과 같은 시에서 저자는 아주 가벼운 방법으로 이 책의 내적 정신을 표현해놓고 있다.

잊지 못할지어니.
숫자의 모습이 모든 생물의
열쇠가 아니라면,
노래하거나 키스하는 사람들이
깊은 지식의 학자들보다 더 많은 것을 알고 있다면,

이 세계가 자유로운 삶으로

그 삶은 또 세계로 되돌아올 때,

빛과 그림자가 다시

아주 맑은 명징성(明澄性)으로 통일될 때,

그리고 동화와 시 속에서

참된 세상의 이야기를 알게 될 때

그때 신비한 언어 앞에서

완전히 전도된 본질은 날아가버리리.

　하인리히가 말하는 정원사는 그전에 한번 그의 아버지로
나온 일이 있었던 바로 그 노인이다. 시엔느라는 이름의 젊
은 처녀는 그 노인의 딸이 아니라 호엔촐러른 백작의 딸이
며, 그녀는 동방에서 온 것이다. 그것도 아주 어렸을 때의
일이다. 하지만 그녀는 자신의 고향을 기억해낼 수 있다. 그
녀는 자신의 죽은 어머니에게 이끌려간 산에서 오랜 세월
동안 이상한 생활을 해왔다. 오빠를 일찍 여읜 그녀는 스스
로 무덤 곁에서 죽음에 매우 가까이 갔다. 그러나 여기서 그
녀는 아주 신기한 방법으로 한 늙은 의사를 구조해주었다.
그녀는 명랑하며 친절하고 이상한 일에 친숙해 있다. 그녀
는 시인에게 자신의 이야기를 들려준다. 그것은 사실 그녀
의 어머니에게서 들은 이야기였다……. 그녀는 그를 아주

한적한 수도원으로 보냈다. 그곳의 수도사들은 일종의 유령
으로 삼은 피난처 같은 모습이었다. 이곳의 모든 것은 마치
신비한, 마법의 오두막 같았다. 그들은 젊은 기분을 가진 성
화(聖火)의 사제들이었다. 하인리히는 형제들의 노랫소리가
멀리서 나는 것을 들었다. 교회 안에서도 그는 환영을 보았
다. 늙은 수도사와 함께 그는 죽음과 마법에 관해 이야기를
주고받았으며 죽음, 현자의 돌에 대해 예감하고 있었다. 그
는 수도원의 정원과 교회 마당을 돌아보았다. 교회 마당에
는 다음과 같은 시가 눈에 띄었다.

완전히 전도된 본질은 날아가버리리.
우리의 조용한 축제,
우리의 정원, 우리의 방을 찬양하라.
안락한 가구를,
우리의 재산을.
매일같이 새로운 손님들이 오네.
일찍 오는 사람들, 늦게 오는 사람들,
그 많은 무리 위에
삶의 불길이 항상 활활 타오르네.

수천 개의 어여쁜 그릇,

언젠가 수천 방울의 눈물에 젖고
금고리·씨앗·칼들은
우리 창고에 쌓여 있지.
수많은 장식품과 보석은
어두운 동굴 속에서 볼 수 있으니
아무도 재산을 헤아릴 필요 없네.
그것은 무수하니까.

옛날의 아이들,
회색 시대의 영웅들,
별을 보고 사는 거대한 정령들,
서로 기막히게 어울리네.
귀여운 여인들, 진지한 대가들,
아이와 노쇠한 늙은이들이
여기 한자리에 빙 둘러앉아
옛날 속에서 살고 있네.

아무도 괴로움을 지지 않을 것이며,
아무도 더 앞으로 나가려 하지 않네.
우리 가득한 테이블에
즐겁게 한때 앉아 있다네.

불평은 이제 더 들리지 않고
어떤 상처도 더 보이지 않네.
어떤 눈물도 닦지 않으며
모래시계만 영원히 가고 있지.

성덕(聖德)에 깊이 감동되고
행복한 관조에 침잠해서
하늘은 상쾌하게 떠 있네.
구름 한 점 없는 푸르름
주욱 뻗어 있는
봄의 목초지,
이곳에 이제 차거나 거친
바람은 한 점도 불지 않누나.

한밤중의 달콤한 매력,
은밀한 힘이 조용한 원을 그리며
기이한 놀이가 쾌감을 주네.
우리만이 당신들을 알고 있으리.
우리는 곧 강물에 우리 자신을 부어
물방울로 흐르면서
동시에 그 강물을 벌떡벌떡 들이킬

높은 목적이 있다네.

이제 우리의 사랑은 생활이 되었소.
원소(元素)처럼 아주 다정하게
우리는 존재의 물로 섞여 있으며
가슴과 가슴이 부딪쳐 소리 내네.
물은 서로 열망하면서 갈라진다.
원소들의 싸움이란
사랑의 가장 높은 생활
그리고 마음 가운데의 마음이니까.

감미롭게 찰랑거리는 물의 작은 바람을
우리만이 듣고, 또
행복한 눈으로 바라보며,
입과 키스 맛밖에는 보지 못하네.
우리가 만지는 모든 것은
뜨거운 발삼(香油)의 열매가 되며
부드러운 가슴이 되어
대담한 제물이 되네.

그리움은 자꾸 자라서 꽃을 피우네.

사랑하는 이에 꼭 매달려
그를 마음속 깊이 맞이하고
그와 더불어 한 몸이 되고 싶네
그의 갈망하는 마음을 막지 않고
변해 수척해가면서도
서로서로 살아가고 싶네
두 사람이 서로서로.

이렇듯 사랑과 욕망에
우리는 언제까지나 잠겨 있다오.
저 세계의 거칠고 흐린
불꽃이 꺼진 이후,
언덕이 닫힌 이후……
장작가리는 튀고
이제 땅의 얼굴은
구경하는 기분 속으로 녹아 없어지네.

추억의 마법
감미로운 관조의 성스러운 비감(悲感)이
우리 마음속 깊이 꿰뚫으면서
우리 열정을 식히네.

영원한 고통을 주는 상처가 있지.
깊은, 신적(神的)인 슬픔이
우리 모두의 가슴속에 깃들어
우리를 하나의 물로써 녹이네.

이 물속으로 우리는
은밀한 방법으로 우리 자신을 붓는다.
삶의 바다로
신(神) 깊숙이 부어 넣는다.
그리고 그 사람으로부터 우리는
우리 모여 있는 곳으로 되돌아오네.
가장 높은 단계에 있는 노력의 정신이
우리 소용돌이 속에 잠기네.

에메랄드와 루비가 달린
당신네 금쇠고리를 흔들라.
은빛 번쩍이는 허리띠 버클도
빛과 소리를 동시에 낼지어다.
축축한 나락(奈落)의 침대에서
무덤과 폐허로부터
두 뺨 위의 하늘장미가

울긋불긋한 우화의 나라로 떠오네.

우리 미래의 동료들이
그 온갖 친구들과 함께 있을 때
우리는 바쁘다는 것을
사람들이 알 수 있다면
그들은 환호하면서 죽어가리.
그 창백한 존재쯤 기꺼이 없애리······
오! 시간은 곧 지나간다.
오라, 사랑하는 이여. 빨리!

우리를 도와 지령(地靈)에나 묶어주게.
죽음의 의미를 가르쳐주고
생활의 언어를 발견하도록 말일세.
언젠가 당신을 뒤집어놓지.
당신의 힘은 곧 사라지리니.
당신의 빛은 바랠지어니
빨리 그대 지령에 몸을 묶으라.
당신의 시간은 바뀌었네.

이 시는 아마도 제2장의 서시로 다시 사용하려고 했던 것인지 모른다. 이제는 이 작품의 완전히 새로운 시대가 열렸다. 아주 조용한 죽음에서 지고의 삶이 튀어나왔다. 그는 죽은 사람들 사이에 기거하면서, 그들과 더불어 말을 나눈다. 이 책은 드라마틱하게 전개되면서 서사적인 톤을 개개 장면에 연결하면서 가벼운 설명을 한다. 하인리히는 느닷없이 전쟁으로 파괴된 불안한 이탈리아에 나타난다. 그는 야전사령관으로서 한 부대의 대장 자리에 있다. 전쟁의 모든 요소가 시의 색깔을 띠고 있다. 그는 적도(敵都)를 단숨에 공략한다. 여기서 하나의 에피소드로서 한 품위 있는 피사 지방 남자의 플로렌스 처녀에 대한 사랑이 등장한다. 전쟁의 노래가 불린다.

"위대한 전쟁은 철저하게 기품 있는 철학적인, 인간적인 결투와 같네. 고대 기사의 정신. 기사 놀이. 주신(酒神) 바쿠스의 슬픈 마음─사람들은 서로서로 죽여야 하네. 그것은 운명에 의해 몰락하는 것보다 고귀하다. 그들은 죽음을 찾으니까. 명예·명성은 전사(戰士)의 욕망이며 생활이지. 죽음 속에서, 그리고 그림자로서 전사는 살아간다. 죽음의 욕망은 전사의 정신이네. 땅 위에는 전쟁이 세상이요, 전쟁은 땅 위에 있어야 하리."

피사에서 하인리히는 황제의 아들 프리드리히 2세를 만났는데, 그는 하인리히의 친한 친구가 되었다. 로레토로 그는 가리라. 수많은 노래가 여기서 뒤따르리라.

시인은 어느 강에 의해 희랍으로 표류하여간다. 영웅들과
예술작품들로 꽉 찬 고대(古代)가 그의 기분을 충족시켜준
다. 그는 한 희랍 사람과 그들의 도덕에 관해서 이야기한다.
모든 것은 그에게 그 시대의 것으로 나타난다. 그는 고대의
모습과 역사를 익힌다. 희랍의 국가 제도와 신화에 관해 대
화를 나눈다.

하인리히는 영웅시대와 고대를 익히고 나자, 어린 시절부
터 동경해 마지않았던 동방으로 간다. 그는 예루살렘을 방
문한다. 그는 동방의 시를 배운다. 이교도와의 기이한 사건
으로 인해서 그는 동방의 한 처녀가 있는 가정을 찾아낸다
(제1부에서 포로로 잡혀 왔던 여인). 그들은 유목민의 후예였다. 페
르시아의 동화도 만들었다. 아주 태곳적 옛날이 추억되었
다. 책은 갖가지 사건들 속에서도 똑같은 성격을 유지했음
이 틀림없다. 항상 파란꽃을 추억하고 있었다. 동시에 아주
까마득한 그리고 서로 다른 전설이 연결된다. 희랍·동방의
전설, 성서와 기독교의 전설, 그리고 인도와 북극의 신화가
추억과 암시의 형태로 이어진다. 십자군, 해상생활……
하인리히는 로마로 간다. 로마 역사의 시대다.

많은 체험을 쌓고서 하인리히는 독일로 되돌아온다. 그는
자기 외할아버지, 사려 깊은 성격의 클링스오르를 찾는다.

노인은 그 사회에 그대로 있었다. 두 사람은 저녁에 대화를 나눈다.

하인리히는 프리드리히의 궁정에 있는 자신을 발견한다. 그는 황제를 개인적으로 알게 된다. 궁정은 매우 품위 있는 현상을 보여주었다. 전 세계에서 가장 훌륭하고 위대하고 기막힌 사람들의 글들을 모았던 것인데, 황제는 그 중심에 있었다. 여기에 어마어마한 광휘와 위대한 세계가 나타난다. 독일의 특성과 역사가 극명하게 드러난다. 하인리히는 황제와 함께 지배에 대하여, 황권(皇權)에 대하여, 그리고 아메리카와 동인도에 대한 어두운 이야기를 나눈다. 한 영주의 분별력. 신비스러운 황제.

하인리히는 제1부 '기대' 편에서보다 훨씬 새롭고 대규모적인 방법으로 다시금 자연·삶·죽음·동방·역사 그리고 시를 체험하고 난 다음, 그 옛날 고향에서와 같은 기분으로 되돌아온다. 세계와 그 자신에 대한 이해에서 정화(淨化)로 향하는 충동이 발생한다. 아주 기막힌 동화의 세계가 매우 가까워진다. 그의 가슴이 모든 것을 이해하는 데에 있어 완전히 열린 까닭이다.

궁정가인의 노래 수집에서 우리는 하인리히 폰 오프터딩겐과 클링스오르가 다른 시인들과 벌이는 비교적 이해하기 힘든 노래 시합을 보게 된다. 저자는 이 시합 대신에 다른 시의 싸움을 표현하려고 했었다. 종교와 미신의 노래를 부름으로써 선과 악의 싸움을, 눈에 보이지 않는 세계에 대해서 눈에 보이는 세계를 대비시키려 했다.

정열에 못 이긴 시인은 술 취하기에 있어 목숨을 건 내기를 한다. 학문은 시가 되고, 수학까지 이와 더불어 싸운다. 인도의 식물들이 노래로 불린다. 인도의 신화는 새로운 정화를 맛본다.

이것이 이 지상에서의 마지막 장면이며, 그 자신의 정화로 향하는 전이 과정이다. 이것이 전 작품의 해결이며 제1부를 매듭짓는 동화의 실현이다. 모든 것은 초자연적이면서도 동시에 자연적인 방법으로 설명되며 완성된다. 우화와 진실, 과거와 현재 사이의 벽은 무너진다. 신앙, 환상, 시가 그 극도의 내적인 세계를 열어주는 것이다.

하인리히는 소피의 나라, 자연으로 온다. 그가 클링스오르와 함께 몇 개의 이상한 부호와 예감에 대해 이야기를 나눈 다음부터 알레고리가 되어버린 그녀의 세계로 온다. 그 예감은 그가 우연히 듣게 된 옛날 노랫소리에서 주로 깨어나는데, 거기서는 으슥한 곳에 있는 깊은 물로 묘사된다. 이 노랫소리를 통해서 오랫동안 잊고 있던 추억이 깨어난다. 그는 물을 찾아가다가 작은 금열쇠를 발견한다. 그 열쇠는 얼마 전에 까마귀란 놈이 뺏어갔던 것으로 다시 찾을 수 없었던 물건이었다. 이 열쇠는 마틸데가 죽은 지 얼마 안 되어 한 노인이 그것을 황제에게 가져다주라고 이르면서 준 것이었다. 그러면 황제는 그것과 관계있는 무슨 말을 하리라는 것이었다. 하인리히는 황제에게로 갔는데, 황제는 뛸 듯이 기뻐하면서 그 금열쇠를 우연히 가져오는 사람에게 그것을 읽도록 한다는 글귀가 쓰인 증서 고본(古本)을 그에게 건네주었다. 그 열쇠를 가져오는 사람은 어느 은밀한 곳에서 옛날의 부적 장식품, 즉 그 자리가 아직 비어 있는 왕관용 홍옥을 발견하리라는 것이다. 그곳이 어딘지도 그 고문서에 쓰여 있었다.

이 기술(記述)에 따라서 하인리히는 산으로 가는 길을 나섰다. 그는 중간에 그와 그의 부모에게 처음으로 파란꽃 이야기를 하던 낯선 사람을 만났다. 그 사람은 하인리히에게 계시에 대해서 말했다. 그는 산속으로 들어갔으며 시엔느가 충직하게 그를 따랐다. 얼마 안 가서 하인리히는 공기와 물, 이 지상의 자연보다 아주 기이한 종류의 꽃과 짐승들이 있는 곳에 이른다. 곧 여기저기 서시가 구경거리로 바뀌었다.

"인간, 동물, 식물, 돌 그리고 별, 원소, 소리, 색깔들이 모두 한 가족처럼 한데 어울려서 한 종족처럼 행동하고 말하네. 꽃과 동물은 인간에 대해서 말하네. 동화의 세계가 완전히 보이며 현실 자체도 동화처럼 보이네."

그는 파란꽃을 보았다. 그것은 홍옥을 들고 자는 마틸데이다. 한 작은 소녀, 그와 마틸데의 말이 관 옆에 앉아 있었는데, 그 아이가 그를 젊어지게 했다.

"이 아이가 태고 시대요, 최후의 황금 시기라오. 여기서 기독교 신앙은 이교와 화해한다오. 오르페우스의 이야기, 프시케*의 이야기, 그리고 다른 것들이 노래가 되다."

하인리히는 파란꽃을 꺾었으며 마틸데를 그 마법에서 풀어내었다. 그러나 그녀는 다시 그 앞에서 없어져버렸다. 그는 고통스럽게 앞을 바라보다가 돌이 되어버린다.

"네다(파란꽃, 동방의 여인, 마틸데)는 돌에 몸을 바쳤네. 그는 소리 울리는 나무가 되었지. 시엔느는 그 나무를 베어 넘겨서 그와 함께 불타버렸네. 그는 금(金)양이 되었지. 네다, 마틸데는 그를 신에게 바쳤다네. 그는 다시 사람이 되었지. 이렇게 변신하는 동안 그는 갖가지 대화를 나누었다네."

마틸데가 동시에 동방의 여인과 시엔느라는 것은 행복한 일이다. 감정의 즐거운 잔치가 벌어졌다. 앞서간 모든 것은 죽음이다. 최후의 꿈과 깨어남.

"클링스오르가 다시 아틀란티스†의 왕이 되어 오네. 하인

---

* 희랍 신화에서 에로스가 사랑한 미녀.
† 희랍 사람이 대서양에 있다고 생각한 전설의 섬.

리히의 어머니는 환상이며, 그 아버지는 정신이라오. 슈바닝은 달이며, 광부는 고물 연구가이자 동시에 쇠붙이이지. 프리드리히 황제는 아르크투르이네. 호엔촐러른의 백작과 상인들이 다시 오는군."

모든 것이 하나의 알레고리가 되어 흐른다. 시엔느가 황제에게 돌을 가져다준다. 그러나 하인리히는 이전에 상인들이 그에게 이야기해주었던 그 동화에서 나와 그 스스로 시인이 되었다.

복 받은 나라는 사계(四季)의 변화가 무상한 가운데 오직 마력에 의해서 인도된다. 하인리히는 태양의 나라를 파괴해버렸다. 시작만 쓰여 있는 위대한 시와 함께 이 작품은 끝나게 된다.

사계(四季)의 결혼

새 군주가 깊은 생각에 잠겨 있네. 그는 이제
밤의 꿈을 생각하고 이야기도 생각하지.
그가 처음 하늘의 꽃 이야기를 듣고
또 보았을 때
예지로 조용히 강한 사랑을 느꼈지.
깊이 울리는 소리를 들은 것 같은 생각이 아직 들고

손님은 막 정다운 좌중을 떠나네.

흐릿한 달빛이 덜커덩거리는 창문을 밝혀주니

젊은이의 가슴엔 불길이 광란하네.

왕은 물었지.

"에다. 사랑하는 사람의 가슴에 가장 절실한

바람은 무엇이뇨? 말 못 할 그의 고통이 무엇이뇨?

말해보게. 우리 그를 도와줌세, 우리 힘은 세니.

이 시대는 황홀하리, 이제 그대 다시 천상을 행복게 하리."

"이 시대가 그렇게 딱딱하게 나오지 않는다면,

미래를 현재와 그리고 과거와 맺을 수 있다면,

봄을 가을에, 여름을 겨울에 묶고,

젊은이와 늙은이가 한 쌍이 되어 어울려 놀 수 있다면,

그렇다면, 내 예쁜 애인이여, 고통의 샘을 바싹 마르게 하리.

모든 감정의 희망이 그 가슴에 허락되리다."

그러자 왕후가 나서며 그 아름다운 애인을 다정하게 껴안

았네.

"과연 그대는 천상의 언어를 말하는군요.

벌써 입속에서 깊은 느낌으로 떠돌았으나

그대에게서 비로소 맑고 멋지게 울리는군요.

마차는 빨리 지나가버리니, 우리는 첫째로

그 세월의 시간 그리고 또 인간의 시간을 구하리."

그들은 마차를 타고 태양에게로 가 우선 낮, 그다음엔 밤, 그리고 또 그다음에는 북쪽을 겨울용으로, 남쪽을 여름용으로 구했다. 동쪽에서는 봄을 가져왔으며, 서쪽에서는 가을을 가져왔다. 그러고 서둘러 젊음으로 달려갔다가, 그다음엔 늙음으로 뛰어갔고, 과거로 또 미래로 달렸다.

이것은 나 자신의 기억, 그리고 내 친구의 종이에 남겨진 몇 마디의 글씨와 그 암시로써 독자에게 내가 전할 수 있는 전부이다. 이 커다란 과제의 완성은 새로운 시를 위해 남겨진 하나의 기념이리라. 나는 여기서 나 자신의 환상에 의해 무언가 삽입하는 위험에 빠지느니보다 차라리 서툴고, 또 짧은 그대로 끝내려 한다. 아마도 많은 독자에게 이 작품은 경건하면서도 슬픈 마음으로 라파엘이나 혹은 코레기오의 깨어진 그림 한 조각을 관찰하지는 않을 나만큼 감동적일 것이다.

파란꽃, 낭만주의를 열다

　낭만주의는 노발리스로부터 비롯된다. 물론 낭만성 혹은 낭만적 기질이라고 할 때, 그 뿌리는 훨씬 이전부터 있었으며, 그 시점을 분명히 하는 일은 쉽지 않다. 특히 독일 문학의 경우 그 본질과 특징 전체가 낭만주의적이라고 할 수 있으므로, 어떤 의미에서 독일 문학사의 기원과 관련하여 그 뿌리를 더듬어보는 일이 자연스러울 것이다. 그러나 논의를 좁혀 특정한 문학사조로서의 낭만주의, 즉 18세기 후반의 그것으로 관심을 집중시킬 때, 그 중심에는 언제나 노발리스가 있다. 노발리스는 그 한 몸에 낭만주의의 모든 성격을 그대로 갖고 있으며, 그의 작품들은 바로 낭만주의의 매니페스트가 된다. 『파란꽃』은 그 가운데서도 대표작이다. 따라서 이 작품은 세계 낭만주의 문학을 최초로 대변하는 소설이라고 할 수 있다.

『파란꽃』의 원제는 '하인리히 폰 오프터딩겐Heinrich von Ofterdingen'이며, 노발리스의 본명은 프리드리히 폰 하르덴베르크Friedrich von Hardenberg이다. 1771년 5월 2일 맨스펠트주의 오버비더슈테트라는 곳에서 태어난 노발리스는 명문 하르덴베르크가(家) 11남매 중 하나였다. 18살 때 예나 대학에 입학, 칸트 철학을 공부했고, 다시 라이프치히 대학과 비텐베르크 대학에서 법학을 전공했다. 그러나 당시 많은 대학생이 그렇듯이 노발리스 역시 여러 분야의 학문을 광범위하게 섭렵했다. 역사학·신학·수학·물리학·화학 등 서로 달라 보이는 다양한 공부를 했는데, 특히 광물학·지질학·의학·행정학에도 깊은 관심을 가졌다는 사실은 그의 다재다능을 알게 해준다. 책을 읽을 때는 손에 펜을 들고서 중요한 것들을 그때마다 체크하기를 즐겼던 노발리스는 짐작과는 달리 체구가 상당히 컸다고 한다. 빛나는 갈색 눈에 몸매는 날씬했다. 게다가 손과 발은 씨름 선수처럼 큰 편이어서, 섬세한 그의 문학과는 사뭇 다른 인상이었던 것 같다. 이러한 사실은 소설『파란꽃』, 장시「밤의 찬가」의 이미지와는 상충한다. 병약하고 섬세한 감수성, 29살의 나이로 요절한 청년의 모습과는 다를 수밖에 없다.

노발리스는 법학 국가시험을 통과한 뒤 튀링겐주의 작은 마을에서 관리 생활을 한다. 이러한 프로필도 뜻밖이다. 과연 그는 낭만주의자에 대한 일반적인 연상과는 다르게 근면하고 성실하게 직장생활을 했던 것으로 전해진다. 다른 한편, 그는 당대의 피히테 철학에 매료되어 이를 개인적으로 깊이 탐구한 것으로 보이는데, 피히테가 낭만주의 일급 이론가였다는 점을 고려할 때 그에게 받은 영향이 적지 않았을 것으로 판단된다. 피히테에 몰두하기 이전 그는 실러에 큰 감화를 받았던 것으로 알려져 있으며, 스피노자에도 한때 심취했다고 한다. 그러나 이 같은 생활은 피히테에 대한 탐닉과 더불어 소피 폰 퀸Sophie von Kühn이라는 13살 소녀를 알게 되면서 급반전을 맞이한다. 그녀는 노발리스의 일생을 완전히 바꾸어버린 것이다.

소피와의 만남은 노발리스가 시인으로서의 운명을 새롭게 시작하게 되었음을 의미한다. 습작이나마 그가 글을 끄적거렸던 것은 대략 16살 전후로 알려진다. 이후 피히테 철학에의 관심과 예나 대학에서의 초기 낭만파 작가들과의 교류가 글쓰기 관심을 성숙시켰음은 분명해 보인다. 그러나 뒷날 슐레겔Friedrich Schlegel이 감탄했듯, 소피를 발견한 다음부터 그의 문학적 감수성은 엄청난 개안을 하기에 이르렀다. 슐레겔은 말한다. "노발리스는 소피를 이야기할 때마다 시인이 되었다"라고. 결국 그는 그녀와 만난 그해 가을, 그녀의 어린 나이에도 불구하고 급기야 약혼까지 한다.

두 사람의 만남은 소피가 불치의 병에 걸리면서 더욱 급속도로 긴밀해진다. 그녀의 병이 도저히 치유될 수 없는 것으로 밝혀지면서 노발리스는 스스로 의학 공부에 뛰어들었다. 가톨릭에서 개신교로 옮겨간 그는 기도에도 열심히 매달렸다. 그러나 마침내 그녀는 1797년 3월 19일, 15살의 어린 나이로 세상을 떠났다. 그 순간 노발리스의 영혼도 그녀를 따라간 것 같았다. 그는 정신을 놓은 상태에서 일상의 질서 바깥으로 튕겨 나왔다. 멍한 모습으로 있기 일쑤였고, 이 세상과 환상을 착각한 채 매일매일을 보냈다. 소피의 무덤에 엎드려 몇 날 낮밤을 울면서 지새다가 그녀의 환영을 만나고 마치 실성한 사람처럼 대화를 나누기도 했다. "새벽이 여명을 바라보는 사이, 어느새 날은 저물고 밤이 되었다"라는 노발리스의 독백에서 그즈음의 시인 의식이 만져진다. 소피는 실로 그의 전 세계였다. 장시 「밤의 찬가」는 이 시간과 체험의 산물이라고 할 수 있다.

그녀가 영영 떠나버린 지 한 달도 채 못 된 어느 날, 그러니까 그해 4월 14일, 그는 가장 사랑하던 동생 에라스뮈스도 저세상으로 가는 불행을 연이어 겪게 되면서 삶과 죽음

사이의 세계에 대해 깊은 회의와 인식에 빠진다. 이승과 저승, 유한한 것과 무한한 것, 현실과 환상의 이원적 대립과 갈등 속에 앉게 된 것이다. 이로부터 시인은 양자를 극복하고 통일하려는 높은 의지를 달구면서 문학 작품의 창작에 열정을 쏟는다. 소피의 죽음을 통해서 시인으로서의 성숙한 단계에 올라선 그는 슬픔을 추스르고 셸링 철학의 생명론과 신비주의 등을 두루 섭렵하면서 정신적으로 더욱 성장한다. 남부 독일의 프라이부르크로 거처를 옮기고 광물학, 지질학을 비롯한 자연과학에 관해 적잖은 연구를 하기도 했다. 이 사이 그는 그곳에서 율리 폰 카르펜티어Julie von Charpentier 라는 새로운 소녀를 만나 사랑을 느끼게 된다. 죽은 소피와 비슷한 용모의 그녀에게서 강렬한 인상을 받은 그는 1798년 그녀와 다시 약혼할 정도로 사랑에 불을 붙였다. 율리 또한 소피에 대한 시인의 마음에 크게 공감함으로써 두 사람의 관계는 뜨거워진 것이다.

두 연인 사이의, 이번에는 성공할 듯했던 사랑은, 그러나 노발리스의 뜻하지 않은 죽음으로 너무 빠른 종말을 보게 되었다. 소피와의 사별에 따른 상심에서 겨우 돌아와 열심히 창작에 매달려 괄목할 만한 성과를 보여주기 시작할 무렵, 노발리스의 건강은 갑자기 나빠지기 시작했다. 1801년 3월 25일 그는 조용히 숨을 거두고 소피의 곁으로 가버렸다.

그의 운명을 지켜본 슐레겔은 "인간이 그처럼 아름답게 죽는다는 것은 생각할 수 없는 일이었다"라고 썼다.

소설 『파란꽃』은 13세기 초 기사 시인이었던 발터 폰 포겔바이더Walter von Vogelweider, 볼프람 폰 에셴바흐Wolfram von Eschenbach 등과 노래 시합을 벌였다고 전해지는 전설 속의 시인 하인리히 폰 오프터딩겐을 주인공으로 한 장편이다. 괴테의 『빌헬름 마이스터의 수업시대』와 더불어 유럽에서 발생한 최초의 소설 양식으로 평가되는 이 작품은, 그 형식과 내용 모든 면에서 새로운 시도로 구성되어 있다. 노발리스는 『빌헬름 마이스터』가 지닌 예술적 형식을 높이 평가했지만, 작품의 전개와 그 범주가 철저히 현실 지평에만 머물러 있는 것을 한계로 생각했다. 말하자면 다루는 대상을 전 자연계로 넓히는 한편, 환상을 포함한 현실에 총체적으로 접근하고자 한 것이다. 따라서 『파란꽃』이 지닌 초현실적인 환상의 세계, 현실과 꿈이 겹쳐지는 중층적 이미지의 세계는 작가의 적극적 의도의 산물이다. 그는 눈에 보이는 가시적 대상에서만 현실을 인식하는 것을 배척하고 꿈의 세계, 자연 속 신비의 세계, 과거와 미래 등 보이지 않는 시간의 세계에 모두 도전했다. 현실 인식의 온전한 완성은 이 같은 방법에 따라서 비로소 수행된다는 생각이었는데, 이것이 바로 낭만주의적 세계관이라고 할 수 있다.

"비천한 것에 고상한 의미를, 평범한 것에 신비스러운 외관을, 이미 알려진 것에 새로운 품격을, 유한한 것에 무한한 모습을 부여한다"라는 저 유명한 「단장Fragment」 속 선언은 이 같은 그의 전면적·상대적·종합적인 사물 인식을 반영한다.

주인공 하인리히는 이 소설의 첫머리에서 꿈을 꾸는데, 그것이 바로 파란꽃 꿈이다. 그리고 그 꽃 한가운데에 아름다운 처녀의 얼굴이 나타나 미소를 짓는다. 그 모습은 하인리히에게 행복에 가득 찬 미래를 약속하는 듯 보인다. 하인리히는 마침내 그 처녀를 찾기로 하고 길을 떠난다. 집을 떠난 그에게 이 세상은 다양하고도 거칠었다. 그는 상인도 만나고 군인도 만났으며 세상을 아예 등지고 살아가는 은둔자도 만났다. 만나는 사람들, 만나는 것들마다 그에게는 새로움이며, 찬탄과 경이의 대상들이었다. 이러한 편력을 통해서 하인리히는 지금까지의 온실과도 같은 성장 시절에서 벗어나 갖가지 현실 체험을 쌓아간다. 그 과정은 그대로 한 인간의 발전 과정이라고 할 수 있다. 독일소설을 통해 탄생한 교양소설 혹은 성장소설Bildungsroman이라는 양식은 '마이스터'소설과 함께 이 『파란꽃』이 그 효시라고 할 수 있다. 주인공은 여기서 꿈과 현실의 일치를 모색하면서, 드디어 외가가 있는 아우크스부르크에 도착, 마틸데라는 아름다운 처녀와 상봉한다. 그녀를 보는 순간 하인리히는 곧 그녀가 꿈에 본 파란꽃임을 직감, 둘 사이에는 사랑이 일게 된다.

하인리히와 마틸데의 사랑은 그 과정과 성격 자체가 바로 낭만주의 문학의 내용에 적절히 상응한다. 가령, 마틸데의 아버지 클링스오르가 두 사람에게 주는 격려의 메시지 가운데 "사랑과 성실은 너희들을 영원한 시로 만들어줄 것"이라는 전언은 그 자체가 낭만주의 이론의 요체이다. 이와 더불어 이어지는 클링스오르의 이야기는 상징적인 동화의 기능을 띠면서 사랑과 성실의 문학적 성격을 그 기초에서부터 서서히, 단단히 쌓아 올리고 있다.

소설은 제1부 기대와 제2부 실현 그리고 루트비히 티크의 속편으로 이루어져 있는데, 특히 전 9장으로 구성된 제1부 제9장과 제2부는 상징구조로 되어 있어서 약간의 해석을 요구한다. 무엇보다 주인공들의 이름들이 그렇다. 파벨, 슈라이버, 에로스, 프라이아, 기니스탄, 아이젠, 징크, 골트 등등의 이름들은 그저 단순한 고유명사가 아니라 그 자체가 일정한 뜻을 가지고 소설 속에서 상징 기능을 행한다. 예컨대 파벨Fabel은 우화라는 뜻으로서, 낭만주의에서 문학은 결국 우화임을 내비치고 있다. 따라서 주인공 파벨의 대화와 그 움직임은 문학이 있어야 할 자리에 대한 설명이 된다. 그런가 하면 슈라이버Shcreiber란 기록하는 사람·서기·서생 (書生)의 의미로서, 문학의 기능과 배치된다. 문학이 단순한 문자의 기록 아닌 언어의 상징성에 기반을 둔 형상물이라면, 기록은 그저 지시적 언어, 일상적 언어의 나열에 불과한 것이다. 흔히 이야기되는 랑그와 빠롤의 마주 보는 모습이 파벨과 슈라이버를 통해 투영되는데, 양자는 또한 낭만주의와 계몽주의를 대변하기도 한다. 이런 식으로 프라이아는 사랑의 신을, 기니스탄은 유모를 뜻하며, 소피는 지혜를 의미한다. 계몽주의의 합리성과 기록성을 넘어서 사랑과 환상을 지향하는 낭만주의에서 참된 문학, 참된 인간을 발견한다는 메시지를 제9장과 제2부를 통해 노발리스는 완성해간다. 이것이 이른바 '클링스오르 동화Klingsohrs Märchen'이다.

오늘날 세계문학에서 낭만주의 작품의 대명사가 되다시피 한 소설『파란꽃』은 그것이 의미하는 사상의 깊이에 있어 환상적이니 몽환적이니 하는, 일견 부정적인 평가에만 몸을 내맡길 정도의 이른바 분위기 소설은 아니다. 그렇기는커녕 이 작품『파란꽃』은 우주의 근원에 대한 끊임없는 질문을 체험과 관념 양면을 통해서 꾸준히 반복하고 있으며, 그리하여 그 기저에는 인간과 인간, 나아가서는 인간과 동식물, 무생물인 사물 그리고 사물과 사물 사이에 사랑이 깔려 있다는 사실을 해명해놓은 위대한 사상서이다. 이뿐만 아니라 이 작품을 조심스레 읽는 독자라면, 기독교와 동방 문화라는 지역적 상위(相違) 그리고 태고시대와 알 수 없는 미래라는 시간적 이질(異質)을 한 통일된 순간 속에서 용해하려는 작가의 뜨거운 집념을 발견하고 놀랄 것이다. 상징임이 분명한『파란꽃』은, 말하자면 이러한 통일, 용해, 중심의 순간에 붙여진 성스러운 이름이다. 그것은 결코 현실도피를 위한 소녀적 감상의 달콤한 꽃 이름과는 근본적으로 무관하다.

소설『파란꽃』에서 우리가 얻게 되는 또 하나의 소득은 주인공 하인리히의 독백, 혹은 대화를 통해서 알게 되는 이 작가의 놀라운 시 혹은 시인관이다. 시인은 광인(狂人)이자 성자(聖者), 동시에 예언자라고 믿었던 노발리스는 여기서 위대한 시인으로의 도달이 바로 조화와 통일의 세계를 바라볼 수 있는 능력의 획득과 동의어임을 노골적으로 시사하고 있다. 여기에는 그의 언어에 대한 탁월한 인식도 중요한 몫을 담당한다. 가령 클링스오르의 동화 가운데에서 슈라이버의 마술을 보라. 물에 담갔다 꺼낼 때마다 나타나는 부호, 우리는 거기서 언어의 창조적 기능을 엿볼 수 있다. 세계는 존재하는 것이지만, 그것이 존재한다는 것을 우리에게 알리는 일은 항상 언어를 통해서만 가능하다. 우리는 언어를 발생시킴으로써 우리와 사물 사이에 관계를 탄생시키며, 사랑을 맺고 더불어 엉겨들 수 있다. 현대문학에서 언어의 기능을 이미 암시하는 내용을 이 작품이 포함하고 있다는 것은 썩 주목할 만한 일이다. 언어의 능력과 함께 시인이 되기 위한 조건으로서 그가 제시하는 것은 시인과 자연의 합일성(合一性)이다. 이 역시 하인리히와 클링스오르의 대화에서 분명하게 드러난다. 흔히 시는 감수성의 산물이라고 한다. 시인 또한 사물에 대한 민감한 감응력이 그 최고의 미덕으로 찬양된다. 그러나 노발리스는 그것을 충분한 조건으로 삼는 데 반대한다. 만약 우리가 낭만주의라는 말을 아주 감상적으로 받아들이고 파란꽃이라는 제목을 마찬가지의 단견으로 이해한다면, 노발리스의 이와 같은 소견에 잠시 어리둥절해질지도 모른다.

　노발리스는 자연이 함축하고 있는 양면성을 강조한다. 독자들은 여기서 하인리히를 향한 클링스오르의 시인 설법 장면으로 되돌아 가보아도 좋을 것이다. 그는 시인이란 감정만으로 되는 것이 아니라고 말한다. 오히려 흥분의 순간에도 그를 감추고 의연히 서 있을 힘이 있어야 한다고 말한다. 그것은 마치 즐겁게 지저귀는 봄날의 종달새, 화원에 곱게 핀 한 떨기의 예쁜 꽃에서만 자연을 보는 어리석음과 같다는 것이다. 자연이란 어떤 것인가. 천둥 치며 번개 치는 검은 하늘, 폭풍우와 홍수 속의 공포, 산이 무너지고 땅이 꺼지는 태곳적 그날을 자연에 대한 연상 속에 담아본 적이 있는가 하고 그는 묻고 있다. 요컨대 자연은 무소부재, 전지전능하며 시인 역시 이에 합일성을 갖는 만능 인간이어야 한다는 것이 그의 생각이다. 따라서 최고의 순간을 표상하는 파란꽃—그것은 바로 시인 자체의 얼굴일 수도 있다.

노발리스는 짧은 생애에 비해 너무 많은, 너무 위대한 업적을 남기고 떠난 일종의 천재적 거인이다. 그의 중요한 작품들로는 『파란꽃』 「밤의 찬가」 이외에 『자이스의 제자들Die Lehrlinge zu Sais』(1798) 그리고 「단장Fragmente I·II」과 「일기」 등 많은 시가 있다. 산문에서보다 오히려 시에서 재질을 발휘, 장시 「밤의 찬가」를 비롯한 수많은 시를 남긴 그는 비단 문학 영역에서만 그 이름을 떨친 것이 아니었다. 독일에서 가장 괜찮은 탄전지대(라이프치히와 차이츠 사이 지방)를 발견했는가 하면 암염정제법(巖鹽精製法)을 개발하기도 했고, 아담 뮐러의 낭만주의 국가관의 기초를 마련하는 등 정치학계에도 영향을 끼쳤던 것으로 알려진다. 무엇보다 「기독교 정신 혹은 유럽Christenheit oder Europa」이라는 논저는 기독교와 문학 사이의 바람직한 관계에 대한 모색으로서, 현대에 와서 그 중요성이 더욱 강조되고 있는 역저이다.

노발리스의 책은 그가 죽은 바로 그다음 해(1802) 생전의 친구들인 F. 슐레겔과 L. 티크가 2권으로 된 선집을 간행한 이래, 지금까지 독일에서만 아홉 종류가 나와, 작품 발행 회수에 있어서 독일의 다른 낭만주의 작가들을 월등히 앞섰다. 외국에서도 그의 저술 출판은 활발한 편이어서 대략 삼십여 종을 헤아린다. 이 책 뒤에 붙은 주가 많은 것도 이처럼 빈번한 텍스트 출판으로 인해서 빚어지는 상위점들을 보완하기 위한 것으로 보인다. 이 책의 번역 텍스트는 『노발리스Novalis, Hymnen an die Nacht, Heinrich von Ofterdingen』(골트만 문고판 507번)을 사용했으며 그 텍스트 181쪽에서 188쪽에 이르는 '단장' 부분은 번역에서 제외, 생략했다. 앞으로 더 훌륭한 번역본이 나오기를 바란다.

노발리스는 그의 소설을 아마 1798년에 이미 시작했던 것 같다. 제1부는 1800년에 완성되었다. 1802년에 제2부의 처음 부분과 함께 이를 처음 출판했으며 티크가 뒤를 이어 썼다. 그 뒤에 클루크혼 판이 나왔으나 이 초판본이 텍스트 구실을 한다. 맞춤법과 부호는 현재 사용되는 규칙에 따랐다.

1. 다음 시는 필사본으로도 그대로 전승되고 있다. 처음 5연(聯)은 필사본과 인쇄본이 서로 조금씩 어긋난다. 이에 반해 마지막 두 연은 원본이 훨씬 자유분방하다. 이 시에서 『빌헬름 마이스터』에서의 '필리넨의 노래' 영향을 발견한다면(클루크혼 판 제1권 89쪽) 그것은 특히 필사본에서 그러하

다. 그 마지막 두 연은 다음과 같다.

모든 취미를 닫아버리고,
돌처럼 차갑게 행동하며
아름다운 눈으로 인사도 하지 않고
고독하게 그저 근엄히 있으면서
누구의 청에도 응하지 않는 것
그것이 우리 젊은이의 생활인가요?

한 처녀의 괴로움은 대단합니다.
그녀의 가슴은 그렇듯 뜨거운데
아, 우리 불평의 대가로
한 노인이 키스를 해주네.
어서 예쁜 자유인이 되어
가슴과 침대를 우리와 함께 나누리.

2. 이 노래도 필사본 안에 들어 있다. 달라진 것은 물론 아주 사소한 것이다. 시의 성격에 영향을 미칠 만한 내용은 아무것도 없다.

3. 원래는 여기에 다음 여섯 줄의 시가 붙어 있다.

하나는 전체로, 또 전체는 하나로
식물과 돌들 위에 걸린 신의 모습
인간과 동물 속에 깃든 신의 정신
인간은 이것을 감정 속에 이끌어 넣어야 하리.

공간에, 시간에 따른 질서는 더 이상 존재하지 않네.
여기서는 과거 속에 미래가 있지.

4. 『하인리히 폰 오프터딩겐』의 제2부 도입부에 대한
첫 계획은 '얼굴'이라는 제목 아래 짜여 있다고 전해진다.

땅은 점점 부풀더니 울퉁불퉁해지고 겹겹이 되어버렸다.
산등은 사방으로 십자 모양이 되어 갈라졌다. 계곡은 깊어
지고 가파르게 되었다. 바위들은 곳곳에 드러났으며, 검은
숲 너머로는 깎아 세운 듯한 균열이 튕겨 나왔다. 관목 덤불
이 별로 덮여 있지 않은 듯했다. 길은 비탈로 나서는 산꼭대
기로 향했다. 푸른 평원이 여기서는 아주 새까맣게 보였으
나, 갖가지 산식물들은 오히려 울긋불긋한 꽃을 보여주고
있었다. 그 아름다운 모습, 풋풋한 냄새는 아주 안온한 인상
을 던져주었다. 그곳은 매우 고적해 보였다. 그저 멀리서나
목자들의 종소리가 들려올 뿐이었다. 절벽 아래에서는 시냇

물 흐르는 소리가 들렸다. 숲은 산 옆에 갖가지 더미를 쌓아
놓은 듯했는데, 사람의 눈을 유혹해 그 서늘한 내음 속에서
정신을 잃을 정도였다. 몇 마리의 맹금(猛禽)이 태곳적부터
의 전나무 꼭대기 위를 빙빙 돌고 있었다. 하늘은 어두웠으
나 투명했다. 가벼운 뜬구름 몇 조각만이 반짝이면서 그 푸
른 하늘을 서서히 이동하고 있었다. 좁은 산길 위로 평지에
서부터 한 나그네가 천천히 올라가고 있었다. 정오는 지났
다. 꽤 세찬 바람이 불었으나 그 탁한, 이상한 음악은 멀리
사라져갔다. 그 음악 같은 바람 소리는 나뭇가지에서 큰 소
리를 윙윙 울렸는데, 이따금 그 끝음절과 몇 마디 단어는 사
람의 말소리를 능가하는 것 같았다. 공기가 움직이니까 햇
빛도 움직이면서 흔들리는 듯했다. 모든 물건이 불확실한
빛을 지니고 있었다. 나그네는 깊은 생각에 잠겨서 걸었다.
얼마 후 그는 아래만 푸르고 위는 시들고 꺾여진 고목 아래
에 있는 큰 돌 위에 앉았다……. 혼자서 중얼거렸다.

　얼마쯤 더 가니까 폐허가 나타나고, 버려진 움막이 나타
났는데, 그중 하나엔 사람이 아직 사는 듯했으며, 자질구레
한 살림살이도 있는 듯했다.

　E. 바스무트Wasmuth는 자기가 내놓은 판의 첫 권 후기에
서「혼합된 시」라는 제목 아래 나온, 그보다 앞선 판본에 들

어 있는 한 시에 주의를 보내고 있다. 이미 미노르Minor는 그 시의 제목이 아마도 「시Gedicht」가 아니라 「얼굴Gesicht」이리라는 시사를 보낸 바 있다. 『하인리히 폰 오프터딩겐』의 제2부도 입부가 가능한 한 여러 가지로 변형되고 있다는 사실이 여기서는 중요하다. 우리는 아주 너덜너덜해진 모양이 되어버린, 훨씬 앞서서 간행된 판본에 전해지는 미노르, 클루크혼Kluckhohn, A. 볼프Wolf 그리고 바스무트의 노력으로 몇 군데 그 난해한 의미가 해석된 그 시를 여기서 살펴보자.

푸른 옷에 싸인 천상의 생활

창백한 빛에 싸인 조용한 바람—

울긋불긋한 모래 속에

덧없이 이름을 새겼네

높고 단단한 천장(하늘) 아래에서

오직 램프 불에 의해서나 빛을 얻은 채

정신없이 달아나가버린 뒤엔

이제 이 세상의 가장 성스러운 것이 누워 있네.

좋은 날들이 와서 잃어버린 꽃잎이

조용히 우리에게 알려지니

우리는 옛 전설이

그 힘찬 눈을 뜨는 걸 보네.

말없이 그 엄숙한 문에 가까이 가서

그 문이 열리기만을 그대는 기다리네.

흰 대리석이 불쑥 튀어나와 있는

저 아래 성단(聖壇)을 알게 되네.

덧없는 삶과 가벼운 모습이

이 넓고 텅 빈 밤을 채우네,

농담이나 지껄이면서

끝없는 시간은 지나가네.

사랑은 가득 찬 술잔을 들여오고

정신의 꽃 속에서 진주같이 빛나네.

어린애 같은 술꾼은 한없이 들이켜니

급기야 깨끗한 양탄자가 찢어졌네.

헤아릴 수 없이 줄줄이

갖가지 마차가 덜컹거리며 사라지고

마침내 예쁜 색깔의 옷을 입은 여자에 끌려

꽃 같은 영주 부인이 홀로 나타나네.

구름 같은 베일을 끌고서

허연 이마에서 발끝까지 흐르는 베일—

우리는 고개 숙여 그녀에게 인사하네—

우리는 금방 눈물을 흘렸네—그녀는 날아가버렸다네.

5.　　이 작품 『하인리히 폰 오프터딩겐』 계속 집필에 대한 계획에 대해서는 그 신빙성이 이미 프리드리히 슐레겔에 의해 의심받은 바 있는 티크의 보고 외에도 무엇보다 노발리스 자신의 필체가 남아 있다. 이것은 작가가 제1부 집필 도중에 준비해둔 듯하다. 여기의 것은 이 노트를 클루크혼 판에서 정리한 것이다.

연보

1772년 5월 2일 독일 맨스펠트 주 오버비더슈테트에서 출생.

1790년 아이스레벤의 루터 고등학교 졸업.

1790년 예나 대학 입학(법학 전공). 피히테 및 실러와 만남.

1791년 라이프치히 대학으로 전학.

1793년 비텐베르크 대학으로 다시 옮김.

1794년 6월 법률 국가고시에 최우수 성적으로 합격.

1794년 11월 8일 텐슈테트 구청에서 행정관 시보로 취직. 9일 후(11월
17일) 공무원으로 출장을 나갔다가 기병 대위 요한 폰 록텐티엔의
집에서 그의 의붓딸 소피 폰 퀸(당시 12살 6개월의 어린 소녀)과 만남.

1795년 3월 소피와 약혼.

1795년~1796년 피히테 철학에 탐닉. 약혼녀 소피 발병.

1797년 3월 소피 사망. 4월 10일부터 일기 「저녁」을 쓰기 시작함. 5월
13일 소피의 묘지에서 소피의 환영과 만나는 특이한 체험을 함. 나
중에 이 체험이 장시(長詩) 「밤의 찬가」의 주제로 나타남.

1797년 10월 템스테루이스 연구에 몰두.

1798년 2월 여러 가지 사색의 단장(斷章)을 「혼합된 생각」이라는 제목으로
친구 슐레겔에게 보냄.

1798년 5월 낭만파 작가들의 동인지 『아테노임』 제1호에 그 단장들을 발표.

1798년 미완소설 『자이스의 제자들』 발표.

1799년 『파란꽃』 발표.

1800년 장시 「밤의 찬가」 발표.

1801년 3월 28일 29세로 요절.

세계환상문학을 새롭게 읽는다

우리가 이미 깨닫고 있다시피, 21세기는 인류 역사상 또 하나의 대전환기를 준비하고 있습니다. 직선적 역사 발전을 신봉해온 근대주의는 그 한계를 드러내기 시작했고, 이성 중심의 합리주의·과학주의 같은 지배 담론들도 그 권위를 의심받기에 이르렀습니다. 반면에 그동안 전근대적이고 비이성적인 것으로 폄훼되어 문화의 비주류로 밀려났던 환상과 직관 같은 사유와 감성 체계들이 주목을 받으면서 디지털 시대의 코드로 등장하고 있습니다.

이러한 시대적 흐름에 부응하기 위하여 열림원에서는 책 읽기의 새로운 마당을 마련하려고 합니다. 지난날부터 오늘날에 이르기까지 유의미한 텍스트들은 늘 새롭게 읽을 필요가 있고, 특히 환상문학의 고전과 걸작 중에는 아직도 우리나라에 소개되지 않은 책들이 적지 않다는 인식 아래, '이삭줍기' 시리즈는 세계문학사의 보석 같은 작품들을 발굴하는 데 역점을 둘 것입니다.

우리는 고정관념에 얽매이거나 시류에 영합하지 않고 풍성한 책의 잔칫상을 차리는 데 최선을 다하겠습니다. 허드레 정보가 범람하는 세상일수록 알찬 책들과 만나 지혜를 얻고 상상력을 키우는 것이야말로 뜻깊고 소중한 일일 것입니다.

기획위원 김석희

파란꽃

초 판 1쇄 발행 2003년 5월 20일
개정판 1쇄 인쇄 2020년 6월 30일
개정판 1쇄 발행 2020년 7월 10일

지은이 노발리스
옮긴이 김주연
펴낸이 정중모
펴낸곳 도서출판 열림원

출판등록 1980년 5월 19일(제406-2000-000204호)
주소 경기도 파주시 회동길 152
홈페이지 www.yolimwon.com
이메일 editor@yolimwon.com

전화 031-955-0700
팩스 031-955-0661
인스타그램 @yolimwon

기획위원 김석희
편집 김종숙 정지은 황우정
홍보 마케팅 김선규 윤소정

디자인 강희철
제작 관리 윤준수 이원희 허유정 원보람

ISBN 979-11-7040-027-1
ISBN 979-11-88047-90-1 04800 (세트)